Alan Minas

O MUNDO NOS CABIA

KOTTER
EDITORIAL

Coordenação editorial: Sálvio Nienkötter, Marcos Pamplona
Editor-executivo: Raul K. Souza
Editores assistentes: Daniel Osiecki, Francieli Cunico e Claudecir de Oliveira Rocha
Capa: Cintia Belloc
Ilustração da capa: Ricco
Design editorial: Carlos Garcia Fernandes
Produção: Cristiane Nienkötter
Revisão: Ronald Monteiro
Preparação de originais: o Autor

Dados Internacionais de Catalogação na Publicação (CIP)
Angelica Ilacqua CRB-8/7057

Minas, Alan
O mundo nos cabia / Alan Minas. — Curitiba : Kotter Editorial, 2021.
240 p.

ISBN 978-65-89624-22-6

1. Ficção brasileira I. Título

CDD B869.3

21-1129

Kotter Editorial Ltda. - Brasil
Rua das Cerejeiras, 194
CEP: 82700-510 - Curitiba - PR
Tel. – 55(41) 3585-5161
www.kotter.com.br | contato@kotter.com.br

Kotter Editorial Ltda. - Portugal
Rua Miguel Bombarda, 270
10º andar - 2830-289
Barreiro - Portugal
+351 914 896 452
www.kotter.com.br | contato@kotter.com.br

Feito o depósito legal
1ª Edição
2021

Alan Minas

O MUNDO NOS CABIA

Dedicatória

A primeira história que me foi narrada não se
deu através de palavras nem de imagens.
A primeira história que me foi narrada
aconteceu através do olhar.

Dedico esse livro à minha mãe, Ilza A. Minas
– com saudade; e ao meu pai, Almir Ribeiro.
Através dos seus olhares compreendi que
muitas histórias já são contadas antes mesmo
de serem iniciadas.

Dedico esse livro a Daniela Vitorino, ao Gael V.
Minas e a Nina V. Minas. Através desses olhares
compreendi que muitas histórias terminam,
mas nunca têm fim.

SUMÁRIO

Parte I

Parte II

Parte I

Nasci magro.
Estou nos acontecimentos como num vendaval: dobrado
Recurvo de espanto
(...)
Vou meio assustado. Um pequenino ser com a sua morte dentro,
Com o seu ombro desabado
E seus braços descidos pelo caos do corpo.

Manoel de Barros

1.
Feche os olhos, você já está sonhando

De sua altura, nos entre céus, a Noite regia o mundo. Ciente do que acender e do que apagar. Desde o desaguar de toda água até o deitar do último horizonte. Espalhava seu olhar sobre tudo que existia, mesmo o que já partiu e o que ainda estava por vir. Nada fugia do seu abraço, um abraço por dentro. A Noite passeava por todo canto do mundo. A Noite caminhava dentro de cada um.

Era com ansiedade que Clareana aguardava a sombra da sua presença, sentindo seus passos, sua chegada. A menina era uma alegria acesa. Afoita a enfiar-se nos carinhos da Noite, e a desfazer os emaranhados do Dia. Ao verem-se, corriam para o habitual abraço no cerrado quarto de Clareana. Trocavam assuntos distantes, conversas que não cabiam nos olhos nem em boca alguma. *Então, me conta...* E derramada, a Noite a levava pela mão a passear pelo quintal. Narrava a tarde que dissipou, as paisagens que cortinou, atualizava-a dos acontecimentos da terra e do que não era chão, dos segredos das sombras e dos breus. As horas passavam, o colar da madrugada avançava em contas na sede da menina por novas histórias. Clareana, menina albina, era amiga da Noite. Era inteira luz.

Certa vez, dissimulando seus à-vontades, sem resto de pegadas, a Noite assomou embaçada. Estava diferente do que lhe botavam reconhecença, dos seus eternos: presença e encantamento. A menina a percebeu intranquila, insegura em acender seus astros, mas calou a curiosidade. Preferiu aproveitar o encontro a se divertir na longa amizade, em jura de confiança e segredo. A Noite estava fechada.

Era o momento de Clareana pisar seu lugar de fora, quando esticava a madrugada. Insistia em se manter desperta, em discordância do corpo, do incontrolável cansaço, a bocejar despedidas contrariadas. Escondia os até-amanhãs, afastava a empurrões o sono que a tomava. A Noite, mesmo amuada, notou a menina em seu contravento de quereres.

— *Não quer se deitar? Já é tarde.*

— *Espere um pouco, ainda não quero dormir. Quero te pedir um favor: Você me deixa ver um pouco do meu sonho, mesmo acordada?*

A Noite respondeu sorrisos.

— *Sim, eu espero, não tenho pressa. Eu também sei anoitecer o Tempo.*

— *Então... você também pode colocá-lo pra dormir? Quanto dura o sono do Tempo?*

— *Eu sei fazê-lo cochilar, e deixá-lo desperto por toda a vida. Mas também sei fazê-lo adormecer eternamente...*

Intrigada, a menina ficou a imaginar o que o Tempo fazia quando despertava, o que ele deixava de ver quando se encontrava adormecido. *Com o quê o Tempo sonha? Ele acorda preguiçoso, ou apressado a inventar correrias nas pessoas, pra compensar seus cochilos? Será que o Tempo sabe que ele vive dentro da gente?* A Noite aproximou-se de Clareana e soprou-lhe o rosto, os cabelos da menina esvoaçaram em uma cintilante poeira de estrelas.

— *Você precisa descansar.*

— *Eu já descanso o dia inteiro dentro de casa!*

— *Sim, eu sei. Mas ficar todo o tempo ao meu lado não é estar acordada. É passear o mundo enquanto ele dorme.*

De volta ao quarto, a menina se deitou, cismada com o jeito da Noite.

— *Por que você tá tão estranha hoje?*

A Noite desviou o olhar, a bordar desassossegos.

— *Eu tenho um segredo pra te contar.*

— *Eu adoro segredos, me conta!*

— *Eu tenho um filho.*

— *Um filho?!*

— *Sim. Ele mora em sua casa. É seu irmão.*

— Meu irmão...?! Qual deles?

— Você vai descobrir. Quero te pedir um favor, você pode cuidar dele pra mim? Pode vigiar seus passos?

— Claro que posso. Mas qual dos meus irmãos é seu filho?

— Você vai saber quando for a hora. Agora, durma. Eu preciso ir...

— Espera. Você prometeu que me deixaria ver meu sonho antes d'eu dormir.

— Sim, e eu cumpri minha promessa. Feche os olhos, você já está sonhando...

Clareana ainda teve tempo de um breve pensamento. *Um irmão, filho da Noite... Será verdade, ou já durmo com a imaginação a me enganar?*

E submergiu em sonho, no insondável colo da Noite.

2.
O coro desafinado de chorumelas

O dia já havia terminado quando ao lado do fogão a lenha, Valência Outrora começou a debulhar o milho na cozinha sob a ininterrupta música do fogo. O triscar da madeira marcava um compasso arcaico. A brasa ajudava a iluminar o que fazia, compensava a lâmpada cansada do ambiente, suspensa num fio encardido de anosas gorduras que se retorcia do teto até a altura das cabeças. Era a exausta luz dos olhos. A parca luminosidade ornava com a parede escurecida pela fuligem e as bolhas estufadas de uma pintura ancestral. Uma vez banguelas, os sabugos eram jogados numa lata velha. Os porcos os receberiam, acostumados a triturar tudo que na casa perdia serventia. A fome daqueles animais suscitava transe em quem os alimentava. Devoravam ossos, cascas, desejos. Para Valência Outrora, eles sorviam pedaços do juízo, chafurdavam a alma. Por isso aconselhava pressa a quem os alimentasse, recomendava esvaziar os olhos três passos antes de se aproximarem da pocilga. Decreto, o neto mais velho, era o único que não lhe botava crença, com gosto assumia a função sem a compartilhar com ninguém. Brincava e cuidava dos animais em vivo risco de ver baralhado seu espírito. Decreto carecia de obediência, esbanjava teimosias e vaidade. Por ignorado motivo, mistério que lhe custava todo tipo de chacota, perdia longo tempo dedicando-se à companhia daqueles bichos pouco confiáveis, mas merecedores de sua atenção e carinho.

Valência Outrora tinha gosto em preparar a comida, pelo costume de tê-las feito por toda a vida e a cumprir obediência às mãos. Lamentava a falta das próprias aspirações, maldizia o corpo forjado em viciada rotina. *Essas mãos não cansam de dedilhar o vento, que afoiteza é essa de buscar o que não existe!?* Não aceitava o tremor da idade que lhe consumia os dedos, a estranha vontade de tatear o que ninguém via. Era a incompreensível busca a alcançar o que havia acabado fazia tempo. Cada parte do corpo possuía uma saudade, cada parte tinha seu lamento. *São tantas queixas, que nem sei de quais faltas as partes de mim reclamam. Sou um coro desafinado de chorumelas, com o tempo ensurdei em fazer tino.* A mulher era expediente, tinha consciência de que as manias mimetizavam anseios, ajudavam a seguir na representação de si mesma. Guardava décadas nos dois bolsos do vestido. Distribuía entre eles, a memória da juventude de um lado, e a irrefutável vida longa do outro.

— *Esses bolsos são muito fortes, quem os costurou, o fez bem! Que linhas são essas, que suportam o manejar de tantos dias?*

Clareana surgiu à porta do seu quarto, avançou tímida a pesar o chão, seu lugar qualquer. Valência Outrora sabia que a neta, por ser albina, preferia a noite, onde era brando o viver. Sabia que o sol lhe suprimia o pisar, gastava-lhe a visão. A menina espiava no engruvinhado do rosto: o mundo era régua, uma fita de horizonte. Pelo costume de se escurecer, a menina mantinha-se resignada durante dias em sua noite particular: a bordar pensamentos, a alinhavar sonhos. Mesmo ciente do gosto da neta, a avó cobrava-lhe companhia. Em sua avançada idade, a Solidão e o Silêncio estavam sempre à espreita, na sorrateira espera de um braço livre a somar cotovelos. *É o manso treino pra uma outra convivência: no além!, onde eles serão meus únicos pares. Mas não careço deles, ainda me resta muita vida e gente em quem me apoiar.* Por isso Valência Outrora evitava ficar só, para dificultar as armadilhas do ocaso.

— *Clareana, desencasule logo os olhos e venha aqui alegrar o milho junto de mim, ele anda nauseabundo demais. Tô até com desconfiança do caráter desse bolo que vamos fazer.*

Ainda sonolenta, a menina sentou-se a raspar os sabugos. Raspava também o fundo do peito, inquieta por querer saber quem entre os irmãos, seria o filho da Noite. *Nenhum deles se avizinha dela em parecença, mas algum deles deve guardar um pedaço da Noite. Mas que pedaço será esse?*

— *Vó, quem a senhora acha, entre meus irmãos, que mais se parece com uma estrela?*

— *Gente com ponta nessa casa não falta, Clareana! Com jeito de estrela, não sei. Mas estrilar, todo mundo sabe!*

A menina calou a voz, mas não silenciou. A curiosidade inventava-lhe ansiedade. *Quem será o dito cujo?...* Absorta, ansiava pela alegria que lhe aguardava ao descobrir quem seria o irmão felizardo, quando Valência Outrora a interrompeu:

— *Clareana, guarde seus infinitos pra depois! Força no milho!, porque a fome é coisa de agora.*

Entre os netos, a menina albina era a mais disposta a ajudar a avó, tinha paciência para ouvir as lamentações e as superstições da velha matriarca, que alternava sortilégios na intenção de ludibriar a morte. *Sempre tem jeito de enganar a foiçuda. Se ela anda, não é impossível lhe passar a perna...* Com frequência, Valência mudava os penteados e o jeito de caminhar, ensaiava sotaques estrangeiros. Perdeu a conta de quantos nomes inventou para si, a despistar a jagurana. A avançada idade comprovava o sucesso alcançado em sua estratégia. *Existe coisa mais sem originalidade, e de marasmo maior, do que morrer?! A tontice da gadanhenta é que é minha sorte... Os aléns devem ser uma chatice!*

Maria Dossim, irmã mais velha de Clareana, cruzou o ambiente em seu puído e curto vestido de chita, com a toalha de banho no ombro e sabonete na mão. Era hora de cuidar dos longos cabelos encaracolados que lhe emolduravam o rosto angelical, de lábios finos e rosáceos, a inspirar encanto. Maria Dossim possuía o olhar puro e luminoso a ornar com os dezoito anos de sonhos. O tanque onde lavava os cabelos ficava fora da casa, junto à parede da cozinha. Ela apoiou a toalha numa das gaiolas vazias penduradas nas traves do telhado, e curvou-se até embaixo da torneira. Manoel Promessa, que estava sentado em um tambor de ferro, afastou-se para não ser respingado. Manoel era um homem magro e alto, mas foi curvando-se com o passar dos anos, a desenhar no chão nítida sombra de interrogação. Foram as desconfianças em demasia que, com o tempo, moldaram-lhe o corpo. Apesar de todos os pássaros terem fugido, a cada noite o homem seguia sua rotina: colocava alpiste nos comedouros e enchia os bebedouros nas gaiolas vazias. Alimentava a saudade. Acreditava que um dia as estimadas aves regressariam.

— *Não cansa não, pai?*

— *Eles sabem onde é a casa deles, filha.*

— *Sabe qual é o defeito de passarinho, pai? É que eles têm asas, e voam! E tudo que tem asa, não tem freio nem destino, sabia?*

Ele a mirou surpreso por aquelas palavras, mas num muxoxo refutou sua opinião, voltou a se aferrar ao que cria. Para Manoel, a verdade era qualidade do que se tinha fé, e o despeito era um vício da incredulidade.

— *Você não tem tamanho do que fala, Dossim. Eles não vão ser capazes de traição desse envergamento. Um dia eles voltam.*

Manoel Promessa ergueu-se até o calendário fixado à parede. Pegou o cotoco de lápis amarrado no prego, e riscou aquele dia. *31 de maio de 1989. Hoje já são três meses e cinco dias sem eles. Pena que asa não deixa rastro, e céu não tem estrada. Voar tem o azar de ser o dever de cada um...* Sereno, voltou a se sentar. Fechou os olhos e ficou a ouvir os cantos dos pássaros que há muito partiram. A família não ousava demovê-lo de sua esperança, apesar da certeza de que nenhum animal retornaria ao cárcere após ter experimentado a liberdade. Todos recordavam da sua profunda tristeza quando, certa manhã, deparou-se com as gaiolas vazias e as portas abertas. Logo concluiu que alguém o punia libertando os pássaros, engaiolando-o na dor da ausência dos seus pequenos animais. *Eram meus pássaros, ninguém tinha esse direito! Eu gostava mais deles do que eles mesmos! Eu protegia eles dos seus voos, de se perderem de si... E agora, o que vão fazer sem mim, com as asas soltas?* Manoel esbravejou as raivas, ergueu sua fúria acusando cada parente de traição, dando início à obsessiva determinação de encontrar o culpado.

— *Talvez, outros pássaros vieram soltá-los...*

— *Ou quem sabe... um deles aprendeu a arte de chaveiro...*

Manoel Promessa ignorava as tentativas da família em acalmá-lo, permanecia ressentido pela perda dos amigos com asas. Diante de sua inconformação, respeitavam-no em sua inútil espera.

Maria Dossim enxaguava os cabelos quando Clareana lhe pediu ajuda com as espigas.

— *Não posso, irmã, já tô cheirosa. E eu já varri a casa hoje!*

— *Só um pouquinho, Dossim! Olha o tanto de milho que ainda falta!*

— *Clareana, você conhece perfume de cuscuz? Hidratante de curau? Batom de pamonha?*

— *Não...*

— *Não conhece porque não tem, seria uma destampice se tivesse! Como um pretendente vai me chegar se eu tiver cheirando a milho, e de cabelo com jeito de palha?!*

Contrariada, Clareana torceu a boca. Sabia que a Noite tinha um filho, e mesmo se fosse uma filha, por conta da má vontade de Dossim, concluiu que a irmã jamais seria parente da Noite. Enumerou na mente os irmãos, buscou em todos eles, virtudes que pudessem se parecer com a Noite. *Cada um tem seu jeito e seu desjeito. Tem sua maneira de se escurecer e de se alumiar. É trabalhoso olhar as pessoas...*

A família era uma das poucas que restava em Espera, a pequena cidade abandonada, em ruína, remanescente de um tempo em que o lugar era próspero, quando o assolamento e a decadência pareciam vizinhos improváveis. Apesar de viverem nos arredores do mundo, Maria Dossim alimentava o sonho de ser descoberta por um grande amor. Por isso esforçava-se em se manter pronta na lindeza de charme para um possível encontro, um tropeço na sorte, um esbarrão de coração. A sua persistência era desencorajada pela ironia dos irmãos, Decreto era o primeiro a escarnecê-la:

— *Trabalhão à toa! Aqui, não passa viva alma! Aliás, nem morta alma, passa! Tua esperança é uma coisa sem fundo, vai acabar se afogando em tanta espera!*

Maria Dossim sabia que o irmão poderia ter razão, mas mantinha-se firme. Era o reforço do gosto que sublinhava as certidões do pensamento. *Quem não tem um amor, é sinal de paga, conta fiada em prego de outra vida. Ou é encosto de uma tia-avó que morreu virgem, algum espírito encalhado na família.* A jovem possuía a ingênua confiança no direito de amar, e de ser amada. Maria Dossim era uma mulher de muita fé, repetia em segredo um ensaiado pedido. *Esse amor que não sei de onde virá, já me toma o fôlego, e me sufoca. Vai ser um milagre que tenho por merecida justeza... É possível estimar quem não se conhece? Antecipar um benquerer, pode ser considerado um pré-amor? Nem sei, mas acho que já estou pré-apaixonada de um nem-sei-quem...* Para ela, o ansiado sentimento se manifestaria soprado pelo vento, emergido do rio. Caído do céu. De alguma forma ele traçaria seu caminho até ela. Depois de repetidas ensaboadas, colocou a cabeça embaixo da torneira enxaguando os cabelos, observando o sabão a se espalhar no fundo do tanque. Almejava encontrar as letras inicias do nome do seu futuro amor anunciadas na espuma, e novamente se frustrou. Ainda não era daquela vez que obteria o aguardado prenúncio, as bolhas de sabão apenas desenharam uma borrada espuma que se assemelhava a asas, e que logo se desfez. A cabeça arqueada, com a água escorrendo pelo rosto, escondia seu desânimo. Aquele choro emprestado levou todo o sabão, e um pouco de sua esperança, para dentro do ralo.

Trajano e Neilson jogavam cartas na varanda, encostados na pequena mureta gasta, socavada por Esquiper, o cachorro da família. E mais uma vez o animal estava arranhando a parede do muro, apertando a cabeça contra o tijolo, na turra de querer abrir uma porta. Neilson interrompeu o jogo e o levou à passagem, a três passos dali, por onde o animal pôde sair desabalado. O rapaz achou graça ao observá-lo solto no terreiro, movimentando-se em diversas direções, na pressa de chegar a lugar nenhum. Clareana juntou-se ao irmão, também divertindo-se com os pulos e latidos de Esquiper.

— *Neilson, o que deu nele? Acho que as pulgas estão fazendo ele pular desse jeito!*

— *Alegria é isso, mana: um monte de pulguinhas que a gente carrega, e que de uma hora pra outra, festejam! Fazem a gente todo pular, de não se aguentar!*

Clareana mirou o irmão e assemelhou-o à Noite. *Seu sorriso é igual às estrelas que correm no céu...* Suspeitou ter findada a busca.

O riso de Neilson, acho que é um pedaço que o irmão guarda da Noite. Alegrou-se com a suposição, mas preferiu guardar as certezas. Sensibilizada com tal hipótese, compreendeu os pulos radiantes de Esquiper, e teve a certeza que cada um tem suas pulgas. Uma festa começava dentro dela, enquanto Neilson seguia entretido com a alegria alheia:

— *Pensava que tava preso, nem sabia que tava solto, que podia sair a hora que quisesse!*

Trajano, magro e tímido, com os olhos grandes e semblante sereno, sorriu a simular cumplicidade com Neilson. Mas sua atenção estava voltada à janela que dava para o quarto de Maria Dossim. Não precisou qualquer esforço para vê-la entrar com a toalha e secar os cabelos. O cheiro de sabonete impregnou o quarto e avançou até ele, deixando-o embevecido. *E quando se está solto, mas preso por dentro, como se faz?* Ele a esquadrinhava dos pés à cabeça, seguia em sua fixação diária. Trajano conhecia os gestos e expressões de Dossim, tons de voz e cadência no andar. Seria capaz de reconhecer sua respiração em meio a dezenas de pessoas. Ele ouvia os olhos de Maria Dossim a se mover, a colecionar imagens dos dias. E nesse álbum trivial que ela displicentemente acumulava dentro de si, Trajano alegrava-se ao imaginar-se nele inserido, na esperança de ocupar especial lugar. Fixado junto à família e acontecimentos, aos bichos do quintal, à paisagem. E ao escuro do seu quarto. Era seu possível, a sutil existência no pouco de um esperançoso guardado. *Como tanta vida cabe numa só pessoa? Que regra de mando lhe deu ordem pra alindar os dias? Coisa sem rumo de entendimento... Ela parece emprestada do céu, amostra d'um brilho que não se vê nem em toda prece desse mundo.* Neilson o retirou do seu transe:

— *Ei, acorda! Abobou? É sua vez de jogar.*

Trajano tinha mais que afeto por Maria Dossim, sentimento que lhe trazia tormento. Era a estranha rotina com a qual era obrigado a lidar, a profundeza de tanto sentir. Pudesse dava cabresto ao que lhe trazia angústia. Pudesse, através de um corte na carne, extirparia de dentro de si o que o desarvorava. *Que eu ensurdeça nessa boca que eu a vejo, e nunca respire o tato do seu gosto!*

Os sentidos já não me governam... Quem me pensa sou eu, que eu me gele do coração! Repetia ordens para si a lembrar do que o corroía em reviração d'alma, ainda que sem direito justo, e motivo ignorado. Mas guiado pela dura certeza de retidão a cumprir.

3.
Deus perde a hora, mas não se atrasa

Na avessada vila onde a família Promessa morava, o sol nem bem comparecia, já anunciava seus recados. Ordenava àqueles que seguiriam para o trabalho a calçar as botas, a pegar as ferramentas no galpão. Temerinda Cruz gritou às fomes, interrompendo-os, o café estava posto. E logo os tilins dos instrumentos dos filhos, adiando-se em sua preparação, foram ouvidos: eco do aviso. Era a hora do Bode Santo, confirmava a pressa.

A capela da vila foi inaugurada em 1919, 4 de setembro, em homenagem a Santa Rosália, que viveu em Palermo, na Itália. Foi erguida sobre uma plataforma de madeira e um eixo giratório com oito rodas, que a assentavam ao chão. A traquitana fora pensada no intuito de fazer a capela girar numa circunferência completa, pois queriam deixar a porta da igreja voltada para o Sul. Segundo alguns fiéis, era por esse caminho que Deus anunciara o retorno à Terra, no dia em que passaria em revista aos homens. A capela seria o atalho de Deus. Mas eles não chegavam a um consenso sobre as coordenadas, os nortes eram muitos. Para solucionar o imbróglio e, agradar a todos, decidiram erguê-la com inteira mobilidade.

A engenhoca funcionou perfeitamente, deixou a população vaidosa e afogueada. Movidos pelo entusiasmo, iniciou-se um zum zum zum de fonte ignorada, espalhando a informação de que o dia de Sua vinda, em reconhecimento a tantos esforços, não tardaria:

— Tá bonita demais! Deus é caprichoso, não vai perder essa festa...

— Que belezura de igreja! Corre até o risco dele tomar gosto, querer ficar e ser nosso vigário...

— *Deus perde a hora, mas se não atrasa!...*

Arriscaram a certeza de que Ele chegaria a qualquer momento, sem marcação de agenda. Afinal, Seu tempo era eterno, mas o mundo lhe agendava perpétuos compromissos. Sendo assim, decidiram ficar a postos. Durante um ano, mantiveram uma fita vermelha com um grande laço à porta da capela, todos tinham que se curvar para poderem entrar. Era o ônus a evitar o constrangimento de Deus lhes bater à porta e não haver ninguém para abri-la, nenhuma solenidade preparada, e serem vistos como incautos, ou pior, como incrédulos de Sua chegada. A expectativa ganhava cada vez mais tamanho. Uns afirmavam que não estariam inaugurando uma capela, estariam reinaugurando o mundo. E queriam reapresentá-lo a Deus na maior das honrarias, mostrar as melhorias que haviam feito em Seu trabalho.

Enquanto aguardavam a divina chegada, o sino da capela passou a tocar diariamente de por volta do Ângelus da aurora, sem ninguém acioná-lo. O fato foi interpretado como um prenúncio, todos corriam ao terreiro ao redor da igreja a se prostrar de joelhos em contrição e atentos ao céu, prontos a girar a porta da igreja na direção certa. Mas os sinais sagrados paravam nos bléns. Nenhum outro indício apontava para uma epifania, nada a confirmar a aguardada revelação. O toque enigmático do sino repetiu-se muitas vezes, fazendo com que o povoado saísse em desenfreada correria, largando para trás panelas no fogo, crianças chorando, todos os afazeres, para não perderem o exato momento do Seu regresso. A repetição do falso alarde passou a levar, a cada manhã, uma orda de pessoas em sôfrega correria pelas ruas de Espera.

Desconfiado, um morador decidiu investigar o mistério. Passou a noite ao relento a vigiar a igreja, e, antes do amanhecer, apareceu um bode desgarrado a pastar no quintal da capela. O homem viu quando o animal pulou a janela, adentrou o lugar, subiu no altar e mordeu a corda do sino, fazendo-o badalar. Com isso, o animal espantava as famílias de pombos aninhados no campanário. Assustadas, as aves abandonavam o lugar em exasperada revoada, deixando cair ovos e filhotes assim servindo um sagrado desjejum ao bode.

Com o enigma desvendado, todos se sentiram constrangidos pela vã espera e por terem sido ludibriados pelo animal. Retiraram a fita da porta, travaram o eixo e reaproveitaram as rodas da engrenagem na construção de carroças. E blasfemaram ao vento:

— *Se Ele quiser entrar, que dê a volta e use a porta do lado que ela está.*

— *Ou pule a janela!*

— *E que não entre com os pés sujos de barro! Porque dá uma trabalheira danada pra limpar esse chão!*

Ressentidos com Deus, cada morador retornou às suas rotinas, abandonaram a capela ao tempo, tornando-se o primeiro prédio destinado a se tornar ruína na vila esquecida. Provém desse episódio o nome dado ao alvorecer: a hora do Bode Santo, quando a família Promessa realizava a primeira refeição do dia, antes de seguir ao canavial.

A mesa da cozinha era grande, mas não o suficiente a caberem todos os membros da casa. Alguns serviam-se e íam se sentar na varanda, outros comiam em pé. Os gêmeos, Dejaneir Par e Dejaneir Ímpar compartilhavam o mesmo pão, bebiam na mesma caneca. Manoel Promessa e Temerinda Cruz tiveram tantos filhos que a mulher ao parir os gêmeos, pensou ter adoecido dos olhos por conta da força que fez ao expulsar os rebentos, e vesga, tivesse passado a enxergar em dobro. E Manoel não conteve o duplo espanto:

— *Temerinda, isso é coisa que se faça em susto pr'um marido?! Ter filho em ninhada?!*

O casal ficou dias ruminando que nome dar ao par de meninos.

— *Pensou em alguma coisa? Tem nome de bisavô ou de trisavô sobrando?*

— *Tenho não, Manoel. Acho que acabaram os nomes.*

— *Não tenho criatividade pra tanto... Dejaneir, lembrei!, o neto de tia Soraia, lembra?*

— *Tá bom: Dejaneir. E o outro, vai se chamar como?*

— *Ai!... Viu no que dá, Temerinda?! Quem mandou ter dois? Bota um sendo Par e o outro, Ímpar. E encerramos essa conversa.*

Clareana tomava seu desjejum atrás da janela entreaberta, protegida do sol que lhe alfinetava a vista. Fixou nos gêmeos, na maneira de falarem, de comerem, a dobrar agitações. Lembrou-se da Noite, na delicadeza de sua natureza. Concluiu que ela e os irmãos duplicados possuíam aspectos muito dessemelhantes. *Nenhum dos dois guarda nada dela. Só se, a educação e calma da Noite se partiu em dois, e deu nesses borra-tudo que são.* Descartou a possibilidade de qualquer um deles, ser o escolhido.

A família inteira comia e falava ao mesmo tempo, a conversa de bocas cheias era um outro dialeto, comum nos seus, no qual todos se compreendiam. A pressa, a fome, o entra e sai de gente avançando sobre os pães, bolos, café piriritando no fundo de ágata, faziam o som da casa, a melodia da manhã. Mesmo diante de tanto ruído, Clareana escutou um vazio que ninguém ouvia.

— *Mãe, onde está Zudileu?*

— *Por aí, filha.*

— *Alguém viu Zudileu?*

— *Vai ver ainda dorme, refestelado numa frincha qualquer.*

Decreto ironizou o despercebido irmão caçula, que mesmo encontrando-se em flagrante presença, tinha o hábito de não ser visto. A confusão na casa atravessou o assunto entre Clareana e a mãe. A teia de diálogos que a tudo cobria dificultava a compreensão do que diziam, do amontoado de vozes. Mas a menina insistia. *Alguém viu Zudileu?...* Sua cisma não foi longe, ela notou a pergunta ficar enroscada na emaranhada trama das conversas. A dúvida, as palavras, eram só dela. Por isso ninguém as viu oscilando no ar, no varal dos ditos e reditos, a prestarem-se para o vazio de nada. Apenas a avó, Valência Outrora, percebeu sua inquietação.

— *Pegue suas palavras e guarde, minha filha. Às vezes, palavra de graça custa caro.*

Clareana a obedeceu, enfiou-as no avental e manteve-se na fresta dos olhos, com a preocupação espremida.

— Gente branca azeda como você, Clareana, é raridade! Carrega luz dos pés ao cocuruto: olha com o corpo todo, enxerga o que ninguém vê. Não é como nós, misturados nos sentidos.

A velha mulher conhecia bem a neta, sabia do seu especial cuidado com o irmão caçula. E o menino, no pouco que era, também contava com Clareana. A avó compreendia que, de alguma maneira, os dois se completavam. A menina ficou de cócoras em rasteira quietude. Concentrou-se abaixo da confusão de gente, a perscrutar onde o irmão estava. Logo sorriu, ouviu algo, e saiu a engatinhar sob a mesa, a escapar dos esbarrões e pisões da família. No faro do som, subiu a escada até o segundo andar da humilde casa, onde o ruído tornou-se mais nítido. Avançou pelo corredor e acessou o último quarto, local destinado a guardar objetos antigos e quebrados, tudo que não possuía mais proveito. Entrou no ambiente, escuro, repleto de teias de aranha, e o som ficou empoeirado. Teve a certeza de estar perto do seu intento. Espiou embaixo de uma velha cama e encontrou Zudileu.

— O que você faz aí, mano?

— Nada, nem sei. Acho que eu... esqueci.

— Esqueceu?

— É, esqueci que eu tava aqui.

— Ninguém esquece de si mesmo. Só você teima com isso...

Zudileu era temporão, abreviado em materialidades, apagado de contornos. Caçulíssimo. Nem enluarou a mãe. Veio ao mundo de surpresa, num espirro junto ao pé de hibisco, numa noite quente de janeiro. Se Temerinda não fosse alérgica àquela planta, talvez Zudileu ainda estivesse em seu ventre até aquele dia, placentado. O menino nasceu com os ossos fracos e a alma lambida. De tão miúdo, uma caixa de sapato lhe serviu de berço, de onde escapava engatinhando a desaparecer dentro de casa. Quando bebê, tinha por hábito se esconder nas frestas, nos vãos da parede, descabelando a mãe. A voz de Zudileu sempre fora fraca, as palavras escondiam-se nele na preguiça de se dizerem. Os olhos castanhos, cansados, eram atentos a tudo. A postura arqueada fazia imaginar que o menino carregava algo nas costas, indiscernível peso que lhe consumia o andar, além do que podia suportar.

— Como você me descobriu aqui, embaixo da cama?

— É esse encaracolar de som, bem no seu peito...

— Mentira sua, mana. Ninguém ouve tanto. Às vezes, nem eu me ouço.

— Isso é o bom d'eu não enxergar bem, acabo escutando mais que qualquer um. Ouço o seu jeito e o seu olhar, e ouço tudo! Ouço até a Noite!, que mesmo acanhada, não consegue esconder nadinha de mim...

Ao dizer aquilo, Clareana teve uma forte impressão. Cogitou a possibilidade de estar diante do filho da Noite. Reconheceu no pequeno irmão a imensidão da amiga. *Zudileu não tem nenhuma parecença com a Noite, mas guarda suas lonjuras.* Um arrepio percorreu-lhe o corpo, foi tomada pela certeza de que sua busca havia encontrado um fim. Sentiu-se mitigada, invadida por um mar de alegria, feliz por Zudileu. Ao mesmo tempo, muitas questões irromperam dentro dela. *Como uma mãe tão grande foi desembuchar num meniníssimo desse?! O que cada um pode carregar em seu dentro?* Manteve o pensamento para si, sabia que o irmão era cheio de guardados, não quis aumentar seus amontoados. Pensou como iria contar a ele o que acabara de descobrir. *Será que vai gostar, quando souber? Devo apresentar os dois, a Noite mais ele, e pela primeira vez se reconhecerem na escuridão dos olhos?* Zudileu a resgatou de seu transe:

— Pode ir, eu tô bem. É divertido não fazer nada aqui.

— É divertido aqui, Zudileu, embaixo de uma cama?!

— Não é bem... embaixo... A cama só está em cima de mim, só isso...

Clareana sentiu-se movida a acolher o irmão num forte abraço. Recordou-se da promessa que fez à Noite. Seria guia do seu filho, vigiaria seus passos. Jurou protegê-lo contra tudo, contra o que nenhum deles poderiam supor.

— Zudileu, sai daí e vem comigo, hoje é agora!

Ela o puxou pela mão, tranquilizando-o na falsa confiança de que tudo iria dar certo, e exigiu-lhe coragem para o desafio que teriam pela frente. Zudileu ainda tinha dúvidas, fraquejou. *Não sei se eu estou pronto, irmã...* Clareana apertou firme sua mão e o fixou nos olhos.

— Ninguém está pronto, Zudileu. A gente só fica pronto quando morre. Até lá, a gente vai se aprontando do jeito que dá.

Entreolharam-se, cúmplices.

— Então, você vem ou não vem?

Zudileu sorriu e assentiu com um meneio de cabeça. Seguiram até a cozinha, onde os rapazes já se levantavam da mesa para irem ao trabalho. Manoel Promessa estava apressado, com um pedaço de pão na boca enquanto afivelava o cinto e pegava a chave da caminhonete em cima da geladeira.

— Vamos, gente! Vamos que tem cana e dinheiro pra gente colher!

Clareana sentiu a correria à sua volta, a pressa dentro do irmão e a premência nas palavras:

— Pai, acho que Zudileu já pode ir cortar cana junto de vocês.

Zudileu aprovou a atitude da irmã, mas manteve-se escuso atrás dela, com as mãos a transpirar. A família paralisou, perplexa com o que a menina proferiu.

O menino sempre fora tratado como incapaz, sem energia, era esmirrado em farelo de gente, avizinhado de doenças que lhe visitavam numa ordem sem fim. A cada dois meses, Cândida Alma, a solitária freira aposentada que morava na rua dezessete, era chamada a sanar alguma maleita que se abatia sobre ele. Males do corpo e das bordas do corpo. Febre nas unhas, arrependimento de baço, refluxo de ideias. A mulher conhecia Zudileu profundamente, estava acostumada à sua frágil saúde. Ela o viu nascer: muxibado e tronchoso, descompromissado com a vida, em anúncio de curta visita. Mesmo assustada com a aparência de rascunho do recém-nascido, teve crença que o menino iria sobreviver. Misturou pó de cedro, com apatita, com cúrcuma selvagem, e besuntou o bico do peito de Temerinda para o menino vingar. E vingou.

Cândida já era famosa quando ainda morava no convento, em reta devoção aos necessitados. Depois de cumprir seu tempo de clausura e de fé, e ter quitado com as santas obrigações, decidiu sair pelo mundo a dar pegadas aos passos. Mas nunca se esqueceu dos ensinamentos adquiridos nos anos de recolhimento, quando desenvolveu infusões e alquimias para ajudar as irmãs e a população carente ao redor do convento, que ficava no vale Seco do Ti'tril. A miserável gente daquela região era desassistida de qualquer ajuda humanitária, sobrava às freiras ampará-los. Irmã Cândida preparava sozinha os fármacos caseiros para atender a tantos desvalidos, era a única esperança do lugar. A coleção de potes que conseguiu juntar em toda a vida, com os mais variados pós trazidos de toda parte, eram seus preciosos recursos à elaboração dos medicamentos. Na intenção de aperfeiçoar seu conhecimento, a mulher tinha o hábito matinal de vagar pela floresta em busca de pedrarias e ervas especiais, com potencial curativo. Mas antes de prescrever aos pacientes, tinha a conduta ética de experimentar em si mesma, para conhecer possíveis efeitos colaterais. Assim, alguns incidentes aconteceram em nome da ciência e da caridade. Cândida já foi encontrada em transe, dando voltas sobre uma rocha durante um dia inteiro. Certa vez, foi resgatada do alto de uma palmeira, trajando apenas roupas íntimas, de onde vociferava trechos de *Os Lusíadas*. Em outra ocasião, teve que ser contida quando saiu nadando às braçadas pelo ar, a juntar-se aos peixes voadores, gigantes e coloridos, que assegurava ver sobrevoando o céu do Ti'tril. Cândida nunca falhou em seus atendimentos, as prescrições obtinham sucesso não apenas em Zudileu, mas em toda a família e nos poucos remanescentes na vila.

Assustada com a esdrúxula sugestão de Clareana, de Zudileu ir ao canavial, Temerinda Cruz interveio. Alegou que o menino ainda era muito novo, o que a menina albina contra-argumentou, a ponderar que Decreto e Neilson já seguiam para o canavial na mesma idade que Zudileu. Temerinda manteve-se firme:

— *Zudileu é manso, não gosta dessas coisas.*

O meninículo saiu de trás da irmã e abriu o peito. O desejo de ser o mostrou:

— *Eu gosto sim, mãe. E sei fazer igual do mesmo, como qualquer um!*

Ele preferia trabalhar junto ao pai e aos irmãos a ter que ir à escola. Sentia-se pronto, capaz, mesmo consciente de que era o menor entre eles, o mais fraco. Descuidada, em atropelo de zelo,

Temerinda o lembrou de suas miudezas. *Zudileu, olhe teus irmãos. Eles têm tudo corporéu!, são ensaio de adulto, apesar de não terem um fio de barba e bigode nas fuças! E agora olhe pra vocêzinho! Se viu, se entendeu da diferença?!* O menino seguiu irredutível, queria fazer o que os outros faziam, queria ser comum.

— *Eu sei que eu dou conta. Eu quero ir.*

— *Você não pode, filho, ainda é muito ananicado...*

— *Não adianta dizer não. Eu vou, sim!*

Ao ver o caçula frangote a cantar de galo, Manoel Promessa tirou o pão da boca, guardou no bolso e, com cara de fim de dia, engrossou para mostrar quem mandava no galinheiro.

— *Você não vai! Vai ficar aqui e ponto e vírgula!*

— *Por que não? Você não me deixa tentar!...*

— *Seu rascunho de gente, trate de calar esse olho gordo agora! Nem cresceu e já quer ter tamanho?!*

Um enorme silêncio tomou o ambiente. Manoel Promessa ficou a encarar Zudileu, engolido na vontade. O homem retirou o pão do bolso e saiu de casa matando a fome, mastigando raiva. Decreto e Neilson o seguiram quietos, e os gêmeos foram preparar os animais para irem à escola. As mulheres entreolharam-se na frouxa e costumeira obediência a Manoel.

A caminhonete partiu, Zudileu encostou seu metro e um dedo de altura no batente da porta da cozinha, distante do que via. Sufocado no apertado de sua medida. Um passo dos pés aos olhos. Um metro de perguntas. A porta ficou desolada, a suspirar fundo o menino, na distância que não parava de levantar poeiras.

4.
A coleção de tristezas

Manoel e os filhos mais velhos seguiam para o canavial. Ocupavam-se da colheita da cana numa das fazendas onde os serviços das mãos ainda tinham *trabalho*. Era de onde traziam algumas touceiras da planta para Temerinda e as filhas fazerem doces, para serem vendidos no comércio de Sant'Anna de Pouco. A fazenda, situada a cerca de sete quilômetros da vila de Espera, era uma exceção entre as que foram tomadas pela avassaladora onda do cultivo da soja, a amiudada planta que não parava de se alastrar, nem de se misturar a tudo que dizia respeito ao dia a dia do homem. Em sua múltipla função, a planta possuía a gananciosa receita de saciar diversos tipos de fome. Eram as moedas de estranhas línguas que ditavam os porquês, intraduzíveis escusas a tomar de assalto a terra. O caminho era um longo e enfadonho manto a se mirar, a paisagem havia mudado. O horizonte se tornou um desmedido pretexto.

Enquanto Manoel dirigia a velha caminhonete, Trajano seguia ao seu lado na cabine. Neilson e Decreto íam na carroceria, acercavam-se das ferramentas e utensílios que rolavam de um lado para o outro por conta do balanço do veículo. Neilson vislumbrou algumas pessoas distantes na estrada, numa carroça amontoada de pertences. Reconheceu Anastácio e a família, que estavam de partida. A mulher e as duas netas estavam à beira dos amarrados, do que deram conta de levar. Neilson era magro, de nariz curto e achatado e cabelos encaracolados. Tinha um ar circunspecto e os batimentos frouxos por conta de janelas no coração, uma má-formação inata. Aflito, bateu na lataria do carro e pediu a Manoel para encostar, o pai freou junto à família. Anastácio e os seus aparentavam exaustão e outros cansaços, tinham os semblantes ausentes de si, como se já estivessem a habitar distâncias. Neilson sensibilizou-se com os antigos vizinhos agarrados às cordas, aferrados ao que lhes sobraram e ao desconhecido que viria. A pergunta que todos mentalmente faziam, não carecia de resposta, mas o desassossego de Neilson não o calou:

— *Vocês vivem aqui há tanto tempo... Por que ir embora?*

Anastácio tinha sessenta e dois anos, mas as rugas do sol, do trabalho pesado, marcavam-lhe uma década a mais, datavam-lhe anos a menos. Ele levantou a aba do boné surrado, secou a testa com o dorso da mão, e trocou olhares suados com a mulher antes de responder:

— *Não dou conta mais, Neilson. Essa teimosia por nada, acaba com a gente. Insistir numa coisa, ou é valor de perseverar, ou é burrice de teima. Que acho que foi o nosso caso, e das grandes!*

— *Mas vocês vão pra onde?*

— *Sei lá... Pr'onde haja cidade, pr'onde haja gente. Não há o que se fazer por aqui. Essa vila morreu. Nem sei mais se eu já não morri junto e nem me dei conta!*

Neilson pulou da caminhonete e aproximou-se do homem, pediu que esperasse por mais um ano, inventou a previsão de um futuro melhor, que não tardaria. Tentava, na doce mentira, resgatar-lhe a esperança, afinal, era no que o pai acreditava. *Espera vai voltar a ser o centro do mundo. Nosso futuro será o passado, quem reviver verá!* Repetiu para o homem o sonho de Manoel, que confiava na chegada de uma grande empresa a se instalar na vila e fazer o lugar novamente florescer, retomar a prosperidade do passado. Sereno, Anastácio abraçou-o nos olhos:

— *Eu acredito no que você me diz, mas não tenho fé nas suas palavras. Desculpe a minha falta de crença... Todo santo dia a gente se despede de alguém, ou de alguma coisa. É o costume de como as coisas são, e deixam de ser.*

Neilson sentiu o peito afrouxar seus ventos. Suspirou um doído ar, a brisa da tristeza mais uma vez o respirava. No calado do não-dizer, seguiu desesperançoso, levado também na carona daquele rumo incerto. A vila abandonada tornava-se ainda mais deserta. O rapaz descobriu que o mundo era enorme, mas podia caber numa carroça. Ficou a observá-los enquanto os circundava, a querer fixar em sua mente a rara imagem comum: Dona Arminda, sempre calada a mastigar o vazio, equilibrando os dentes postiços na boca. As duas netas que o casal criava desde que a filha sumiu, os pequenos rostos empoeirados, as roupas surradas e os pés sobrando nas sandálias gastas. Três malas antigas. Muitos sacos de panos amarrados em trouxas. Bonecas desgrenhadas e uma casinha de brinquedo. O rádio. Uma fotografia antiga e retocada, de parentes há muito falecidos. Quinquilharias do dia, miudezas da vida. Bugigangas do coração. E o velho chapéu surrado que Anastácio costumava colocar em sua cabeça, quando ainda era menino.

— Nem cabia em mim, e eu teimava em pôr.

— Esquenta muito a cabeça. Tá meio desbeiçado, as costuras soltando...

Neilson o pegou, apalpou o feltro e o aproximou do nariz:

— E ainda tá com o mesmo cheiro: de quiabo mastigado e cuspido por um boi!

Anastácio gargalhou tímido, tentando esconder com a mão os cinco dentes escurecidos que lhe restavam na boca. Neilson também achou graça. Sorriram o olor do feltro, sorriram o aroma da memória da velha piada em comum. O homem pegou o chapéu, bateu com a mão para retirar a poeira, tentou ajeitar a aba retorcida. E pôs na cabeça de Neilson.

— Fica com ele, é um presente de lembrança.

— Agradecido, Anastácio.

Manoel apressou a conversa, acelerou o motor. *Vamos que a gente tem trabalho! Boa viagem, Anastácio, dona Arminda!* Neilson saltou para a caçamba da caminhonete e partiram. O rapaz acenou com o chapéu para a família que aos poucos foi ficando para trás. Logo a carroça, com o mundo de Anastácio dentro, perdeu-se de vista. E a família puiu-se na estrada.

Manoel Promessa dirigia com a boca torcida, a desdenhar de Anastácio.

— Homem que desiste de sua missão por qualquer coisa, não é um homem, é um desomem. Sabe o que é isso, Trajano? Sabe o que é um desomem?

Com o olhar sereno, o rapaz negou num gesto de cabeça.

— *Desomem é aquele que nasceu humano, com adjetivo de pessoa e capacidade de gente, mas traiu seu papel. Desomem é o vizinho mais perto de um bicho: cachorro, cavalo, minhoca. Sabia que eu já flagrei Anastácio, esse frouxo aí mesmo!, agachado conversando com uns cabritos?! Posso até jurar que o homem estava berrando, feitinho eles fazem. São os desomens que atrasam nosssa evolução, Trajano, sabia disso?!*

Manoel Promessa narrava com orgulho a própria obstinação em se manter na vila, exaltava-se como exemplo de coragem, determinação. De maneira incansável, reiterava a missão de refundar Espera, mesmo não sabendo pregar um botão. Mesmo não tendo herdado as aptidões de alfaiataria do avô materno, confiava que nova tecelagem, ou empresa ainda maior, viria a cumprir sua predestinação. *Essa cidade precisa de sangue novo pra renascer, e não desses sangues cansados! Podem ir embora, vão perder de ver Espera se tornar capital do mundo! E eu te dou minha palavra disso, ou não me chamo Manoel Promessa, neto de Alfredo Domênico!* Trajano a tudo ouvia calado, não ousaria discordar, apesar de surpreso com a indiferença de Manoel em relação à família que partiu. Ressentido e sentindo-se traído, Manoel elevava ainda mais o tom de voz para bendizer a si mesmo e à sua família. O duro discurso passou a incomodar Trajano, que escapou olhos e ouvidos para fora do carro, para o firmamento. Manteve-se silente, em aparente concordância, preferiu seguir na costumeira nulidade.

— *Não vão fazer falta nenhuma. Você já viu ele se prestar pr'alguma coisa? Bem, admito que uma vez, só uma vez! Quando ajudou a buscar os porcos, que Decreto, brincando com os bichos, deixou fugir. Só daquela vez! Depois disso, nada mais do que zero. E você, se lembra de uma coisa boa em que o lesmoso do Anastácio foi útil?*

Embaraçado, Trajano balançou a cabeça a assentir com Manoel. Sempre que se referiam às suas lembranças, constrangia-se. O jovem sofria de um grave apagamento de memória causado por um acidente ocorrido anos antes. A falta de registros antigos o corroía por dentro, era obrigado a conviver com um vazio perturbador. Cavava com as mãos da ansiedade o abismo da sua desmemória, sempre a fracassar. A aflição de nada se lembrar, por vezes, refreava-o por um receio que também lhe vinha. *O esquecimento enterra um trauma, uma dor. Poupa a pessoa de uma morte, ou de um sofrimento ainda maior. O que me escondo de mim? De que coisa tão terrível, minha mente me salva? Do que me mascaro, que não suportaria me reconhecer?* O medo do inesperado passado lhe saltar de chofre trazendo algum horror também o consumia. Vivia a se equilibrar no afiado gume da incerteza, de resgatar a temerosa verdade ou prosseguir na serena ignorância. Mas a vontade de se mirar no espelho e se reconhecer imperava. Precisava persistir, mergulhar em si, seguir tentando. As únicas memórias que guardava datavam de um tempo recente. Por isso, usava um diário, onde sofregamente anotava tudo que lhe ocorria, no flagrante acontecido, pois temia que sua amnésia evoluísse e avançasse até seus dias. *Esquecer o passado é ruim, mas o pior é ver o presente se apagando...*

Os irmãos gêmeos Dejaneir Par e Dejaneir Ímpar prepararam os burros para irem à escola, situada a quatro quilômetros de casa. Zudileu ficou à espreita dos dois, teimoso, no queixo duro da porta. Havia sido poupado de andar muita distância e montar a cavalo por causa da sua fraqueza, das doenças que lhe pegaram carona na vida, e porque preferia o trabalho a estudar. Ir ao canavial era seu maior desejo, queria podar as diferenças entre ele e os irmãos mais velhos e, sobretudo, ceifar o desprezo do pai. Por isso, o caçula subterfugia do convite dos gêmeos para os acompanhar na garupa: doía-lhe as coitadices das mãos para escrever, das vistas para agarrar as letras no quadro e de todo o corpo que descambava a ferver desinteligências. Os gêmeos percebiam suas artimanhas, esporearam ironias e partiram montados no riso para o colégio.

Pelo encabulado dos olhos, Clareana percebeu Zudileu a rodopiar em seus descantos. A jura que fez à Noite ecoava na menina: um cuidado a lhe botar cabresto. Seu predileto irmão era filho da sua melhor amiga. Ao seu ouvido, a Noite ainda lhe sussurrava os deveres de amizade, ao que a menina respondeu em murmúrio. *Como esquecer do seu filho? Pode deixar, eu vou cuidar dele. Como não cuidar do meu próprio irm...?* Em meio ao doce dever, um pensamento a interrompeu. *Se Zudileu é filho da Noite, deixa de ser filho da mãe e do pai... E também, no eco disso, deixa de ser meu irmão.* Clareana desfestejou a alegria no peito, desgostou da ideia de perder o irmão. E num instante, todo carinho e amizade que sentia pela Noite eclipsou-se. Não admitiu a possibilidade de a Noite lhe tomar Zudileu. *Ôshi!, que só agora acordo pro tamanho desse desatrevimento! Me chega e me toma o irmão, num dito de filho?!... Que isso, que aquilo, que num sei mais o quê?!, e vai assim?!* Clareana sentiu-se traída, em silêncio seguiu trocando desaforos com a Noite. *Como desavessar essa situação, como fazer uma vida virar em seu contrário? Há remédio pro que não tem jeito?* Seu peito nublou, como se na breve tomada de ar, fosse inteiramente preenchido pelo sopro do ressentimento.

A menina tinha no amor ao irmão a obrigação de lhe cuidar. Por ser caçula, ínfimo em evidências. Por Zudileu ser o que não era. Lembrou dele ainda em tamanho de colo, milimetrado. Manoel Promessa foi quem escolheu como ele viria a se chamar. Depois de tantos filhos, numa crendice pessoal, decidiu batizá-lo com um nome que iniciasse pela última letra do alfabeto, para que aquele fosse também o último rebento. Zudileu nunca gostou do próprio nome, dizia ser grande demais, sobrava-lhe. Gostaria de rebatizar-se, nomear-se Til. Para ele, um simples acento era o que melhor lhe caía. Clareana lembrava-se com frequência dos cuidados e preocupações que passou com o minguado irmão desde sempre, na costumeira mania de sumir dentro de casa. Temerinda Cruz afligia-se com seus desaparecimentos, mas Manoel sempre a confortava:

— *Deixe o menino. Todo mundo precisa dos seus cantos, ele sabe onde se basta.*

E tinha uma estratégia para fazê-lo aparecer, impedia que lhe deixassem prato de comida pronto. *Entendimento entra pelo ouvido, mas sabedoria se aprende é pela barriga. Não demora duas fomes pra ele aparecer pedindo seus enche-buchos.*

Certa vez, Zudileu seguiu na turra de passar fome, no capricho de não ceder. Ficou desaparecido por dois dias. Após todos adormecerem, Clareana enfileirou migalhas de pão com manteiga e açúcar pelo chão da casa, ficou à espreita. Uma armadilha de cuidados. Na madrugada, divisou Zudileu saindo de trás do sofá e devorar o primeiro pedaço de cuidado, quando foi surpreendido. *Senti sua falta, menino.* Ele fechou o semblante e retorquiu:

— *Quem mandou me achar?!*

— *Ninguém, eu quis. Te vi logo, lá no fundo. É lá o seu esconderijo?*

— *Como você, uma menina albina, que não vê direito, pôde me enxergar?*

— *A luz me atrapalha ver. Mas não é no apagado do escuro que os pirilampos dançam?*

De janelas fechadas, no pretume do quarto, Clareana seguia a inventar outras sombras. Agastada pela má intenção da Noite, murmurava teimas num refluxo de rancores. *Será a traição, o único caminho de uma amizade? Ela não é mãe dele, não pode ser... É duro perder uma amiga, mas ficar sem irmão, é ainda pior!, é perder um pouco da gente. Da mesma forma que ela quer me roubar o irmão, eu lhe tomo o céu e o chão! Eu a expulso da minha escuridão. Não volte mais a pôr os pés aqui! Agora, esses breus são meus, e de mais ninguém! O irmão é meu! E ai de você, se voltar a aparecer!* Clareana teve a certeza que através dos seus sussurros, a ex-amiga tomaria conhecimento dos seus recados. Com o rompimento, à Noite restaria cruzar o alto do firmamento a escurecer a Terra, mas mantendo-se distante de Espera. Resignada a nunca mais serenar seus segredos à menina, nem a marcar seu chão. A Noite passou a escurecer outros caminhos.

No sacolejo da estrada que os levava ao canavial, Neilson prosseguia balançado, a pensar no tamanho do mundo de cada um. Ficava a pensar na soma de tantos mundos. Incontáveis carroças orbitavam-lhe o pensamento, dando voltas num eterno giro sem ter onde aterrar. Amargurou-se por não poder ajudar o velho amigo que partiu. Um gosto ácido impregnou-lhe o corpo. A poeira engoliu Anastácio e sua família. Neilson engoliu Anastácio e sua família. Lembrou-se do que o homem um dia lhe disse, uma velha conversa ainda ecoava dentro dele. *As cidades nascem, as cidades morrem. Assim como acontece com cada gente que pisa nesse chão...* O rapaz passeava os dedos no feltro desbotado e gasto do chapéu, como se no gesto trivial pudesse fazer desencantar do objeto uma mágica solução, um alento que viesse a preencher o vazio que sentia, a amainar a impotência diante do sofrimento do outro. *A dor do Anastácio é a dor dele? Essa dor é do Anastácio e da sua família?* Algo dentro do rapaz também havia partido. E de chofre soube o que fazer com aquele chapéu, o destino que lhe reservava. Pela primeira vez compreendeu que sua coleção de tristezas não era apenas um hábito diletante, um ajuntamento excêntrico de melancolias que mantinha em segredo, distante de todos os olhos. A coleção de tristezas erigiu-se aos poucos, aguardando pacientemente o certeiro momento a florir e convocar-lhe. Quando ela finalmente estivesse pronta. Quando ele finalmente estivesse pronto. *A dor de Anastácio não é dele nem da sua família. Sua dor é minha dor. A dor de toda gente é uma roupa larga que não apenas nos cabe. É uma roupa que nos engole.* E naquele dia, floresceu. Finalmente, o rapaz ouviu seu verdadeiro chamado. Neilson queria ser generoso e honesto. Realizou no mais profundo do seu íntimo a vontade de ser justo e apaziguador. Compreensivo, solidário. A real vocação surgiu-lhe feito um sopro, que se tornaria único propósito de vida para o resto dos seus dias. Neilson passou a querer exercer sua bondade a cada instante do resto de sua vida. Neilson passou a desejar ser, inteiramente, bom. Perfeito.

Decreto ouviu o discurso alterado do pai na cabine do carro a maldizer Anastácio, conhecia sua opinião. Sabia do seu gosto em querer manter toda a família unida ao seu redor. A partida de Anastácio não causou em Decreto nenhum sentimento de compaixão. Mas a saudade daqueles que partiram o impregnou, e soube de imediato que aquele sentimento não iria embora. Compartilharia o peito com outras sensações, igualmente repentinas: de alegria e liberdade. Pois na partida dos antigos moradores, Decreto realizava-se em segredo. Há anos o jovem alimentava o desejo de também deixar Espera, mas nunca tivera coragem de assumir a vontade para ninguém. Inúmeras vezes planejou fugas durante a noite, fez a mala incontáveis vezes. Perdeu a conta de quantas cartas escreveu nos últimos meses desculpando-se pela dor e decepção que causaria a todos, sobretudo ao pai. E não se recorda de quantas mensagens também rasgou. O sonho de se tornar um empresário na cidade grande, montar a própria barbearia era um objetivo de vida, uma quimera. Imaginava-se reconhecido por sua habilidade com a tesoura e na administração do próprio comércio. Sua angústia o consumia dia a dia, mas dissimulava o turbilhão que internamente o atormentava. Sabia que nunca teria a aprovação de Manoel Promessa. Em vida, não teria coragem de trazer tanto desgosto ao pai, que tinha para ele outros planos. Manoel confiava a Decreto a função de seguir no trabalho do campo, de onde vinha o sustento da família. Depositava no primogênito a obrigação de ser o futuro esteio da casa, e sobretudo, aquele que seguiria seus passos no compromisso de reconstruir Espera.

Nesse ciclo ininterrupto de sonho e culpa, Decreto condicionava a realização dos seus planos somente após a morte do pai, quando atravessaria imensa dor, mas finalmente estaria liberto. A consciência desses sentimentos antagônicos agravava ainda mais sua angústia e remorso. Decreto seguiu calado na caçamba da caminhonete, com o semblante fechado. Mas deixou escapar um leve sorriso nos lábios ao ter a certeza que Anastácio partira, estava livre de Espera.

5.
A primordial casa do planeta

Dejaneir Par e Dejaneir Ímpar usavam a rua principal de Espera para irem à escola. Com seus chucros, galopavam pela vila deserta em desfile de tropa para inexistente multidão, ovacionados por mudezas. Dezenas de casas abandonadas, devoradas pelo tempo, ladeavam a avenida central. E a cada esquina, abriam-se ruas transversais, igualmente vazias. As ruínas ladeadas eram um rosário de solidão. O silêncio da fantasmagórica vila soava distante, em um tempo que os irmãos não vivenciaram. No vai e vem de carros e ônibus, nas crianças correndo a brincar. Na loja de fruta, de sapatos, seus clientes. Nos açougues e praças. Na capela movimentada aos domingos. E nas casas, nas cinquenta e sete casas habitadas do lugar. Distante endereço.

A cada dia, os gêmeos escolhiam aleatoriamente uma rua a seguirem, onde elegiam uma casa para entrar. Fuçavam os escombros, móveis e utensílios deixados para trás por antigos moradores. Buscavam objetos que poderiam ter valor a serem negociados em troca de favores com amigos, funcionários e professores. Por conta disso, os irmãos eram populares no colégio, e suas avaliações eram sempre as melhores. Nas casas, o passado respirava forte em constante presença, num estertor que ruidava o ar. O sentido da audição dos irmãos era aguçado, sabiam que tinham ouvido demais para pouca orelha. Era comum ouvirem antigos sons ainda reverberando nas paredes. Diálogos e brigas, risos e lamentos, sussurros de amor. Muitas falas ficaram presas, a ricochetear para sempre em seus cômodos. Os gêmeos estavam acomadrados com aquela situação, ignoravam, seguiam a garimpar esquecimentos. Naquele dia encontraram uma toalha no alto de um armário, amarelada e dobrada com zelo, pronta para ser usada. E na sapateira crivada por cupim, acharam um par de botas surradas, com a sola descolada. Não tiveram sorte daquela vez, mas levaram os objetos consigo. Antes de irem para a escola, pararam à porta da casa 33 da última rua, apearam e entraram.

A casa era repleta de objetos e móveis recolhidos por eles nos últimos anos. Havia mesa, cadeiras. Geladeira sem funcionar e quadros. Cama, armário, sofá. Fotos trazidas de diversas casas, que os irmãos fixaram por todo canto, a formar uma única e peculiar família. Uma vitrola, alguns discos. Uma bicicleta e um andador para crianças, enferrujados. Por conta de tantos objetos espalhados em cada cômodo, a casa parecia ocupada por insuspeitados moradores, onde qualquer um, de toda raça, credo ou origem, ali coabitasse em perfeita harmonia. Era a primordial casa do planeta. Contudo, anacrônica, carcumida pela ruína de seu ideal. Por estar repleta de utensílios, móveis e objetos pessoais, o lugar parecia latente de vida, a gestar improvável morador. Os irmãos fantasiavam a possibilidade de subitamente alguém chegar do trabalho e, cansado, desabar na poltrona. E outro pudesse cruzar a sala apressadamente na direção do banheiro, enquanto uma terceira moradora atravessasse o cômodo carregando livros a enfileirá-los na estante. E afetuosos, pudessem conversar sobre o dia que tiveram, sobre a vida. A vida que ali não mais havia, a fazerem planos para um tempo que nunca viria. Era a fervorosa prece de ninguém, na fé de um futuro que há muito sucumbiu.

Apressados, Dejaneir Par e Dejaneir Ímpar deixaram os objetos recém-recolhidos sobre a cômoda da sala, para em outra ocasião guardá-los. A casa ficou para trás. E o eco de uma impossível vida pôde seguir sua rotina.

Zudileu deambulava a esmo pelo quintal. Em seu andar comum, arrastava os ombros nas paredes e esbarrava nas árvores, como se aqueles obstáculos subitamente atravessassem seu caminho. Pela fresta da veneziana, Clareana buscou o que acontecia do lado de fora, enxergou Zudileu. Gritou por ele, mas foi ignorada. Insistiu:

— Zudileu, não me ouviu chamar, não?! Venha aqui dentro, seu fiapudo! Você sabe que dói eu ir aí fora. O sol tá fritando hoje, doido pra me queimar o zóio! Precisa imploração pra me atender?!

Contrariado, o menino aproximou-se da janela. *Hãn?* A roupa do desânimo era o que lhe cabia em justo tamanho. *Venha aqui dentro pra conversar mais eu, molengudo! Deslame dessa preguiça!* Ele bufou, mas atendeu o pedido.

Entrou com o perfil em curva, trazia no ombro invisível canga que lhe corcundeava a alma. Era o peso do pai, dos irmãos, da caminhonete. Era o peso do horizonte empoeirado. Clareana sabia que pisar a vida sempre fora privilégio para poucos. *Tem muita gente por aí sem chão que nem nós. É assim, e tem outro jeito?!* Pediu que o irmão não ficasse nublado, ao menos por qualquer motivo. Lembrou-lhe que tristeza era sentimento que cabia em vasilha, e que a própria pessoa tinha por obrigação saber escolher o tamanho do pote onde guardá-la:

— Tem que espremer, espremer, até a tristeza caber numa marmita bem pequeninha, miúda assim! Ah!, e tem que ter tampa. Por que coisa pior na vida é, sem querer, bater os olhos em uma tristura destampada!

A tentativa em alegrá-lo foi em vão, o irmão seguiu abatido. Ela tentou usar a psicologia do mal-pior, que não solucionava nada, mas prestava a solidarizar revezes.

— Veja eu! Em competição de desgraça, eu venço com a minha. Pelo menos você pode andar no sol sem precisar amarrotar a cara pra enxergar alguma coisa. E nem assim eu consigo enxergar todas as cores do dia.

— Eu sei, irmã, eu sei. Mas o que é pior: não ver, ou não ser visto?

A menina não soube responder.

— Clareana, você já tem um melhor amigo?

Ela serenou o peito, recordou-se da Noite, da ex-amiga apagada, que nunca mais voltaria a visitá-la.

— Mana, você quer ser minha melhor amiga?

Clareana foi invadida por inesperada alegria, em reinaugurado olhar de uma primeira e infindável amizade. De irmão. Que era mais, e tudo. Afinal, era quem seguiria de mãos dadas na vida por mais tempo. Clareana quis reter aquele instante para sempre e não deixá-lo nunca mais se apagar, não deixá-lo ficar para trás na lembrança. Guardou-o.

— *Sim, quero e requero! Serei pra sempre sua melhor amiga, e você, pra sempre, será o meu melhor amigo.*

Zudileu retornou para os seus quintais. Clareana ficou a observá-lo pela janela, esperou que se voltasse na direção da casa e estendeu o dedo mínimo pela fresta da veneziana. Acenou com o dedo torto, no formato de um riso, de um anzol. Zudileu achou graça e, imitando seu gesto, acenou de volta com o dedo curvado. Clareana sentiu-se plena, na certeza de ambos terem seus sorrisos fisgados.

6.
O céu e seus infinitos

Era quase noite quando Manoel Promessa, Trajano, Neilson e Decreto retornaram do canavial. Trajano foi direto ao quarto, pegou o caderno de anotações e saiu pelo quintal a registrar os passos do dia, tudo que lhe aconteceu. Urgia a intenção de não perder seu presente. Apesar de cansados, os irmãos comentavam sobre a jornada que tiveram. Descalçaram as botas sujas de lama, lavaram as mãos, mataram as sedes. O suor marcava a todos, que, mesmo com portes de homens feitos, brincavam a molharem-se mutuamente feito crianças. Impressão que era reforçada por conta dos rostos imberbes que ainda os assemelhavam àquele tempo. A falta de pelo no rosto era herança de Manoel. Ninguém possuía nem um mísero fiapo de seriedade no bigode para ajudar a distinguirem-se naquela farra de meninos-grandes. A infância por vezes escapa de seu lugar, eclode num misterioso chamado a lembrar sua existência, a provar que oxigena e semeia o mundo, alimenta-o na permissão de prosseguir.

Zudileu acompanhava de longe a diversão entre os irmãos, cumpria a ordem velada. Mantinha-se distante, pequeno. Foi até o galinheiro e, com a testa apoiada na tela, ficou a observar as aves. Maria Dossim passava dirigindo a caminhonete, onde levava na caçamba restos de alimentos para a casa dos porcos. Freou estranheza ao ver o irmão balbuciando algo para as aves, com o olhar empoleirado e de dentro do carro gritou:

— *Eh, Zudileu, tá tudo bem? Perdeu alguma coisa? Não tem nada pra ver aí, não! Galinha é galinha. É só um bicho desengonçado que veio faltando braço pra andar direito.*

— *Eu não acho. Às vezes, pode não ser isso...*

— *Então é o quê?!*

O menino discordava da aparente certeza do que o acercava, de como tudo supostamente acontecia por uma ordem trivial a se cumprir. Discordava do porquê de as coisas se calarem no que são, pois poderiam estar querendo serem ditas, mas de outra maneira, em escusa expressão. Discordava.

— *Acho que as galinhas são desconfiadas, avisadas demais por saberem que vão virar almoço.*

— *Elas nem sabem disso, menino.*

— *Pode ser um saber não-pensado, daí a aflição delas: de não saberem que sabem o motivo de terem medo. Vai ver, por isso são assim, ariscas e tristolentas.*

— *E quem disse que as galinhas são tristes?!*

— *Olha pra elas, motivo não falta: tem asas, mas não voam, e sabem que vão ser devoradas...*

Maria Dossim fixou no irmão sem compreender sua teimosia, seus bocados:

— *Zudileu, você é muito esquisito.*

O menino ouviu o desaforo como quem sorvia fervente colherada de uma recorrente ração, enfiada à força goela abaixo. Mastigou, digeriu o ardor que o queimou por dentro. E feito um vulcão, erupcionou. Entrou no galinheiro e começou a correr atrás das aves, cacarejando e adejando os próprios braços como se fossem asas. Exasperadas, as galinhas fugiam do menino, fazendo esvoaçar penas para todo lado. Zudileu agarrou uma das aves e mexendo suas asas, incitava-a a voar:

— *Voa, danadinha, voa! É assim que se voa!*

Maria Dossim não estranhou a tresloucada atitude do irmão, fez um meneio com a cabeça reprovando-o e partiu com o carro. Zudileu acompanhou a caminhonete a ganhar distância e se aquietou, ainda envolto de muitas penas a flanar ao redor. Num rompante, escalou a grade e pôs-se de pé sobre a trave de madeira que sustentava a tela do galinheiro. Abriu o peito e cacarejou bem alto para que todos o ouvissem. Pelo retrovisor, Maria Dossim enxergou o irmão a soltar seus cantos de galo, como se quisesse redespertar seu dia. Vislumbrou-o com comiseração, as muitas penas. Lamentou por sua sorte na saúde e pelo futuro incerto que lhe reservava. *Zudileu é feito mandioca. Vive enterrado, e quando sai, é cascudo e duro que só! Haja fervura pra amolecer esse cotoquinho!* Ao voltar-se para frente, deparou-se com Trajano, distraído, cruzando a estrada. Freou bruscamente o carro, por pouco não o atropelou. Ambos ficaram lívidos, com as respirações travadas, aterrados pela iminência do acidente.

— *Desculpa...*

— *Desculpa.*

Constrangido, Trajano assumiu a responsabilidade pelo incidente, estava acostumado às ruas estarem sempre desertas. Maria Dossim quis saber o que o distraía. Ele mostrou-lhe o caderno onde descrevia os acontecimentos do dia. A premência em registrar cada instante do que vivia o deixava absorto. Ela lamentou, compreendia quão perturbadora deveria ser a perda das lembranças. Trajano amenizou o tom da conversa e, bem humorado, comentou que havia um lado positivo em sua condição, tudo ganhava frescor, o mundo tornava-se uma constante novidade. Os dois sorriram, Dossim recordou quando havia lhe salvado a vida, mas, por ironia do destino, quase a tirou naquele momento.

Dois anos antes, Maria Dossim foi refrescar-se numa represa a alguns quilômetros de Espera. Retirou toda a roupa e caminhou devagar, molhando-se aos poucos a adaptar-se à água fria. Os músculos retesavam-se a cada passo, os pelos do corpo arrepiavam-se. Maria Dossim gostava daquele momento, era seu pequeno desafio, um singelo ato de coragem a preceder um prazer já conhecido. Ao submergir e dar as primeiras braçadas, deleitou-se por estar ali. Mexia-se, nadava a se aquecer. A pele clara destacava-se na água escura do lugar. Era um firmamento cego, de intenso breu, onde sua tez sobressaía feito uma estrela num mergulho cadente. O céu e seus infinitos estavam em toda parte. Pôs-se a boiar e revelou os ombros, os peitos claros e firmes, com os mamilos rosas que floresceram à superfície. Antes de ir embora, deu seu último mergulho, submergiu, e as nádegas, firmes e arredondadas, mostraram-se a deixar o pequeno céu encantado com o que lhe visitava.

Em um desses passeios, Dossim deitou-se nua à margem da represa a repousar. Ainda com o corpo úmido, colocou o fino vestido e subiu em seu cavalo para regressar à casa. Inventava uma trilha sob as copas das árvores a fugir do sol, quando de repente, assustou-se com um forte barulho de galhos a quebrar, culminando num surdo estrondo de algo a desabar no chão. Uma revoada de pássaros alçou voo na mata, apontando o lugar do acontecido. Mesmo receosa, quis saber o que causara aquele impacto. Discerniu em meio às folhagens, uma pessoa caída. Aproximou-se e deparou-se com um rapaz desfalecido, envolto num tecido encharcado em sangue. Afastou o pano e ficou horrorizada com seu aspecto. O rapaz tinha cortes profundos, arranhões por todo o corpo e grandes escarificações nas costas. O semblante era indiscernível por conta dos machucados e do sangue que lhe escorria. Exasperada, correu até Espera e, com a ajuda dos irmãos, levaram-no para casa.

O rapaz permaneceu desacordado durante três dias, sob os incansáveis cuidados de Dossim. Ao retomar a lucidez, estranhou o lugar, ignorava o porquê da sua condição. Não se recordava do seu passado, nem mesmo do próprio nome. A angústia diante do completo apagamento da memória passou a consumi-lo. A família alegrou-se com sua recuperação após o grave acidente, mas Manoel ficou cismado:

— *Isso tá com cheiro de ter sido uma pisa corretiva! Alguma esse sujeitinho deve ter aprontado, e tomou uma lição das boas! Olho nele, Dossim, e tranquem as gavetas!*

O choque do brutal acontecimento foi a causa da perda das suas lembranças. Os dias se passavam e a agonia por não se recordar de nada o atormentava. Cheiros e paladares, sons, tudo lhe surgia em inaugurada impressão. *Sinto como se eu nunca tivesse pisado nesse mundo. Tudo é estranho... Eu acabei de renascer, ou morri?* Observava com indisfarçável curiosidade o que o cercava. *Tudo que sempre existiu, agora se reinventa através dos meus olhos. É doído, e instigante... Será assim, nascer?* Dossim sensibilizava-se por sua aflição, tentava confortá-lo alegando que o esquecimento seria passageiro, não deveria ter pressa nem se alarmar.

— *Mas eu não sei quem eu sou, como eu me chamo... Eu sou alguém?*

Ela tentou amainar sua agonia. *Vou emprestar a você um nome bastante especial. É o nome que escolhi para o meu filho, para o filho que um dia eu ainda vou ter.* O jovem confortou-se com aquelas palavras, compungido pelo seu incansável desvelo. Ela aproximou-se do seu rosto e, fixando-lhe nos olhos, sussurrou:

— *Trajano. Esse é o nome que eu mais gosto e que te dou de coração. Use-o pelo tempo que precisar e me devolva quando dele se cansar. Mas se quiser, também pode levá-lo com você pelo resto da sua vida.*

O rapaz não conseguiu esconder o contentamento por voltar a ter um nome, e em perceber o rosto de Dossim tão próximo ao seu. Sentiu seu perfume, respiravam o mesmo ar. Tomado de encantamento, deleitou-se ao ouvir, pela primeira vez, a pronúncia do seu novo nome através dos lindos lábios de Maria Dossim.

— *Trajano... Que lindo, Dossim... E qual é o significado?*

— *Do quê?*

— *O que Trajano significa?*

— *Nada... Não significa nada.*

— *Nada... nada mesmo?!*

— *Nadinha...*

— *Que lindo isso! Lindo nome...*

Naquele instante, veio-lhe a inexplicável sensação de pertencimento, o sentido de fazer parte daquele mundo. Experimentava a esquecida afeição do acolhimento, feito alguém que, após uma vida inteira distante, a passear ausências, finalmente regressava para casa.

Trajano seguiu com Dossim na caminhonete, a ajudá-la com a comida dos porcos. Ao aceder à rua 23, depararam-se com Decreto montado no cavalo, diante da casa onde ficava a pocilga.

— *Decreto, o que veio fazer aqui?*

— *Tava dando um passeio...*

— *Veio visitar a namorada?*

— *Larga mão de bestice, Dossim! Sai pra lá com essa palhaçada! Isso já não tem mais graça, não!*

A estranha rotina de Decreto visitar os porcos era tida como um despautério. O motivo da sua reta dedicação aos animais era ignorado, abria margens para todo tipo de interpretação e zombaria. Emburrado, Decreto desmontou do animal e alcançou a lata com a comida dos animais na caçamba da caminhonete. *Esse trabalho é meu, já disse. Vocês dois podem voltar daqui.* Amarrou o cavalo na cerca e, carregando o pesado vasilhame, entrou na casa-pocilga. Dossim e Trajano acharam graça na reação do rapaz, manobraram o carro e, antes de partirem, ela colocou a cabeça para fora da janela. *Tá certo, é obrigação de marido e pai, cuidar da família!* E acelerou o carro a rir-se, deixando Decreto furioso para trás.

Trajano abriu seu caderno para anotar o que ocorrera. Dossim percebeu sua fixação no diário de lembranças do presente, e com bom humor, pediu que ele passasse a escrever parado, a fim de evitar novos incidentes. Ele sorriu, prometeu que teria mais cuidado. Fazendo troça com sua amnésia, ela aventou a possibilidade de ser um homem casado, e que talvez tivesse filhos. Ou pudesse ser uma pessoa importante, herdeiro de uma grande fortuna e estaria perdendo tempo naquele fim de mundo. Ele sorriu, considerou absurdas aquelas hipóteses. Para ele, alguém importante não teria passado pelo acidente que sofreu.

— *Talvez eu não seja uma boa pessoa, e alguém se vingou de mim. E pra essa pessoa, eu nem estou mais vivo. Já deixei de ser gente.*

— *Não, você não é mau. Seus olhos não dizem isso. Acho que você nem é da região... Veio de muito longe e se perdeu.*

— *Queria inventar minha profissão, a cidade onde eu nasci, meus pais. Queria inventar um passeio inesquecível de infância. Pra mentir pra mim mesmo que eu sei quem eu sou, que eu tive uma história... É possível a gente se refazer nesse tanto?*

Ela desculpou-se pela maneira jocosa como tratou sua amnésia, mas Trajano amenizou sua culpa. *Você me salvou, me deu outra chance. Acho que tava tudo programado: era pra eu me acidentar e quase morrer, pra depois te conhecer. E estar aqui nesse instante. Tava tudo programado...* Entreolharam-se fixamente, a transver as palavras. E com espirituosidade, ele agradeceu por tê-lo livrado de outro acidente ao não lhe atropelar. Os dois sorriram, embaraçados pela conversa e pelos assuntos não ditos, a trocarem olhares de promessa.

— *Então, Trajano, você tem uma dívida comigo: não pode me deixar morrer. Tá obrigado a me salvar da morte!*

— *Combinado, eu prometo.*

— *Promete mesmo? Jura que não vai me deixar morrer?*

— *Eu juro, te dou a minha palavra.*

7.
A selva canha de uma árvore só

Clareana aproveitava o refugo do dia para sair de casa. Mesmo àquela hora, a mínima claridade a incomodava. Divisava a paisagem não muito distante, na ânsia de ver o mesmo horizonte de todos, ter o que sempre lhe faltava. Os gêmeos e Decreto diziam à menina que conseguiam ver o mar a mil quilômetros de distância. Que podiam enxergar montanhas de neve no país vizinho. E que era possível admirar as dunas de um deserto, se fixassem no Oriente. Inventavam paisagens a enervá-la, a esfriar-lhe a presunção de ser especial, atitude que possuía a compensar o despedaço de ser albina. Em resposta à provocação, gabava-se que enxergava no escuro como ninguém. Distinguia a ordem dos planetas, descobriu que as estrelas eram coloridas e emitiam sons próprios. *As estrelas cantam para mim!...* Temerinda Cruz atravessou o lugar feito um cometa, a desfazer as triscas entre os irmãos, enxotando-os à procura de seus rumos.

Clareana deambulava pelo quintal, quando Valência Outrora se aproximou vestida de maneira não usual, com batom e forte maquiagem. Usava um chapéu de aba larga e um de seus melhores vestidos, do tempo em que ainda se convidava à missa. Estendeu a mão para a menina e sussurrou. *Hoje sou Neuza Andrade.* Clareana anuiu, começava seu teatro:

— *A noite está ótima pra passear, dona Neuza Andrade. Como tem passado?*

— *Bem, muito bem. Minha saúde é de ferro! Digna dos meus trinta anos!*

Clareana cochichou:

— *Trinta, vó?! Não tá exagerando?*

— Fecha o bico, pirilampo. Eles são uns tapados, se bobear, nem fazer conta sabem.

Segundo ela, os anjos da morte escondiam-se na escuridão, passeavam pelo negrume da noite certificando-se dos seus convidados, quem levariam consigo para a eternidade. Valência orgulhava-se por ter enganado a morte e seus enviados por tantos anos. *Bando de bananas! São uns bestas, e eu passando a perna neles tudo...* Ambas passeavam pelo quintal a esmo, a dar o tempo da falsa informação ser registrada pelos anjos que por acaso estivessem a flanar por ali. A avó interrompeu a caminhada e fixou o firmamento, desconfiada de que as estrelas estavam ficando mais distantes, a afastar-se de Espera. *Será que estão nos evitando?*

Clareana e a avó retornavam do passeio quando encontraram Decreto barbeando Trajano, junto ao tanque. Viram quando, por acidente, Decreto feriu o rapaz com a navalha. *Aaai!... De novo, Decreto?! Assim você vai acabar me lanhando todo!* O aprendiz de barbeiro argumentou que a culpa era do outro, não devia ter se mexido. Era a sétima vez que Trajano permitia ser barbeado por ele, e em todas elas acabara ferido. Decreto desculpou-se, pediu para ter nova chance. Trajano ficou a andar de um lado para outro, com a mão sobre o corte, a lhe doer. Valência Outrora sussurrou para Clareana. *Quer ver que o banana vai ceder?* Trajano suspirou fundo e respondeu:

— Tudo bem, mas por hoje chega. Daqui a umas... cinco semanas eu deixo você treinar comigo de novo. Daqui a cinco semanas!

A avó voltou a cochichar. *Bananão! Não disse que era um bananão?* Decreto sorriu agradecendo a ajuda e a paciência dele, afinal, Trajano era o único que possuía barba e bigode, era o único com quem poderia praticar para um dia vir a realizar o sonho de ser barbeiro e ter a própria barbearia. Trajano caminhava para o banheiro a lavar-se, quando observou Valência em meio a escuridão do quintal. *Bonita roupa, dona Valência.* A mulher, espantada, saltou os olhos para a neta. *Como ele me reconheceu?*

Espera era uma vila cercada por uma vastidão de plantação de soja. Zudileu estava junto à cerca admirando o plantio que se esparramava a perder de vista, feito uma aconchegante coberta a amornar a visão. Clareana aproximou-se, lembrou-o que estava naquele falseado ver, o danoso de tudo. Trajano, Decreto e Neilson também chegaram, ouviram a sobra da conversa, e Neilson completou:

— *Não se engane, Zudileu. Lembre do aviso dos nossos pais: tudo que é bonito, deixa pegada e faz sombra, é perigoso!*

A ameaça a qual se referiu era a fazenda que pertencia ao Pé-cascudo, como costumavam chamar o enigmático proprietário que passava em sua caminhonete preta luxuosa, incógnito pelos vidros escuros. Diziam de tudo sobre o canhoto proprietário. Falavam que quem conduzia o carro era Diógenes, o velho motorista que há anos foi morto pisoteado enquanto se aliviava no mato, sem saber que o lugar era pasto de touros bravos. E que mesmo depois de falecido, Diógenes continuou como fiel empregado do patrão. Diziam que a riqueza do fazendeiro não provinha apenas daquela fazenda. O homem também plantava no calor dos subterrâneos, onde sua propriedade perdia-se em medida, avançava até países vizinhos.

Os irmãos observavam a imensidão do lugar, engolidos pela planície que ali se deitava, que os desalmava em cabuloso transe. No íntimo de um sentimento comum que os revisitava. Era a solidão fatiada entre irmãos. Estavam cansados pelo isolamento em que viviam, na cidade que não se avizinhava a nada e que os mantinha ilhados, cercados de soja por todos os lados. Neilson deixou escapar o pensamento:

— *Se isso fosse um mar, a gente se afogaria na primeira onda e ninguém nem ia nos dar falta. Não sobraria nada da gente pra contar história.*

Decreto completou:

— *Que história?! A gente não cabe aqui, muito menos em qualquer história. Será que a gente existe mesmo? Ou pensa que existe, e só vive em fingimento, pra não sofrer dessa decepção?*

Trajano interveio pedindo que parassem de falar bobagens. Argumentou a importância de estarem vivos, a reforçar sua alegação lembrou do grave acidente que teve, do qual conseguiu escapar com vida. Contudo, compreendia o que causava angústia aos irmãos. Todos estavam fixos na árvore do Pé-cascudo, a única que reinava no meio do oceano de soja. Ela possuía um tronco bastante largo, seriam necessários dez homens para abraçá-la. E seus inúmeros galhos secos, que nunca geraram uma única folha, quiçá um fruto, erguiam uma assombrosa copa de ramos espinhosos. Para eles, era uma árvore sem vida e, ao mesmo tempo, proibida de morrer. Desvivia entalada entre o ser e o já-foi. E mantinha-se em pé por obra dos sinistros nutrientes que seu proprietário lhe provia. Nunca souberam que tipo de árvore era aquela, nem que fruto ela daria se fosse viva.

Zudileu arriscou um palpite destrambelhado. Para ele seria um pé de caranguejo, que poderia dar comida e divertimento para qualquer um. Os outros pegaram carona na fantasia. Neilson imaginou ser um pé de saudades, que se estivesse vivo, traria de volta tudo que havia se acabado, o que não mais existia. Trajano arriscou ser um pé de *amanhãs*, que se ainda florescesse, poderia revelar muitos futuros em cada flor. Decreto afirmou que era pé de coragem, onde poderiam colher força para tocarem em frente os desejos, tudo que planejassem na vida. Sorriam, divertiam-se numa realidade fantástica, quando foram interrompidos por uivos assustadores distantes. Eram as bestas-feras, animais que faziam a segurança da fazenda, a emitir pavorosos sons. Os irmãos calaram-se e um arrepio percorreu-lhes o corpo. Reconheceram o barulho como um aviso, sabiam da existência dos temerosos monstros, metade cão, metade gente. Nunca foram vistos à luz do dia, somente em meio a escuridão eram libertos a vigiar o lugar. Eram sete animais que saíam da escuridão da árvore e, sorrateiramente, esgueiravam-se entre as folhagens. Faziam-se ouvir com passos de gente, com arfar ruidoso, longos grunhidos e um forte rumor, como se cochichassem entre si. Vez por outra, deixavam-se ver ao longe, quando se erguiam sobre as patas traseiras assumindo a postura ereta, a revelar os olhos amarelos e brilhantes, atentas fagulhas de um sinistro fogo.

Decreto rompeu o gelo:

— *Aquela árvore é um pé do-fim. D'uma selva canha de uma árvore só, do carrapatento rei Dos-de-baixo. De onde o que brota, são só os bestas-feras.*

Os irmãos mantinham entre si a desafiadora crença de que a pessoa que alcançasse a árvore seca e subisse em seus galhos, poderia vencer o Pé-cascudo e inverter a ordem de tudo. Transformaria o mal em bem e o bem em benzíssimo. Com essa conquista, libertaria a árvore da maldição de ser uma planta morta-viva, incubadora de bestas. E como gratidão, atenderia a qualquer desejo oferecendo um milagroso fruto.

Decreto propôs um desafio, quis saber quem teria coragem de ir até a árvore. Assustados com a ideia, todos entreolharam-se, nunca haviam cogitado tão arriscada façanha. E o rapaz complementou a provocação com uma condição, para cumprir a missão, seria necessário subir num dos galhos da árvore seca para ser visto e ter o sucesso comprovado. Um grave silêncio de expectativa tomou o ar, quando Neilson prontificou-se ao desafio. Trajano tentou convencê-lo a mudar de ideia, lembrou-o dos animais ferozes, do risco que correria. Clareana também se opôs, argumentou que os bichos estariam à espreita. Mas nenhum deles o demoveu da sua decisão.

Neilson respirou fundo e num salto pulou a cerca. Em silêncio, os irmãos acompanhavam com enorme apreensão o jovem afastando-se na plantação. Avançava com cautela, sem fazer barulho, quando de repente os grunhidos e uivos das bestas-feras soaram em uníssono, num capetoso alarme. Neilson paralisou de medo. Os animais ergueram-se junto à árvore seca, mostraram-se num assombroso vulto, com olhos incandescentes. E num salto partiram em disparada na direção do rapaz. Apreensivos, os irmãos aguardaram sua reação, prevendo que correria de volta à cerca. Mas Neilson manteve-se estático e desabou num choro contido, com o corpo todo a tremer. Com esforço, voltou os olhos para os irmãos e tentou soltar um pedido de socorro. Mas o único som que lhe escapou da boca foi um balbucio sibilado, úmido pela saliva de um pranto espesso. Os irmãos perceberam-no atado pelo pavor, sem poder de reação. Atarantados, não souberam o que fazer, foram surpreendidos por Zudileu, que num ímpeto atravessou a cerca e correu pela plantação até Neilson. O caçula alcançou o irmão e o pegou pela mão. *Vem, Neilson, corre!* Mas o rapaz não saía do lugar, estava enraizado, com a terra a segurar-lhe os pés. Os uivos e ruídos dos monstros alertavam que estavam cada vez mais perto. Exasperado, impelido a tomar uma atitude, Zudileu deu um forte empurrão em Neilson, tirando-o do lugar.

— *Corre, irmão!, que os bichos estão atrás de nós!*

Neilson e Zudileu saíram em desabalada carreira pelo meio da vegetação, enquanto ouviam o som dos animais a persegui-los. Quanto mais corriam, mais os monstros se aproximavam. Não tinham coragem de olhar para trás para saber quão distante dali seus perseguidores estavam. Os outros, aflitos na cerca, viam as sombras dos animais, rasteiros e ágeis, deslizando por entre as folhas, e gritavam para Zudileu e Neilson para que corressem ainda mais rápido. Finalmente, os dois chegaram, e com ajuda dos irmãos, pularam a cerca e desabaram no chão, ofegantes e apavorados. Neilson tinha o corpo inteiro trêmulo, a transpirar, com os olhos esbugalhados. Tentava dizer algo, mas não conseguia articular uma única palavra. Os irmãos o acalmavam, quando sentiram um desagradável odor. Neilson havia urinado na calça. Trajano e Decreto ajudaram-no a se levantar e levaram-no, ainda a tremer, para dentro de casa a se limpar.

Aturdidos, Zudileu e Clareana ficaram a observar os homens-feras afastando-se. Enquanto regressavam à árvore, os animais voltaram-se para eles com os olhos a faiscarem, feito um macabro aviso que estariam sempre próximos. Ou ainda mais perto, dentro de cada um, à espreita de seus medos.

8.
Il Cuore contra La pancia

Era 23 de fevereiro de 1915, uma manhã de chuva fina e muito calor, quando uma horda de estrangeiros italianos desembarcou no porto de Santos, a trazer suas fugas da grande guerra, a primeira, que usurpava os dias, laços, gerações de histórias. O velho continente caducava um pouco mais. Cerca de um mês antes, centenas de pessoas embarcaram no navio *San Marco*, no porto de Gênova, na incerta viagem em busca de uma terra longe de seus chãos. A quantidade de pessoas a bordo excedia a tolerância máxima permitida, a urgência dos dias margeava os riscos. Cada aventureiro carregava seus pertences, que somava outros pesos. Caixas de solidões, baús de saudades, malas de angústias. A jornada era maior que o oceano. O barco gestava os viajantes a renascerem.

Na embarcação, as condições eram impróprias, o mar jogava, grandes ondas e chuvas intensas inundavam o convés. Era a natureza a testar vontades. Marinheiros amarrados a mastros, arriscavam-se com baldes a retirarem água do convés. Em um incidente, algumas amarras romperam-se e dois homenss foram arremessados no oceano revolto. Os falecidos eternizavam-se como heróis. Os que sobreviviam rezavam novenas por suas almas, réquiens para os livrarem da triste sina de não terem um ritual de passagem. Todos eram conscientes do que representava aquele tipo de morte. *O mar é o pior cemitério. A alma nunca repousa, vive eternamente a cavar o fundo do oceano em busca de um chão seco e poder voltar ao pó. Ficam a vagar na eterna ignorância de acreditar que o céu fica pra outro lado.*

Em uma das cabines, nomeada *Il cuore di Dio*, as pessoas revezavam-se dia e noite em ininterruptas preces. Era o perenal terço das águas. Para muitos, a inquebrantável corrente de fé era o que assegurava uma jornada segura. Em outra cabine, no extremo oposto da embarcação, um segundo grupo também se revezava a celebrar a sorte de continuarem vivos, mas de forma distinta. Uma festa interminável regada a muita bebida, cantorias de sereias e todas as safadezas dos sete mares, perdurava por noites e dias afora. Acreditavam que a interrupção da celebração comprometeria a boa sorte na travessia do oceano. Julgavam que as músicas e danças trôpegas compensavam o chacoalhar das ondas, era o que verdadeiramente mantinha o barco em seu prumo. A sagrada confirmação era, mesmo num período de pouquidões, o inexplicável surgimento de vinhos e pães, salames e queijos, que não paravam de se multiplicar. Um incontestável milagre acontecia naquele lugar. Nessa cabine, batizada de *La pancia di Dio*, os frequentadores tentaram durante dias serem discretos, mas a empolgação os traiu e a clandestinidade durou pouco.

Muitos bochichos surgiram e o local passou a ser visto com maus olhos. Os simpatizantes de um ambiente maldiziam os adeptos do outro. Uma nova guerra se instaurou a bordo. *Il Cuore* contra *La pancia*. Mas também haviam aqueles que ignoravam tais fronteiras, transitavam por ambas com desenvoltura. Entre eles estavam os irmãos Domenico: Lourenzo, Pietro e Alfredo, que não raramente acabavam confusos, a se equivocarem do local onde estavam. Por vezes, entravam no *Il Cuore* às gargalhadas, embaralhando os passos e sorvendo vinho no gargalo. Como também perderam a conta de quantas ocasiões emendaram um Benedictus após uma Tarantella no *La pancia*. Contudo, não se importavam com os descuidos. *Cuore, pancia, braccio, piede... Dio è tutto! Festeggiamo che la vita vela!*

Ao desembarcarem no Brasil, seguiram no rastro seco para o interior, avessados de mar, cansados de tanta água ao redor. Passaram semanas a lembrar os passos do chão, haviam esquecido a dureza de pisar a terra. A trilha dos irmãos era facilmente identificável, derramavam os bofes a marcar com as tripas o caminho andado. Era o resultado dos vinhos que ingeriram durante a viagem e do balanço das ondas, num mareado que parecia não ter fim. Após atravessarem Minas Gerais, cansaram-se em Goiás, onde apearam das pernas na vila de Sant'Anna de Pouco e estabeleceram-se. No pequeno povoado, exerceram a profissão pela qual a família era muito respeitada em Gênova, a arte da alfaiataria. O comércio prosperou e logo ficaram conhecidos em distantes municípios por conta de suas excepcionais habilidades.

Na intenção de aproveitar os ventos favoráveis ao negócio, as ótimas safras de algodão e a demanda crescente por tecido, em 1917, adquiriram a bom preço, um imenso terreno distante dali, num local ermo. Davam início à concretização de um sonho, abrir a própria tecelagem e espalhar pelo país os mais finos tecidos. Ergueram uma pequena fábrica e humildes dormitórios para funcionários e suas famílias, que logo chegariam. Na manhã do dia 11 de julho fundaram a tecelagem Esperança. O nome, escolhido entre os irmãos, refletia o sentimento comum em relação ao futuro nas novas terras, ao que entreviam para seus destinos. A fábrica prosperou por conta da escassez da Grande Guerra, tudo que produziam era avidamente consumido dentro do país. Projetavam um desenvolvimento ainda maior após o fim dos conflitos, a exportação dos seus tecidos. Realizados, cunharam um novo ideal que, após tantas conquistas, presumiram ser de fácil alcance. Os irmãos almejavam fundar no Brasil uma Nova Itália.

Com o término da guerra no final de 1918, a audaciosa estratégia de expandir os negócios acabou frustrada. Uma surda e inesperada presença os invadiu, alojou-se no peito de cada um. Lourenzo desenvolveu uma ardente febre, sobre a qual os medicamentos não surtiam efeito. Em uma madrugada, despertou com os olhos arregalados. *Estive a sonhar com nostri genitori, mas eles não me compreendiam perché ho parlato em português!...* Sabiam que os pais não falavam uma única palavra que não fosse em italiano. Mas ao mesmo tempo, tinham ciência de que os mortos falavam mil línguas, não necessitavam de nenhuma delas para se comunicar com quem desejassem, sobretudo com os seus. A impossibilidade de comunicação com os falecidos, viera carregada de apreensivo simbolismo. Semanas depois, foi a vez de Pietro manifestar um terrível pesadelo. *Eu andava e o chão atrás de mim si è disfatto, eu corria e tudo desabava logo atrás... E eu não podia smettere, apesar da exaustão, senão seria la mia fine!* Na semana seguinte, foi Alfredo quem relatou um sonho perturbador. *Eu chegava em la nostra vecchia casa, mas ao abrir a porta, surgia de dentro uma imensa bota me impedindo de accesso. Era il nostro país que ficava a me chutar o traseiro, a me escorraçar esbravejando em italiano com il peggiore xingamentos!* Todos compreenderam os significados dos sonhos. Haviam se distanciado demais do país natal, os ancestrais lhes chamavam de volta à casa. Os avisos tomaram conta dos seus pensamentos, perturbavam-nos os dias.

Um incontrolável ufanismo os tomou, e o desgosto de habitar outras terras azedou os irmãos. No mau humor que adquiriram, passaram a dirigirem-se aos funcionários em italiano, pouco importando-se que não fossem compreendidos, e penalizavam aqueles que não cumprissem as ordens dadas na língua estrangeira. Certo dia, o enorme desassossego que os asfixiava transbordou em desafogo com a resolução que tomaram. Decidiram regressar e colaborar na reconstrução de seu país, e cunharam novo ideal: fundar na Itália uma Nova Itália. Desfizeram-se de tudo. A barraca dos desesperados sempre foi a melhor xepa do dia, vigiada no longe-perto pelos abutres manicurtos de plantão. Então, na bagatela da saudade, rapidamente conseguiram interessados na compra da tecelagem, acertaram a transferência do negócio e de todos os bens adquiridos. Estavam livres para regressar ao velhíssimo continente.

Uma semana antes de embaracarem, Alfredo Domenico foi ao mercado de rua escolher ingredientes para o almoço, queria matar as últimas fomes. Queria levar consigo o rico paladar do país que provou e que jamais esqueceria. *Quando eu partir, non mi lavo la bocca nem limparei as presas por dias! Quero os fiapos dessa alegria agarrados entre os dentes, quero il sapore di questa terra a quando possibile prenderlo...* Na incursão à feira, conheceu Valência, uma linda morena que chegara na cidade para passar um fim de semana na companhia da prima e da tia. Quando a mulher andava, remexia soslaios de noivos, desencadeirava homens casados. Seus passos serpenteavam o contorno avantajado do quadril, davam ritmo aos fartos seios. Diante de radiante beleza, Alfredo não se conteve, aproximou-se da mulher enquanto ela escolhia frutas para a sobremesa do almoço de Corpus Christi. Trançaram palavras, amarraram conversas, emprestaram assuntos feito velhos conhecidos. Como se os dias, num injustificado devaneio do casal, não fossem esperá-los. Tinham a pressa do encontro, a urgência dos enamorados. As barracas da feira foram guardadas, os vendedores se foram. O sol se pôs, o tempo fechou. E o casal continuou a conversar usando em vão as sacolas a se protegerem da chuva que os encharcava. A noite os atravessou, a madrugada chegou e o sono os abateu. Bocejaram de cansaço tentando resistir, não querendo interromper seus vislumbres. Mas acabaram adormecendo no ombro do outro. Eram apenas os dois no meio da praça, eram apenas os dois no centro do mundo.

Valência não voltou para a casa da prima, e nunca mais regressou para sua cidade. Daquele dia em diante, passou a viver com Alfredo. Passaram dias e noites isolados, sem pisarem as ruas da cidade, sem colocarem os pés fora dos seus limites. Na assertiva escolha de somente caminharem no universo do outro.

Preocupados com o paradeiro do irmão, Lourenzo e Pietro acorreram à casa de Alfredo, que os recebeu despido. Puderam divisar seu aspecto frágil, pele e osso, as olheiras a pesar-lhe em negras bolsas, e a fala frágil pronta a puir, soletrando hiatos. Devastado por improvável furacão, ainda sem saber se a ele havia sobrevivido, Alfredo exibia um sorriso desatilado a florear o rosto. Com esforço, sussurrou que havia declinado da decisão de partir. Antes de os irmãos indagarem o motivo da sua desistência, entreviram no corredor a linda morena envolta num lençol branco, sob um feixe de luz que cortava o ambiente. Pietro e Lourenzo ficaram atônitos com a beleza de Valência, prontamente concluíram que o velho continente, que já agonizava, acabara de encontrar seu derradeiro fim dentro de Alfredo. Não era páreo para a jovem mulher continental que arrebatara o coração do irmão.

— *In questo tropico cheio di misteri, aprendi molto. A vida tem suas artimanhas. Quando se trata di amore, ela nos derruba num golpe cego-de-raio!, e não levantamos mais. Vocês me desculpem, ma non riesco piú desgrudar desse chão.*

Três dias depois, Alfredo se despediu de Lourenzo e Pietro. Os longos abraços adivinhavam a distância e o tempo que ali se iniciavam entre eles. Uma vida iria se entrepor aos irmãos, que suspeitavam da possibilidade de nunca mais se verem. A despedida já anunciava um reencontro marcado para muito além. O oceano tornava-se outras águas. Transfigurado pela paixão, Alfredo inventava-se como se estivesse a experimentar os primeiros passos.

— *Il mio mondo non existe piú!*

— *Não fale bobagem, meu amor. Agora esse país também é seu, é sua nova casa.*

— *Non parlo di país, Valência. Parlo de lugar. Decidi não pertencer a essa questa cittá, e a nenhuma outra cittá. Decidi sair do meu país e de outro país qualquer. Non faccio piú parte di questo mondo, não me reconheço mais em nenhum canto sem sua companhia. Ho deciso ser suo primo cidadão, e di vivere sempre no mais doce dos lugares. Quero vivere per sempre in te.*

Um sentimento de plenitude a inundou, transbordou nos olhos. Com a vista mareada, divisou seu italiano à deriva, um náufrago num mundo de mares e marés. *Como pode caber tanta água numa só pessoa? Como pode caber em mim, tanto de nós?* Ficou suspensa pelo que sentia. Valência descobriu-se encharcada pela correnteza que lhe corria o peito, o pensamento. Era o mar dos seus dias, perante o qual fez eterno juramento.

— *Então, que seja assim, pois pra mim também será. De hoje em diante, me esvazio de muitos mundos e serei somente o teu lugar. De hoje em diante, você será tudo que me navega...*

9.
Música verde, música de açúcar

O amanhecer acelerou o motor da caminhonete. Decreto, Neilson e Trajano estavam a postos, Manoel Promessa deu partida no carro e atravessou Espera, as ruas crescidas de mato, as casas em ruínas. Percorreram a velha e longa estrada de terra até chegarem ao canavial. A plantação de cana onde trabalhavam era remanescente de uma cultura ainda maior, onde essa, e tudo, havia, quando a natureza semeava a terra. Mas outros interesses passaram a ocupar seu lugar. Pai e filhos ajustaram as roupas, o lenço sobre o rosto, o pano à cabeça. As luvas e seus instrumentos. As botas surradas sabiam o caminho, num salto foram da carroceria ao chão. Ganharam pegadas nas ruas de cana. A conversa entre eles foi se misturando às plantas e, alguns passos depois, o assunto esverdeou. O vento balançava as canas, fazia pensar que o sol havia se apiedado daquela gente, a descansarem da sua presença. Dó. Mas no falso arrefecer, o astro fingia seu calor amainando o fervo da aparência. Metade de meio grau, se fosse!, ou nem nada. Seguia a sugar-lhes a pele, no estorrico dos ânimos no mesmo queimor de sempre.

Após todos se distanciarem, Zudileu desenfronhou o silêncio, surgiu debaixo da lona que recobria parte da carroceria. Ignoravam que o caçula estava ali, cotoco nele, tentando ocupar seu lugar. Zudileu perdia sendo ele, mas mesmo perdendo, às vezes vencia. Pegou um dos facões que sempre havia de sobra na caminhonete e testou a empunhadura. Os dedos amaciavam-se no cabo da ferramenta e o sorriso amaciava-se no rosto, de menino. Gostou de experimentar ser crescido, crescido de irmão. Crescido de filho. Ergueu o facão para o alto como se sustentasse imponente espada, em nobreza de um gesto atávico. Cerrou um dos olhos a refinar a pontaria do outro, apontou a lâmina para o alto. Zudileu fatiava o sol em dois. E a sombra do facão também o repartia, a dúvida ainda o remoía. Mas precisava prosseguir, provar daquilo, provar-se. Pulou ao chão, respirou fundo e escolheu uma direção a seguir. Optou pelo caminho contrário ao dos irmãos e do pai, não queria arriscar ser descoberto. Ganhou o canavial na coragem de muitos, radiante por simplesmente estar ali. E experimentar ser ele.

Conforme avançava, admirava-se com o que via, as ruas do canavial não tinham fim. O vento soprava e ondulava as canas, o balanço dedilhava sons. Música verde, música de açúcar. Zudileu gostou do que ouviu, passava as mãos sobre a vegetação, reconhecia a textura. Espetava, machucava, era daquele jeito o que sentia, gostou. O menino ergueu o facão acima dos ombros, manteve-o na força e vontade. E desceu o instrumento no ensaio do primeiro golpe, num movimento atrapalhado que fez cravar a lâmina na terra. Errou o punhado de cana à sua frente, não acertou uma sequer. Na segunda tentativa, conseguiu atingir a planta, mas ela seguiu ereta. Num vai e vem desgarrou o instrumento da cana e ergueu para um terceiro lance. Tentou outra vez, e mais outra. Após muitos golpes, conseguiu ceifar seu primeiro pé de cana. Comemorou a solitária conquista, a maior entre nenhuma. Havia derrubado o primeiro medo, o primeiro complexo. Derrubou tanta coisa que nem saberia dizer.

Com a façanha, seguiu ávido a cortar as canas que se espalhavam naquele imenso mundo verde. Zudileu embrenhou-se na plantação sem se preocupar com que direção tomar e, de repente, sentiu o cheiro de algo a queimar. O odor não o inquietou nem o interrompeu, seguiu desbravando suas ruas. Um pouco depois, o cheiro tornou-se mais intenso. Interrompeu os golpes, ergueu os olhos e divisou uma enorme cortina de fumaça. Voltou-se para o outro lado e defrontou-se com uma parede de fogo perto de si. Era a queimada ordenada pelos proprietários do lugar a ajudar na colheita da planta. Apavorado, Zudileu saiu em disparada pelo meio do canavial arrastando o pesado instrumento. Tropeçava, levantava e seguia correndo a fugir das chamas. Para seu exaspero, deparou-se com outra parede de fogo bloqueando o caminho. Estava cercado, não sabia o que fazer. Gritou por socorro, pela ajuda do pai, quando Neilson surgiu em meio à fumaça.

— *Tá louco?! O que você tá fazendo aqui?*

— *Não sei... Eu tô perdido...*

— *Ainda não. Mas vai estar perdido com o pai, quando chegar em casa.*

Neilson retirou o lenço que protegia o rosto e recobriu a face do irmão para que não inspirasse a fumaça, pediu que prendesse a respiração pelo maior tempo possível. Assustado, Zudileu assentiu com a cabeça. Neilson o pegou pela mão e saíram a correr pelo canavial, driblando o fogo, atravessando espessas cortinas de fumaça. A pouca visibilidade e os olhos ardendo dificultavam a visão, impediam de seguirem mais rápido. Por instantes, Neilson perdeu o senso de direção. Tentou acalmar Zudileu, enquanto se localizava. Buscou referências distantes, distinguiu as montanhas. *É pra cá. Vem, não larga da minha mão e não para de correr!* Após cruzarem uma grossa cortina de fumaça e um solo negro a arder, chegaram na caminhonete. Prostraram-se no chão, cansados e aliviados. Neilson apertava os braços contra a barriga, com os olhos avermelhados e uma forte tosse seca a tomar-lhe o peito.

Temerinda Cruz e Valência Outrora cuidavam de Neilson, que seguia roncando com a respiração de um pulmão suíno, mastigando fumaça e vendo o mundo encarnado. Manoel Promessa andava de um lado para o outro na cozinha, fervido, servindo seus cala-bocas enquanto os filhos, pávidos, seguiam fixos na paisagem do chão. Somente Zudileu estava à mesa com Manoel, engolindo quente as colheradas de alvoroços. O menino arriscou fugir do olhar do pai, que interpretou sua atitude como mais um ato de rebeldia.

— *Me escute com os olhos, porque eu tô falando pra entrar na cabeça, e ficar!*

Zudileu voltou a mirá-lo, no medo, a despencar dentro do peito. Sentia remorso pelo que fizera, mas também satisfação, e depois, arrependimento pelo remorso. A casa tremia com o vozerio da bronca que ressoava longe na quieta noite de Espera. A desobediência despertou em Manoel enorme contrariedade, algo que há muito encobria. Todos ficaram surpresos com sua ira, a esbravejar sermões. O ambiente tornava-se ainda mais pesado com os uivos distantes das bestas-feras da fazenda vizinha, que soaram no mesmo instante, a reverberar o temor que os filhos sentiam do pai. O medo sempre encontra seu eco. Manoel Promessa sapecava culpas em Zudileu pelo risco que correu e, sobretudo, pelo estado em que Neilson encontrava-se por tê-lo ajudado.

— *O moleque tá inteirinho defumado! Tossindo fumaça pela orelha, pelos olhos e até pelo buraco de baixo! Tá gostando de ver teu irmão desse jeito?*

Temerinda entrou na cozinha e interveio:

— *Chega, Manoel. Ele não vai mais fazer isso, Zudileu entendeu o engano do erro dele.*

— *Mas precisa ouvir pra aprender o que...*

— *A lição foi dada. Mas a bronca já tá sobrando pra outras culpas.*

Temerinda e Manoel entreolharam-se, enfrentando-se num escuso diálogo. Os filhos espiavam de longe, não compreenderam por quê subitamente se calaram, nem o silêncio que fizeram. Manoel Promessa engoliu as palavras da mulher junto com o passado, desceram-lhe à unha, no lanho do seu dentro. Antes de deixar o ambiente, o pai voltou-se a Zudileu anunciando uma punição. O menino iria passar dois dias fechado no quarto, era o preço por pisar fora dos seus cercos. Zudileu assentiu com a cabeça, dirigiu-se ao castigo.

Agitado, Manoel ficou a vagar pelo terreiro. Temerinda aproximou-se, tocou-lhe o ombro com carinho, mas ele a repeliu.

— *Só quero te acalmar, homem. Não gosto de te ver assim, sozinho.*

— *Não tô sozinho, tô conversando comigo mesmo.*

— *Pior ainda. É dessas companhias que eu não gosto. Fale pra mim.*

O homem afastou-se, não conseguia dissimular a frieza com o filho escanifrado, em ensaio de presença, discordante dos outros.

Manoel Promessa recordava-se de todas as vezes em que copulou com a mulher, na intuída certeza de que naqueles momentos estavam a gerar uma criança. Mantinha uma superstição quanto à maneira de gerá-los. *É de pé que os fornicados dão energia pras nossas crias! Vê como os bichos fazem, e depois os filhotes saem andando, caçando e se defendem pelo resto da vida. Nós também temos a obrigação de manter nossas naturezas.* A mulher concordava, também tinha crença naquela verdade. Recordavam-se do local e hora em que todos os filhos foram gerados. Manoel a surpreendia na vontade, anunciando a indomável ânsia de reformar a casa e erguer mais um puxadinho, e terem outro filho a ocupar o cômodo que pretendia construir. Temerinda também tinha seus rompantes de quereres, frenesis incontroláveis por cozer novos enxovais de bebê.

— *Quero fazer... um chão... liso...*

— *Uma roupinha... de... pagão...*

— *E uma janela... pra... varanda...*

— *Igual... o enxoval... de uma... revista...*

Dessa forma, justificavam as prementes sacanagens. Pactuavam tomarem-se de imediato quando um deles estivesse soprado pelo vento da safadeza. No trato, imperavam as regras de estarem a sós e o impedimento de negar as súbitas vocações do outro, mesmo que estivessem em seus afazeres. A colher hortaliças, a lixar a porta, no conserto do motor da caminhonete. *Continue assim, desanime não... É assim que eles vêm bem dispostos pro trabalho... Sem preguiça é que se vem ao mundo...* Contudo, o que intrigava Manoel era o fato de não se recordar quando e como conceberam Zudileu. Esse assunto era palavra remoída, mastigada, mas seguia atravessada na goela da aceitação.

— *Eu devia estar dormindo, na rede, pra ele nascer nessa sonseira toda. É só essa a explicação.*

— *Não fale bestagem!*

— *Não sei, Temerinda, não sei... Se esse menino não fosse filho meu, podia jurar que eu não era o pai dele.*

— *Homem, cale dessa besteira! Tá me desrespeitando e desrespeitando teu próprio filho! Vá lavar essa boca dessa injúria! Se você não se lembra é descaso teu, pois eu já te disse mil vezes!*

— *Eu me lembro de todos, como ia me esquecer justo dele?!*

— *Pois eu me lembro muito bem, você consertava uma goteira na garagem, eu subi pra te ajudar e foi lá! Nem descemos da escada, quase deixou quebrar as telhas. Esqueceu?! Aposto que a memória do teu bigulin é melhor que o da tua ideia!*

A conversa seguia ecoando na cabeça de Manoel, que preferia emudecer diante da convicta certeza da mulher. Mas o estranho esquecimento sempre o atormentava, tirava-lhe a calma e a confiança, embaçava a relação com o filho.

Zudileu estava apático no quarto, ao lado de Clareana. A bronca e o castigo o chateavam, mas o pior era sentir a raiva com a qual o pai lhe dirigia o olhar, a indiferença como sempre lhe tratava. A irmã puxou assunto, mas Zudileu seguia sem querer muita conversa, nem pouca. Clareana consolava-o. *E o meu castigo, que não é ficar no quarto por dois dias, mas que dura a vida inteira!? É ou não é pior que o seu? Admite...* O irmão não lhe dava ouvidos, estava furioso por não poder estar com os irmãos, por viver sempre à parte. Queixava-se por ser diferente, por não ter crescido. Comparava o castigo a uma prisão, como se estivesse impedido de se aproximar das pessoas.

— *Eu não tenho nenhuma doença, sabia? Eu não tenho nada de errado comigo pra ficar trancado num lugar desse, escuro! Trancado nessa gaiola, como se eu fosse um bicho!*

Clareana compreendeu o irmão e a si mesma. Compreendeu que todo sentimento um dia transborda.

— *Meu quarto não é uma gaiola. Ninguém fica fechado porque quer. Fica fechado porque alguém trancou alguém lá dentro! E quem me trancou do jeito que eu sou, hein? Quem me trancou nessa branquelidão? Cadê essa pessoa pra eu reclamar, pra eu botar a culpa? Me diz! O ruim de tudo é saber que alguém que tá trancado, tá sempre querendo trancar o outro. Numa gaiola dentro da outra, num trancamento sem fim...*

Ambos ficaram um tempo quietos, na conversa que neles ainda reverberava.

— *Desculpa, mana.*

— *E aqui dentro não tem nenhum... bicho!*

Entreolharam-se irmanados no que disseram, no que não deveria ser dito nem deveria existir. Clareana foi para a cama, deitou o olhar. *Às vezes me esqueço da minha falta de cor, às vezes me lembro. O pior é quando alguém não me deixa esquecer. Eu não sou preta, nem branca, nem morena... Albina... Isso lá é cor?!*

Zudileu ficou quieto por um tempo, ciente que falou demais. Quis contornar a situação, saber o que ela fazia no quarto para fazer o tempo passar, mas a menina seguia de costas para ele.

— *Se tiver algum bicho aqui, esse bicho é tu!, seu carrapateco gosmento!*

— *Desculpa, Clareana. Eu falei só com a boca. Me desculpa, vai!*

Clareana cedeu, fixou em seus olhos a sussurrar seu perdão no suspense que estava prestes a contar. *Eu tenho uma coisa pra te contar, promete não falar pra ninguém?* Ele sorriu animado, concordou com um gesto de cabeça. Clareana empurrou a cama e mostrou-lhe o que escondia há tempos. No chão havia uma escada desenhada de giz.

— *Essa é minha passagem secreta.*

Num teatro improvisado, Clareana desceu lentamente os degraus, Zudileu achou graça. No fim da descida, a menina mostrou uma porta desenhada, a passagem que levava até o contrapé do mundo, onde o Povo da Noite vivia. A cidade Clara. A menina mudou o tom de voz e anunciou ser a prefeita daquele lugar. *Fui nomeada unanimemente por todos os habitantes e por mim.* Explicou que era um cargo vitalício e exaustivo, mas estava ciente que deveria cumprir com suas obrigações. E num gesto cerimonioso com o braço, convidou o irmão a conhecer o lugar. Os olhos de Zudileu brilharam. Maravilhado, debruçou-se na cama a perscrutar a cidade mapeada no chão. Algumas pedrinhas faziam-se de pessoas, percorriam seus meandros a animar aquele mundo particular. *Posso experimentar levar esse aqui pra onde eu quiser?* Clareana permitiu. Zudileu mexia as peças, trocava-as de lugar. Na cidade escondida, era-lhes permitido fazer tudo que imaginassem. Os irmãos brincavam a escolher os caminhos de cada habitante, e o Povo da Noite os obedecia, movia-se pelos sopros de seus dedos.

— Clareana, será que eles sabem que estamos aqui em cima, tomando conta de tudo?

— Sabem. Mas não tenho certeza se nós estamos decidindo tudo. Talvez, eles estejam soprando suas vontades pra gente. E sejam eles quem nos movem...

10.
Porcos embelezados

Temerinda Cruz segredou ao marido que havia recebido uma carta. Tõe D'Arreio, o sobrinho em terceiro grau, viria visitá-los. A saudade adolescente de Maria Dossim, dos tempos de primos chegados, desempoeirava-lhe o peito. Sobretudo após um ano completo de viuvez. *A saudade mói a gente, tia. Aperta velhos sentimentos, feito um cravo que a gente lembra agarrado nas costas há anos, e finalmente consegue espremer pra fora.* Manoel Promessa torceu os lábios, entendeu toda a história com as poucas letras que leu. Escapou-lhe a desconfiança, não se conteve em expressar o que pensa a respeito de Tõe. *É um urubu-rei caviloso! De cada palavra que diz, metade é duvidosa, e a outra metade, invenção.*

O sobrinho tinha enorme faro para os negócios. Apesar da infância humilde que teve, tornou-se um próspero criador de gado no município de Quebra Linha, proprietário do maior rebanho de Goiás. Em seus pastos, o dinheiro procriava-se num incansável cio. Construiu no ponto mais alto da cidade, uma enorme casa com telhados em forma de cone, assemelhando-se a um castelo. A peculiar moradia evidenciava a ideia que fazia de si. Tõe possuía um ponto fraco, era semianalfabeto, constrangia-se por isso. Assinar o próprio nome era uma tortura, que quando exigido, consumia-lhe a calma, empapava-se num incontrolável banho de suor. Como estratégia a dissimular que era abastado das letras, sempre que estava na companhia de alguém, lia em voz alta anúncios e placas de estabelecimentos comerciais da cidade, que conseguia pronunciar por tê-las memorizadas com ajuda de Jurema Sheila, a falecida esposa. Nos negócios, corria a vista a espinhar os olhos nas palavras dos contratos, fingindo entendimento. Em seguida, pedia um prazo para avaliar a negociata e levava os papéis para casa, para Jurema, mulher letrada, desembaraçar-lhe o mafuá nas linhas.

Jurema era contadora, morreu ainda jovem, consequência da vida exaustiva que levava na administração dos negócios e da casa. Na parede do seu quarto, havia um enorme e pesado, quadro de madeira, onde afixava toda papelada que a permitia gerir as fazendas. Não abria mão das planilhas a controlar receitas e despesas com o gado, nem de fluxogramas a gerir os vaqueiros, competências, encargos e horários a cumprir. Na organização da casa, era indispensável o uso de inúmeras tabelas a ordenar o cardápio do mês, a sequência dos jogos de toalhas, roupas de cama e mesa, a assegurar uma combinação perfeita. Cada um dos cinco filhos possuía em seu quarto, listas de afazeres semanais, com cronogramas pré-determinados. Os funcionários também recebiam escalas com deveres e deveres a cumprir. Nada escapava aos olhos de Jurema Sheila, que, para tudo, possuía um plano elaborado.

Foi num dia comum, no horário que reservava a brincar com seus três cães, quinzenalmente, às terças-feiras, das 10h32 às 10h57, que a vida de Jurema mudou para sempre. Duas vezes. Ela notou a sua velha cadela, que a acompanhava desde a adolescência, tomada por extrema apatia. Jurema chamou pela funcionária, que informou que a cachorra não se alimentava há dias, parecia desenganada por conta da idade avançada. Jurema quis ficar a sós com o animal. Estava atônita, seriamente abalada pela condição da estimada cachorra. Enternecida, lastimou não ter usufruído mais de sua companhia. Vieram-lhe à mente inúmeros momentos agradáveis que tiveram juntas. Jurema a pegou no colo e a acarinhou, a lamentar sua morte que parecia iminente. Após o afago, a cachorra levantou a cabeça com certa dificuldade e passou a lamber a mão de sua dona. Era evidente o esforço com o qual a cadela demonstrava seu afeto. Jurema a repousou no sofá e a cobriu com uma manta. Naquele instante, a mulher teve uma revelação. Compreendeu o modo estoico com que levava a vida, pragmática e fria. Apática, desabou na cadeira, diante da agenda de compromissos, das pastas de cheques, de contratos e contas a pagar. Refletiu sobre a efemeridade do tempo, sobre as faltas com os filhos, com Tõe, e sobretudo, consigo mesma. A sua vida mudava drasticamente pela primeira vez. Tomou a irrevogável decisão de libertar-se de suas amarras, estava disposta a finalmente abraçar a felicidade. Jurema abriu um enorme sorriso e num gesto libertador soltou vigorosos gritos de alegria, de amor à vida, enquanto ao mesmo tempo arremessava agendas, pastas e papéis para o ar. Mas a catarse de Jurema não foi bem planejada. Os objetos lançados para o alto, atingiram a moldura do quadro de madeira, que acabou desabando sobre sua cabeça. A sua vida mudava drasticamente pela segunda vez. Jurema acabou falecendo, esmagada pelo quadro de funções e deveres. Sufocada em planilhas, tabelas e fluxogramas. Quando a socorreram, já a encontraram sem vida, mas tiveram uma surpresa. A mulher guardava no semblante um enorme sorriso, que há anos não era visto por ninguém. Uma alegria que estava fora dos planos.

Tõe sentiu a morte da esposa, e a falta que a mulher fazia dentro de casa.

— *Como dar ouvido a essa ideia destrambelhada, Temerinda?! Não se pode botar sinceridade num escrito desse!*

Manoel tinha a certeza de que a mensagem não vinha da sua mão, como os sentimentos também não vinham do seu coração, e concluiu:

— *Então, pra começo de conversa, essa carta nem existe! O cobiçoso só pensa nele! Se aproveitou da mulher, que se matou de tanto trabalhar, e agora quer outra pra botar na lida?!*

Temerinda minimizou as fraquezas do sobrinho, valorizou suas conquistas. Interpretou as críticas do marido como evidente ciúmes da filha. Manoel vaticinou que Maria Dossim não teria um bom fim se fosse viver com Tõe D'Arreio, teria a sina de Jurema Sheila. Temerinda estendeu-lhe a carta num gesto peremptório, apontando uma importante informação que poderia fazê-lo mudar de ideia, mas Manoel cruzou os braços. Então, a mulher a leu em voz alta. *Tia, todo rei precisa de uma companhia. Já arrumei de tudo, reformei cada cômodo com todo luxo que Dossim jamais sonhou. Nem procurando, ela vai encontrar trabalho nessa casa, só terá folguices. Contratei mais duas funcionárias e soltei todos os cachorros na rua. E quanto às crianças, ela nem precisa se preocupar em se emprestar como mãe: mandei todos eles pr'um colégio interno, voltam só pro Natal. Dossim é uma princesa, minha tia. E merece mudar de vida e ganhar patente: se tornar rainha.* Manoel ouviu a tudo com o semblante fechado. Temerinda contemporizou, afinal era tudo que Maria Dossim sonhava, encontrar um amor. Ambos sabiam que os primos tiveram seus namoricos quando criança, que se gostavam de maneira especial. Ela implorou ao marido que não tirasse da filha a chance de tentar ser feliz. Manoel acabou titubeando com as palavras da mulher, cedeu:

— *Está bem, mostre a ela essa carta. Mas se ele distratar ela, e ela for infeliz, a culpa é tua. Ouviu bem, Temerinda? O Urubu-rei é teu sobrinho, você é quem vai ter que depenar o desgraçado sozinha, tá entendido?*

Temerinda sorriu, assegurou que Dossim iria se realizar ao lado do sobrinho, assumindo inteira responsabilidade. *Tõe é bruto, desprovido de inteligência, e beleza nunca foi seu forte, mas é meu sobrinho e meu sangue. Boto confiança nele.* E gritou pela filha, que ao lado da avó, estava a preparar os doces encomendados para o comércio em Sant'Ana de Pouco. *Dossim, estou lhe chamando! Venha ligeiro, menina! Tenho uma surpresa pra você!* A jovem limpou a mão no avental e foi apressada ao quarto da mãe.

Enquanto as pessoas movimentavam-se na rotina da casa, Zudileu deixou o quarto e foi à cozinha beber água e comer um pedaço de rapadura. A avó nada comentou, seguiu fixa no trabalho. Os gêmeos passaram por ele e foram ao curral. Decreto pegou o latão de restos de comida e foi alimentar os porcos. Zudileu deu a volta por toda casa, e ao passar pela varanda, deparou-se com Neilson sentado no chão, encaramujado. Passou por cima das pernas do irmão, que seguiu mergulhado em si. Zudileu deambulava pelo quintal, quando ouviu Clareana a chamar-lhe através da janela do quarto. Em sussurro, ela o lembrou que ele estava a cumprir punição. *Que cê tá fazendo zanzando desobediência por aí?! Quer ficar um mês aqui dentro, de castigo?* O descumprimento da ordem do pai, não se traduzia como um ato de rebeldia, mas indiferença consigo mesmo, e respondeu:

— *Ninguém vai saber. É o lado bom de não ser notado.*

Pela fresta da janela, Clareana o percebeu abatido, a deitar os olhos no terreiro enquanto andava a esmo. Pediu que se alegrasse, não gostava de vê-lo daquele jeito, sendo tão ele. Mas o pedido foi em vão. *A dor da gente tem um dono só. E cabe de um jeito que não dá pra emprestar pra ninguém. Podia, ao menos, inventar um jeito de esquecer.* E ela tentou:

— *Irmão, me faz um favor?*

— *É favor que dá preguiça?*

— *Não, esse não dá.*

— *Então pede.*

— *Diga pra mim com jeito de precisão de quem vê, como tá o dia hoje, a paisagem de agora. Mas me conte direitinho o que você enxerga, tudinho até bem longe, no mais distante que as vistas saltam!*

Zudileu voltou-se para a janela fechada do quarto da irmã e a vislumbrou no escuro, em seu longo castigo. O assunto o fez esquecer de si, o fez tomar força para agradá-la e enxergar por ela. *Meus olhos são só meus? Será que eu tomo o olhar de outro? O que eu enxergo, será que o mundo também vê? É verdade que existe um mundo pra cada olho?* O menino esticou a visão, começou a descrever o que via. As casas de Espera em uma procissão de moradias mortas. A descomunal cama de soja, onde o chão dormia. A serra do Carijó, o imenso soluço da Terra. Descrevia o calor dos horizontes. Horizontes que Clareana sabia existir, mas era saudosa por nunca tê-los visto em inteira nitidez. A menina empolgava-se pelo que ouvia e com o alegre tom da voz do irmão. Sentiu vontade de saber o que havia do outro lado do morro, mas dessa vez Zudileu não soube responder. Clareana pediu que ele fantasiasse. *Inventar é uma maneira de ver, sabia?* O irmão pensou, e decidiu enxergar. Havia estradas para outras cidades, cruzamentos para países distantes.

— *E me esticando na ponta do pé, consigo ver depois da Carijó: é o outro lado do mundo. E se eu olhar pra cima, de tão alto que são aquelas montanhas, dá pra colher as nuvens que passam perto dos olhos. E se eu espiar lá pra baixo, consigo ver o mar, um grande oceano, onde o planeta nasce. E no fim do oceano, dá pra ver umas crianças bem miudinhas, correndo e brincando, pulando... Ei!, eles estão rindo... Estão rindo tão alto que eu quase consigo ouvir. Dá!, dá pra ouvir sim! Acho que você também vai conseguir ouvir daí de dentro do quarto. Sshhhh...*

E mantiveram-se num silêncio profundo, em quietude de alma. Onde tudo ecoava, onde tudo existia e ondeava. Atentos na certeza de escutarem crianças gargalhando distante, sorrindo apenas ao deleite de Zudileu e Clareana.

Neilson caminhava pela rua treze a usar o surrado chapéu de Anastácio, tentando dar fundo ao vazio do feltro, a pensar na missão de cada um, quando viu Decreto entrar na casa-pocilga. Mudou o rumo, não queria flagrar o outro em seus encontros pessoais. Entre os irmãos, imperava a ideia comum de que Decreto frequentava a casa dos porcos para se aliviar dos seus enchimentos. Zombavam que um dia ele iria acabar apaixonando-se pela porca, contraindo matrimônio e teriam uma linda ninhada. Diziam que os filhotes teriam as bochechas e a boca do irmão, as orelhas e a cintura da mãe. Decreto não sabia ignorar as provocações, ripostava com impropérios e grosserias, estava farto das piadas. Tinha um misto de sentimento, queria deixar de frequentar o chiqueiro para que parassem com as avacalhações, mas não conseguia se afastar dos estimados animais. Neilson queria poupar o irmão e a si mesmo de um flagrante constrangedor, por isso regressou pelo caminho de onde veio.

Alguns passos depois, hesitou. Sentiu enorme compaixão por Decreto, doía-lhe saber do seu vício asqueroso. Buscou no fundo do peito uma decisão sobre que atitude tomar, concluiu que possuía a obrigação de resgatá-lo de sua mísera condição. Neilson projetava para si uma conduta fiel e generosa, na prática constante da verdade. No exercício incansável da perfeição. Assim, o rapaz se imbuiu de coragem e foi ao chiqueiro ter uma conversa com o irmão, mostrar-se solidário na possível cura de seu vício. Estava disposto a jurar segredo, a prometer que nunca mais zombaria dele. A vontade de ser justo e solidário, pelo gesto de compaixão que estava prestes a realizar, preenchia-lhe o espírito.

Aproximou-se da casa onde Decreto estava e, com apreensão, percebeu o irmão aos sussurros com os animais. *Isso, não se mexa, fica parada. Parada, já disse! Não quero te machucar...* O coração de Neilson gelou, por um instante pôs em dúvida sua decisão, pôs em dúvida sua bondade. *Será que tô sendo arrogante? Será que um dia, eu vou conseguir ser um homem perfeito, inteiramente bom?* Engoliu em seco a inquietude e avançou pelo chiqueiro na ponta dos pés. Ao entrar num dos cômodos, deparou-se com o irmão sentado num banco de madeira diante de uma porca, que tinha as bochechas e parte do dorso ensaboados. Surpreso, Neilson viu o irmão a barbear a porca com sua navalha. Raspava-lhe os pelos e conversava no fingimento do animal ser um cliente:

— *Pronto, essa barba vai ficar ótima! Isso, volte semana que vem! E traga os filhos pra gente cortar os cabelos deles, devem estar precisando...*

Mitigado, Neilson soltou um sorriso diante da surpresa. Decreto ficou desconcertado com sua presença:

— *O que você tá espiando?*

— *Nada... Eu pensei... em te ajudar.*

— *Você tá me seguindo, é isso?! E agora, vai zombar de mim, vai? Vai contar pra todo mundo o que eu faço?*

— *Não... não vou. Eu não sabia...*

Constrangido, Decreto limpou o sabão da navalha num pedaço de pano velho e prostrou-se no chão sujo do lugar. Confessou que estava a praticar na intenção de um dia abrir sua própria barbearia, pois era inviável treinar com os irmãos, afinal, todos eram imberbes. E para piorar, acabou desacreditado com o único que possuía barba, Trajano, depois de feri-lo tantas vezes. Em um frágil entusiasmo, afirmou que obteve progressos apesar da condição em que praticava os cortes. Apontou para os outros porcos. Surpreso, Neilson notou que todos os animais possuíam partes dos corpos raspadas, onde distinguiam-se os mais variados e elaborados desenhos feitos em seus pelos. Decreto sonhava em ir embora de Espera, trabalhar numa cidade grande, e fundar seu negócio. Desabafou que não gostava de viver naquele lugar, odiava as zombarias que lhe faziam e o fato de não poder confiar em ninguém. Por vezes, odiava ter ódio dos próprios irmãos e também do pai. Odiava não se gostar. Compassivo, Neilson observou ao redor, a casa em ruína, e os animais penteados e com as barbas feitas. Observou as navalhas enferrujadas acumuladas no batente da janela. Esquadrinhou o lugar num piedoso inventário, era seu hábito buscar sentimentos nos objetos, no que o acercava.

Em um gesto trivial, Neilson sentou-se no banco de madeira. Decreto estranhou sua atitude, estranhou não ser zombado. Indagou se iria dedurá-lo aos irmãos, aos pais. Neilson sorriu com tristeza, ao constatar a falta de confiança que o irmão lhe tinha. Voltou-se para Decreto, e disse:

— *Por favor, corte meu cabelo.*

— *O quê...?!*

— *Raspe, ou faça o que bem-quiser.*

— *Tem certeza? Nossa mãe corta melhor que eu, eu só sei... fazer esses caminhos de rato, esses desenhos sem pé nem cabeça...*

— *Desenhe... uma guerra. Meu cabelo não anda em paz ultimamente.*

Decreto não compreendeu o que ele quis dizer, mas percebeu o que ele sentia. Afiou a navalha na correia, limpou a tesoura na calça e atendeu seu pedido. Sereno, Neilson escutava o barulho da navalha e do instrumento, via seu cabelo caindo no chão imundo. Sorriu ao ver os porcos embelezados. Observava-os chafurdando os fios castanhos que lhe caíam, que não mais faziam parte dele. Uma mecha desprendeu-se da tesoura e pousou em sua própria mão, ele a fixou. Neilson colecionava tristezas. Fechou a mão e a guardou, seguiu paciente à espera do irmão cumprir seu trabalho.

Neilson caminhou pelas ruas desertas, avançou na mata que se abria no fim da rua Cinco. Estava satisfeito com o novo corte de cabelo, apesar de ainda não ter se visto no espelho. Com passos firmes, pisava capim e arbustos, trazendo aferrada à mão a mecha de si. Aproximou-se de uma árvore frondosa, cujos os galhos estendiam-se até o chão, acolhendo quem nela quisesse entrar. A natureza abria suas portas. Ficou a observar troncos e galhos, onde havia uma lâmpada queimada. Existiam também, uma colher, fotos e um bilhete de trem. Um par de sapatos a oscilar e um relicário. Havia uma caneca, um surrado travesseiro. Carta de baralho, chave, espelho. Suspensas por cordões, uma gama de tristezas espalhava-se pela árvore. Para Neilson, os sentimentos transbordavam da pessoa, sobravam ao redor. Guardavam-se nos objetos, fixavam-se no tempo. Neilson queria ser um homem perfeito. Era imperativo que soubesse reconhecer as tristezas, encontrá-las e guardá-las. E serem neutralizadas. A natureza sempre foi cuidadora, não havia melhor lugar para sua coleção. Aprimorou-se em sua habilidade, encontrava suas peças em toda parte. Havia sempre um pouco de tristeza espalhada por perto, pronta a ser coletada.

Neilson entrou na árvore, uma outra casa. Retirou do bolso a mecha do seu cabelo, colocou-a num saco de papel e a fixou num galho. Andou mais à frente e também prendeu o chapéu que ganhara de Anastácio. E amarrou a navalha oxidada que recebeu de Decreto. Desceu da árvore mais feliz, sentindo-se bom. E ficou a contemplar sua coleção de tristezas.

11.
Estilhaços de escuridão

Maria Dossim tinha pressa para ir à igreja em Sant'Anna de Pouco, a dádiva do amor atendido era promessa para pronto pagamento. Ave-marias, Salve-rainhas e um bocado de credos. Temerinda Cruz sempre orientou os filhos na conduta temente a Deus, criou-os em Seu nome e respeito. Iria junto à filha, correu a se vestir, quando percebeu Manoel encaminhando-se para a horta. Convidou-o a lhes fazer companhia, o homem escudou-se. *Se nem em dia de missa eu vou, que dirá num sábado!, na folga dos santos. Igreja em excesso é bajulação que santo nenhum gosta, sabia? Logo desconfiam...* Temerinda insistiu, lembrou-lhe do compromisso de gratidão pela família e pela bênção de ter uma filha ao pé do altar. *Vai que tudo se avessa, justo por falta de gratidão?! Igreja é coisa séria, homem. Deus não castiga, mas tem seus puxa-orelhas...* Não houve jeito de convencer o marido, de nele inventar suas fés.

— *Tenho que ir pra horta, mulher. Templo maior que a terra não existe. Essa é a minha igreja, nunca fecha e não deixa de brotar seus milagres.*

Seguiu com a enxada para a pequena plantação que mantinham no quintal. Valência Outrora, que a tudo ouviu, deu razão ao filho.

— *Deus não judia de ninguém, Temerinda. As pessoas é que judiam Dele. Por isso o Supremíssimo anda desacreditado nas pessoas, ateu dos homens!*

Temerinda ansiava que a graça alcançada fosse reconhecida por todos, afinal seria a primeira filha a se casar. Insistiu com Valência, que ao menos ela, como matriarca da família, acompanhasse-a como exemplo de fé. Mas a velha mulher esquivou-se:

— Valha-me, Temerinda! Que ideia de jerico! O custo que tenho pra fazer Deus se esquecer de mim, d'eu ir adiando minha vida por aqui, e eu vou até lá?! Vou me mostrar, pra Ele se lembrar que eu ainda tô viva?! Vou nada!...

Temerinda resignava-se em ir sozinha, quando notou Trajano no terreiro e o convidou a acompanhar-lhes. O rapaz, ao deparar-se com Maria Dossim, bem vestida e perfumada, logo aceitou, mesmo sem saber a razão que as levava à vila. Trajano inventava motivos para estar ao lado dela, mas seu conflituoso sentimento não lhe dava trégua, atormentava-o. Conhecia Dossim como ninguém, gestos, gostos, hábitos. A música do seu sorriso. Relacionavam-se como irmãos desde que chegou àquela casa, onde foi prontamente acolhido. Mas algo em seu íntimo o amordaçava. Cumpria o incompreensível dever de sufocar o que sentia.

Durante o percurso até Sant'Anna de Pouco conversaram trivialidades. Ao estacionarem a caminhonete à porta da igreja, Maria Dossim contou-lhe com empolgação, o motivo que os trouxeram até ali. Trajano ficou atônito com o que ouviu.

— É assim mesmo, Trajano, o amor vem de onde a gente nem espera. E nos apronta esse susto! Fiquei igual tu agora: embasbacada, quando soube. Tinha fé que esse dia ia chegar! Um dia você também vai encontrar sua outra metade. Acredite!

Maria Dossim e Temerinda entraram na igreja, enquanto Trajano manteve-se na calçada do arrependimento, atarantado, sem saber se fora sensato reprimir seu amor por ela. Ficou a pensar na abominável ideia de Maria Dossim, a mulher com quem seria capaz de conviver por toda a eternidade, entregar-se a outro. O gosto amargo do ciúme despertou-lhe desconhecida fúria, sentimento que, por conta da amnésia, ignorava ter um dia vivenciado. Naquele instante, a inesperada presença da Morte surgiu, pôs-se a rondá-lo num assombroso flanar. Aproximou-se do seu ouvido, e num surdo ruído, sussurrou-lhe os mais primitivos segredos. Momentos do passado vieram-lhe à tona, Trajano foi revisitado por incompreensíveis imagens, onde o sofrimento, o pavor e o desespero revelaram-se. A Morte o inebriou de horror.

Nos dois anos em que conviveu com Dossim, foi incapaz de sufocar seu amor. Mas teve a fria certeza que seria capaz de levar o ódio por alguém até seu derradeiro fim. Com o trabalho concluído, a Morte seguiu seu caminho e deixou para trás um gélido sopro a espalhar estilhaços de escuridões em seu peito. Caminhar naquele turvo sentimento tornou-se para Trajano uma lancinante e inelutável jornada.

O rapaz entrou a passos lentos na igreja, observou Temerinda e Maria Dossim no genuflexório, em preces de alegria. Olhou ao redor a admirar as imagens que os perscrutavam e divisou as figuras de cinco anjos espalhados pelo lugar. Eram bebês acometidos de gigantismo, de abdômens protuberantes e com pretensas expressões de pureza. Possuíam asas muito pequenas, arriscou a certeza que, por conta dos seus pesos, seriam incapazes de alçarem voo. Todos tinham olhares voltados para o alto, cada qual numa direção, mas sempre em busca do firmamento. Cada um possuía o seu céu. Um súbito tremor percorreu-lhe o corpo, e o caleidoscópio de imagens, que há pouco lhe veio à tona, decantou em sua mente a forjar sentidos, até então ignorados. Trajano ficou atordoado com o que começava a compreender, fraquejou, precisou se sentar. As mulheres não o perceberam no fundo da igreja, não o viram aturdido nem testemunharam a languidez que lhe tomou o corpo. Feito uma janela que se abria à escuridão, o passado o invadiu numa enxurrada de memórias perdidas. Fatos, nomes, lugares. Missão. O tempo comprimiu-se a caber-lhe de volta num único jorro de vida e morte. Trajano levou as mãos ao rosto, perplexo com o que acabava de recordar. Renascia ao descortinar parte da sua história, ao saber um pouco de si. Incontáveis sentimentos o invadiram, mas não quis examiná-los naquele momento, não era hora. Apenas voltou o olhar emocionado para o alto, na busca do próprio céu.

12.
Una nuova Pangeia

Às vésperas da partida dos irmãos para a Itália, Alfredo interrompeu a negociação da tecelagem. Estava resoluto em seguir tecendo sua vida no Brasil. Retomou o desejo de reinventar-se na nova terra, quis manter a *Esperança* consigo. Contraiu um empréstimo no banco e ressarciu os irmãos das partes que lhes cabiam da fábrica.

Alfredo conseguia administrar sozinho a empresa, vivia um bom momento. Seu contentamento tornou-se ainda maior quando, no rastro do futuro, soube que seria pai. Foi numa manhã de 21 de abril de 1919, que sua filha com Valência nasceu, recebendo o mesmo nome da mulher. O casal estava radiante com a chegada da primogênita, Alfredo desdobrava-se no trabalho a fim de assegurar-lhe segurança e conforto. Com esse objetivo, e motivado pelo aumento da procura por tecidos, quis incrementar sua produção. Queria transformar a tecelagem na fábrica mais moderna do país. Afirmava que a quantidade de tecidos que produziria no ano, daria para estender uma corda entre Brasil e Itália. Vaticinou que com essa amarra, puxaria pelo oceano seu país natal para perto de si, avizinhando suas praias, a enxugar distâncias e saudades. E que em dez anos, seria capaz de bordar desmedida teia de panos entre todos os continentes.

— *Como cordões de ventre, per noi ricordare que viemos tutti de um mesmo lugar. E no dia que eu acordar revirado, cansado di queste guerre, puxo tutto pelos panos e junto de novo per creare una nuova pangeia! Per le persone reaprender a se olhar e se ver no outro.*

Alfredo tecia muitos sonhos. Para o plano de expansão da fábrica acontecer, seriam necessários novos investimentos a fim de adquirir maquinarias modernas. O seu crédito junto ao banco havia esgotado, a alternativa era encontrar um sócio a somar capital. Foi nessa ocasião que lhe apresentaram o Capitão João P. Souto, homem honrado de Sant'Anna de Pouco.

O Capitão, casado e pai de três filhas, era o modelo de patriarca na comunidade, orgulhava-se por ter se aposentado como assessor direto do governador do estado. Alegava ser de sua autoria a invenção do hasteamento da bandeira a meio-mastro em sinal de luto, cerimônia que, segundo ele, foi-lhe surrupiada por um político estrangeiro que viera em visita oficial ao estado. Doía-lhe na ferida da inveja, o ritual ser reproduzido em nações do mundo inteiro, e ele não receber qualquer mérito por isso. Quando se mudou para Sant'Anna de Pouco, apaixonou-se pela cidade e, afeito à vida política, logo candidatou-se a prefeito. *Amor não é coisa de cuidar, se faz na qualidade de ser dono.* Com esse lema, foi eleito e seguiu na crença do que propagava. Sentia-se como se tudo lhe pertencesse, como se a cidade fosse mera extensão da própria casa. O primeiro ato em seu mandato foi baixar um decreto obrigando o cumprimento do ritual do hasteamento da bandeira a meio-mastro, não apenas às pessoas importantes, mas a todos que desencarnassem no município. Não satisfeito, três semanas depois recorreu a uma emenda a fim de estender a homenagem aos animais domésticos e de criatórios que morressem. Ao multiplicar a quantidade de todo e qualquer falecimento pelos três dias de luto, que obrigatoriamente se seguiam às mortes, era raro o dia no ano em que a bandeira fosse hasteada em sua extremidade. A princípio, o povo aprovou a medida como um respeitoso tributo aos falecidos, mas com o tempo passaram a questioná-la.

— *Não tem um dia que não se coma frango ou torresmo na cidade! Como vai ser?...*

— *E as pulgas que catei no meu cachorro, também contam?...*

— *Chega a ser vergonhoso pra gente, chamam nossa cidade de "Meio-pau da Sant'Anna". Vejam a avacalhação d'um sacrilégio desse com a pobre da santa!...*

— *E o pior são os apelidos que nos botam: "Olha quem vem lá: é um homem de meio-pau". Isso é muita desonra pra pessoa!...*

Na eleição seguinte, Capitão João P. Souto concorreu ao segundo mandato, mas não foi reeleito. O candidato vencedor, cuja única proposta apresentada para sua administração foi revogar a lei do hasteamento a meio-mastro, venceu por quase unanimidade de votos. E usando a mesma plataforma, ele não apenas conquistou o segundo mandato, como também assegurou nas eleições que se sucederam, as vitórias dos candidatos indicados por ele. A ideia do hasteamento a meio-pau tornou-se um trauma à população, baniu o Capitão do campo político da cidade. Inconformado com a derrota, o Capitão ergueu à frente da sua casa um suntuoso mastro, do tamanho da sua teima, onde prosseguiu com a afamada cerimônia diária perante qualquer nota de falecimento na cidade, e, dessa vez, acrescentando ao ritual um azucrinante toque de corneta.

Confiando na retidão de caráter do Capitão, Alfredo ofereceu-lhe sociedade na empresa, proposta logo aceita pelo ex-político. Dias depois, o Capitão foi ao banco, onde, usando do seu prestígio, obteve vultuoso empréstimo para adquirirem as tais modernas maquinarias. Além dessa cessão, ainda conseguiu um capital extra, através de uma linha de crédito habitacional, a ser aplicado na construção de 57 casas para funcionários e suas famílias, pessoal necessário para a fábrica funcionar a todo vapor.

As obras das casas iniciaram-se, e logo chegaram as tão aguardadas máquinas. Alfredo estava diante de um sonho a se concretizar, feliz nas botas. *Una nuova Pangeia... La Esperança será capaz de fazer isso: juntar o que nunca se imaginato di unire...* Os planos de desenvolvimento da tecelagem aconteceram com sucesso, e as casas acabaram formando uma vila, que passou a funcionar numa organização similar a de uma cidade, muitos comércios e serviços foram surgindo em função da fábrica e das necessidades dos moradores. O lugar passou a ser conhecido pelo mesmo nome da tecelagem e acabou sendo fundado oficialmente como Vila Esperança, numa festiva cerimônia no dia 11 de julho, quando o Capitão inaugurou um mastro com a bandeira que mandou confeccionar com o nome da tecelagem. Nessa ocasião, Alfredo a hasteou até a ponta do mastro, mas não se importou com a sugestão do sócio de, a partir do dia seguinte, homenagear os falecidos com o pendão a meio-pau.

Os pedidos de tecidos vindos do exterior tornaram-se frequentes. Enredado na trama do orgulho, Alfredo trabalhava até quinze horas por dia para assegurar o cumprimento das demandas, enquanto Capitão João P. Souto administrava faturas, pedidos e pagamentos. Os números somavam-se em seus olhos numa espantosa habilidade, ao contrário de Alfredo, que era míope para as contas. Valência pouco comparecia à fábrica, dedicava seu tempo a cuidar da filha, a pequena Valência. A vila prosperava a olhos vistos, e a Esperança não parava de crescer.

Após 10 anos de bom funcionamento, a tecelagem sentiu os efeitos da grande crise mundial de 1929 e passou a enfrentar graves problemas. Alfredo não perdia o otimismo, mas afligia-se diante das más perspectivas a respeito da recessão internacional, e do comportamento distante e frio que o Capitão adquiriu.

Era uma segunda-feira, quando Alfredo chegou à fábrica e se deparou com o escritório fechado e nenhum sinal do sócio. Após o dia inteiro sem ter notícias do Capitão, foi até sua casa a fim de saber o que lhe havia sucedido. Deparou-se com a mulher e suas filhas em prantos, sendo consoladas por amigos.

— *Che cosa succede? Onde está il Capitano? Ele está bene?*

Em um furioso choro, a esposa vociferou entredentes:

— *O Capitão das putarias?! Medalhado em taradices e depravações!? Ele está é muito bem! Largou a gente por causa de uma menina-franga!*

— *O que uma periquita nova não faz?!*

Completou uma vizinha, indignada. O motivo do desaparecimento estava numa carta deixada pelo Capitão João P. Souto. O homem aproveitou a madrugada e partiu com sua amante, a filha única do seu arquirival na política, uma jovem de 21 anos que ele seduziu como vingança ao ostracismo político a que foi condenado. Na missiva, ele assumiu a atitude revanchista, mas julgava-se absolvido de qualquer culpa, pois a desforra acabou recaindo sobre si mesmo: o Capitão assumiu estar perdidamente apaixonado pela jovem, o que o levou ao desatino de fugir. Na mensagem, ele também assumiu a responsabilidade pela gravidez da jovem, gestação conflituosa por conta da insabida paternidade até então. A esposa do Capitão estava inconsolável:

— *A menina tinha a idade da nossa filha caçula! Um pervertido! O nome não lhe escapa da maldita sina! Lembra do "P" do nome do seu sócio?! Lembra?! É um Pinto!, bem grande, maior que o juízo dele! Um pinto desgovernado, reloucado, desvairado: Capitão João Pinto Souto! Tava no documento, já era uma confissão e eu não entendi! Nunca atinei de burra que eu sou! Tava lá escrito!...*

Alfredo foi embora atordoado, desabou ao lado de Valência. Tentou seguir a rotina na tecelagem, com a mulher esforçando-se a colaborar na administração, mesmo sem possuir qualquer habilidade ou conhecimento técnico para isso. Ciente que não existia nada ruim na vida que não pudesse piorar, Alfredo sentiu inexplicável temor pelo que a atitude do sócio ainda poderia lhe acarretar. Um mês depois teve a confirmação do seu pressentimento. Descobriu através de notificações do banco e do governo, que a fábrica encontrava-se numa situação crítica, com impostos atrasados e promissórias vencidas. O Capitão Pinto Souto há muito desviava parte do capital da tecelagem para uma conta pessoal. E havia contraído novos empréstimos para construção de outras vinte e sete casas, que nunca saíram do projeto, e tiveram seus recursos também extraviados para benefício próprio. Com a crise da bolsa de valores americana, a saúde administrativa da empresa, há muito maquiada pelo Capitão, não resistiu ao derradeiro golpe. O banco, o governo e fornecedores acionaram a empresa na justiça, e a tecelagem Esperança acabou tendo suas máquinas e sua estrutura, indo a leilão a fim de quitar dívidas. Os funcionários revoltaram-se por perderem os empregos e não serem indenizados, dia e noite batiam à porta de Alfredo exigindo seus direitos. Acuado e arrasado, o homem trancou-se em casa a fugir dos vizinhos e funcionários, que, de admiradores, tonaram-se algozes.

Alfredo e Valência estavam devastados. O embaraço era maior pela pequena Valência Outrora, de 10 anos, que presenciava agressões e humilhações pelas quais atravessavam. No intuito de resguardar a menina, decidiram enviá-la para morar um tempo ao lado da tia, Samantha, professora numa escola de artes em São Paulo. Samantha era pouco ortodoxa para os padrões da época, morava há anos com Marta, musicista. Casadas de almas, unidas por um amor de outras vidas, revolviam as fumaças do passado em mesas, terreiros, regressões. Há centenas de anos conheciam-se, de outras raças, de outros gêneros e lugares. Samantha fumava e bebia, experimentava a vida todos os dias, um gosto assumido em regra de filosofia. *Serviria de quê os dias, se não fossem para provar de tudo que nos põem à mesa, aos olhos? Se eu rejeitasse o banquete que é o mundo, poderia eu, dizer-me viva? Seria uma desfeita com a vida.* Alfredo e Valência sabiam que podiam contar com a generosidade de Samantha naquele difícil momento. Porém, a ideia de se afastarem da filha os fazia hesitar.

— *Samantha é minha irmã amada, mas... logo São Paulo?! Não é grande demais pra nossa filha, Alfredo?*

— *São Paulo non é Esperança, eu sei. Mas é il mondo! Nessa hora, o que nostra figlia mais precisa é de mondo, de muito mondo.*

Os pais levaram-na à estação de trem de Sant'Anna de Pouco, despediram-se numa angustiante separação.

— *Saudade não se costura. No hanno inventato linea nem tecido per questo remendo.*

— *Esse lugar é seu, filha, não se esqueça nunca. Esperança é toda sua. Teu pai e eu vamos estar aqui no dia que você voltar.*

— *Pai, mãe, vocês vão me buscar quando tudo isso passar? Prometem?*

Alfredo e Valência afirmaram que sim num doce sorriso, no vago pensar desse improvável dia. O trem partiu levando-a para um novo mundo. Numa curva do caminho, a pequena Valência olhou pela janela e pôde ver Esperança ficando para trás, apequenando-se aos poucos até ser engolida pela paisagem de um longo passado, que naquele instante dava seu primeiro passo.

Gradualmente, os habitantes deixaram a vila em busca de trabalho em outras cidades. O prédio da fábrica tornou-se uma grande construção fantasmagórica, desnudada de máquinas, peças e utensílios. Um silêncio ensurdecedor passara a ocupar seus vazios. Alfredo mantinha o hábito diário de andar a esmo pelos grandes espaços do lugar, na oca rotina de emprestar um pouco de vivência à saudosa tecelagem. A oferecer vida ao velho sonho e a si mesmo. Através de sons que fazia com a boca, mimetizava o funcionamento da antiga maquinaria. E encenava diálogos com funcionários imaginários, num teatro do que foi.

— *Tecemos fios piu valiosos que ouro... Presta attenzione, suas mãos irão embelezar molte persone, acarinhar o corpo de desconhecidos. Por isso é preciso molto rispetto, amore e devozione per quello che fazem. Siamo nós que vestimos il mondo!*

— *Seu Alfredo, desculpe a franqueza em desmesura, mas acho que o senhor, falando desse jeito, sozinho... não sei, não... não anda batendo muito bem da bola.*

— *Chi falou questo?! Se apresente se tiver coragem! Mi chiamo Alfredo Domênico, herdeiro della migliore estirpe de alfaiates in Itália! Chiedo rispetto!...*

Indignado pela ofensa, Alfredo deambulava pelo enorme salão em ruína, com mato espalhado por todo o canto, na busca vã do ilusionado funcionário que o ofendera.

Ao fim do dia, era comum Alfredo prostrar-se no antigo escritório, onde Valência o encontrava desolado, sentado à velha mesa carcomida de cupim.

— *Oggi il telefono non tocou. Non abbiamo nenhum pedido...*

Paciente e amorosa, a mulher sentou-se à sua frente a admirá-lo, num incansável encanto, como se o visse pela primeira vez. *Você é o melhor que esse mundo já teve. Um dia todos irão saber, e os pedidos não vão parar de chegar, você vai ver.* O homem sorriu e aceitou a mão estendida da mulher, convidando-o a regressar do passado e seguirem de volta para casa.

Era madrugada, quando Valência despertou assustada, Alfredo não estava ao seu lado na cama. Ela andou por toda a casa, mas não o encontrou. Saiu a procurá-lo, caminhou pelas ruas desertas gritando pelo seu nome. A quietude da vila àquela hora, com a maioria das casas abandonadas, só era quebrada pelo barulho do vento e pelos animais da noite. Um pensamento lhe ocorreu, Valência achou graça da própria ingenuidade por não ter logo cogitado o provável paradeiro do marido. Ao acessar a avenida Central, onde ficava a tecelagem, paralisou com uma inesperada visão. O luminoso com o nome da fábrica, que durante muito tempo manteve-se desligado, estava novamente aceso. *Esperança* iluminava a vila morta, iluminava o que há muito deixara de existir. As pernas de Valência estremeceram, e ao ouvir o som seco de intensas pancadas metálicas, foi tomada de pavor. Aproximou-se em passos gélidos e distinguiu Alfredo no telhado do prédio, agarrado às velhas ferragens que sustentavam o letreiro da empresa. Ficou perplexa com o perigo iminente que ele corria em despencar daquela altura. Transtornado, Alfredo estava decidido a destruir o luminoso por completo. Apoiava-se no parapeito com uma das mãos e, com a outra, martelava cada lâmpada, causando fortes estouros. Após muitas investidas, conseguiu desprender uma das letras, fazendo-a despencar num estrepitoso barulho no chão, para assombro de Valência.

— *Alfredo, você vai acabar se matando! Para!*

— *Come posso matar o che è já morto?*

— *Desça daí, meu amor, por favor!*

— *Desço, mas dopo che ho finito! Dopo que derrubar lettera per lettera!*

— *É muita coisa, para!*

— *È vero... Che merda de parola grande che ho escolhi!*

Alfredo seguiu martelando lâmpada por lâmpada e derrubou mais uma letra, causando novo susto em Valência. Na irascível atitude, o homem descarregava suas derrotas e angústias. Em um golpe certeiro, levou a terceira letra ao chão, mas perdeu o equilíbrio, escorregou e acabou suspenso na calha de chuva pela gola da camisa, a cinco metros de altura. Valência exasperou-se com a iminência da queda do marido, juntou as mãos em prece.

— *Não se mexa, não se mexa, eu vou buscar ajuda!*

— *Preciso terminar questo de uma vez per tutte!*

— *Eu vou pegar uma escada!*

Alfredo abrandou a revolta ao se dar conta do risco que corria, ao se perceber oscilando feito um pêndulo, desengonçado e tolo àquela altura. Sorriu acanhado para a mulher, e voltou-se para o letreiro a conferir o que restava do nome da tecelagem.

— *Espera. Penso che sia mogliorato in questo modo, combina mais... De oggi em diante, Esperança saiu do mapa. Esperança deu lugar a Espera... A partir de oggi será solo isso: vila Espera, e será Espera per sempre!*

O tecido que o sustentava rasgou. Alfredo despencou de sua altura, bateu no telhado do almoxarifado, amorteceu a queda, e desabou no chão num forte estrondo.

Valência cuidou do marido em obstinado zelo. Alfredo recuperou-se dos ferimentos, tentou retomar a vida, mas muito ainda lhe doía. O casal seguiu os dias em profunda quietude, no silente desânimo que os consumia. A Tristeza passou a lhes visitar diariamente, na caprichosa rotina de neles afiar suas garras pontiagudas. Esgarçava o tecido de que eram feitos, a expor seus fios, tramas, e a energia que os mantinha vivos. De mãos dadas, Alfredo e Valência desfiaram-se durante um sono profundo, no vazio de seus panos. Em seus lugares, restou um amontoado de linhas repousadas sobre a cama do tempo, finas e inquebrantáveis como o passado. Um forte sopro invadiu o cômodo e os levou em luminosa ventania de fios, a espalhar um pouco do casal em cada canto do lugar, a dar vazão aos seus sonhos de tecer um outro mundo.

13.
Castigo nunca erra endereço

Manoel Promessa conferiu a hora do seu relógio de pulso com o da parede da sala. Estavam precisos, amarrados no mesmo tempo. Oito e quinze, e dez segundos. Manoel estava atrasado no costume de sair, rodar a estrada. Domingo também tinha pressa, em toda folga era comum o estresse no vício das regalias. *Vam'bora, cambada, temos o dia que é um só! Temos que aproveitar cada farelo dele.* Apressaram-se rumo à vila de Sant'Anna de Pouco.

Manoel Promessa dirigia o carro, com Decreto ao lado. O rapaz tinha o semblante seco e a visão em poeira, fixa no vasto campo de soja que lhe sorvia os olhos. Era o jeito de escapar das repreendas por ter cortado o cabelo do irmão, e ripostou entredentes:

— *Não é rastro de tamanduá, coisa nenhuma, pai.*

— *Então, o que é aquilo que você deixou na cabeça dele?!*

— *Távamos falando de guerra, era o que ele queria com...*

— *Guerra é o que você vai ter em casa se continuar com essas maluquices!*

— *Foi só uma inspiração pra eu...*

— *Inspira... o quê?! De onde tirou isso?! E ainda fica desencavando palavra sem uso, vê se pode?!*

Para Manoel, o mundo estava pronto, não precisava de mais nada a ser inventado. *É só o que me faltava!: querer inventar, querer ser o que se pensa que é.* E a única ocupação que lhes restavam era cumprir as obediências da vida, reconstruir Espera. Manoel reafirmava a ocupação do filho como cortador de cana, a sagrada vocação que lhe deixava de herança. *O canavial é sua casa, é seu mundo. Dali você vai tirar seu sustento. É dali que vamos reinventar essa cidade! Espera espera por nós, é da nossa família, e só conta com nós. Não pode contar com esses resta-mundos que ainda se entocam numa casa ou noutra... Essa cidade, meu filho, tá semi-morta, nos tubos! A gente é que tem o dever de devolver vida pra ela. Você tem essa obrigação, entendeu?* Decreto assentiu com a cabeça, na rédea de concordar. Mas negava em rebelião de olhos, voltava-se para fora do carro, para fora de si, a mirar a sufocante paisagem do seu lugar.

Na carroceria, seguiam Neilson e Trajano segurando os pacotes de doces que Valência Outrora e Maria Dossim prepararam para serem entregues no armazém. Trajano observava o cabelo de Neilson que Decreto cortara, na metade da cabeça era possível ver o couro cabeludo intercalando com trilhas sinuosas dos tufos que lhe restaram. Na outra metade, serrilhados de cabelos contrapunham-se às partes aparadas, rasteiras. *Diferente, gostei. Guerra...* Cabisbaixo, Neilson agradeceu o apoio de Trajano, e comentou:

— *Foi a palavra que me veio. Que sempre me vem.*

Fez um sorriso de queixo, lembrando do desejo frustrado de Decreto, o que o motivou a ir em seu amparo.

— *Ele precisava praticar, eu só quis ajudar. Trajano, você acredita que todo mundo tem uma hora pra partir?*

Trajano desviou o olhar, ficou a mirar o sol com os olhos semi-cerrados, com dificuldade de encará-lo.

— *Acredito, esse dia chega pra todo mundo, de um jeito ou de outro.*

A estrada esburacada fazia os dois serem jogados de um lado para o outro em pequenos saltos. Trajano ergueu-se, e num jogo solitário, tentou se manter ereto, encontrar um equilíbrio e permanecer em pé, sem se aferrar a nada. *Tá tentando ter novo acidente, perder ainda mais a memória?* A indagação de Neilson eram muitas perguntas. Em seu íntimo, aquela hipótese era o que Trajano mais desejava, cair e sofrer novo trauma, ainda mais profundo, esquecer para sempre a recém memória resgatada. Engoliu o desânimo, a súbita vontade de atirar-se da carroceria do veículo. Engoliu o pensamento em Maria Dossim. Seguiu na busca de um equilíbrio, compensando os solavancos do carro, da sua estrada. Aos poucos, com os braços abertos em contrapeso, manteve-se estável. Neilson divertia-se vendo-o tentar. *Onde você aprendeu isso? Já trabalhou em circo?* Trajano respondeu que sim, que já havia trabalhado em muitos lugares, tivera diversas profissões.

— *Você se lembrou onde trabalhou?! Que bom!*

— *Sim. E me lembrei do meu nome.*

— *E qual é?*

— *Miguel.*

— *Prazer, Miguel. Bem-vindo, de novo.*

— *Obrigado, Neilson. Obrigado.*

Sereno, com o olhar a antever o que a estrada lhe reservava, Miguel seguiu aprumado, em perfeita estabilidade durante todo o resto do caminho.

Manoel estacionou o carro à porta do armazém, Decreto e Neilson descarregaram os pacotes que trouxeram. Eram pés de moleques, rapaduras e outros doces que Valência e as netas prepararam nos últimos dias. Seu Decoroso, o proprietário, com sua inseparável toalha no ombro, pronta a secar-lhe o suor, recebeu-os com o costumeiro sorriso de comércio, ausente de alguns dentes no fundo da boca. Faltava-lhe também sinceridade no canto esquerdo superior da maxila, e carecia confiança em dois lugares no mento, junto ao lábio. Não era um sorriso inteiro. Mas com orgulho, ostentava uma velha coroa que imitava ouro no canino direito superior. Num assobio, o comerciante chamou Decorosinho, seu primogênito. O jovem prontamente surgiu atravessando a cortina de plástico colorida que separava o ambiente do depósito, e colocou-se à disposição. Decoroso Júnior Filho tinha rígido perfil de obediência e devoção ao pai. Esmerava-se em vestir as mesmas roupas que seu genitor, carregava sua própria toalha no ombro, e por livre gosto fez questão de também ter um dente dourado. O jovem pegou na gaveta um caderno ensebado e começou a listar o que estava sendo entregue, enquanto Decoroso falava trivialidades com Manoel. Durante a conversa, o comerciante interrompeu o que fazia, pegou uma lata de cera líquida e embebeu sua toalha e a do filho. Concomitantemente, Decoroso e Decorosinho esfregaram suas próteses repetidas vezes a fim de manter o brilho dos dentes postiços, enquanto ouviam Manoel em seus planos para o futuro. Após a breve sequência de polimento, pai e filho retomaram suas ocupações. O jovem pegou os 20 quilos de doces, amarrou num saco de tecido, pôs na cabeça e lepidamente levou ao depósito.

Decoroso retirou do bolso um maço de dinheiro amarrado em elástico, molhou o polegar na língua grossa, esbranquiçada, e começou a repassar cédula por cédula, no capricho de recontar a féria acumulada. Gostava de fazer aquilo na frente de qualquer um, folheava o ego, conferia a vaidade. Por fim, puxou quatro notas e estendeu a Manoel, que saltou os olhos em desapontamento:

— *Mas, Decoroso, isso é menos do que você pagou no mês passado! E dessa vez, até trouxemos um pouco mais.*

O comerciante fechou o sorriso, murchou a testa com as sobrancelhas em lamento:

— *Manel, meu irmão. Eu sei, bondade alheia não se põe no lápis, ainda mais a tua, que por costume é de sobra! Mas atualmente, as coisas de comércio estão traiçoeiras, são da ordem da desconfiança, sabia? Dorme-se rico, e acorda-se pobre.*

— *Mas não pode é diminuir o valor, homem de Deus!*

— *Não pode, concordo. Mas diminui, mesmo sem poder. Dinheiro de comércio é desobediente, Manel. Ele chega numa preguiça, arrastoso que só vendo... Mas pra sair, parece até que tem perna, de tanta correria que se chispa da gente! Queria poder te pagar além, mas tá sendo duro manter as portas abertas. Daqui, e dos meus outros dois armazéns em Mundeiró.*

Manoel não soube argumentar, ficou a provar o amargo dos seus engolimentos. Decreto pegou as notas no balcão num gesto seco e as guardou. *Vam'bora, pai. Hoje, nosso negócio acabou.*

Na calçada, Decreto estendeu o dinheiro a Manoel, que resmungava as mágoas no queixume do engodo. *Esquece pai, o que foi já aconteceu.* O homem suspirou fundo e retomou os afazeres. Lembrou a Decreto o que Temerinda havia lhe encomendado, o filho o obedeceu e saiu. Em seguida, Manoel pediu que Trajano e Neilson esperassem por ele na caminhonete, enquanto iria até o botequim. Precisava lavar a garganta, desentalar os desaforos.

Decreto entrou no armarinho, fez o pedido de chita que a mãe precisava para coser um vestido novo para Maria Dossim. Entregou a Albana, a dona do comércio, uma amostra do tecido. *Ôshi! O que eu tenho é exatamente a medida que Temerinda pediu. Hoje é seu dia de sorte! Vou lá buscar.* Enquanto aguardava, Preciosa, de 63 anos, uma mulher magra e de baixa estatura, surgiu por trás do balcão. *Bom dia. Deseja mais alguma coisa?* Decreto ficou atônito com sua presença, com esforço deixou escapar o cumprimento. *Bom... dia.* A mulher era uma prima de Albana que há um mês chegara de Resto D'Alma, um município a 55 quilômetros de Palmas.

Preciosa foi a primeira mulher da sua cidade a ter frequentado a universidade, onde cursou as faculdades de economia e direito. Durante toda a vida despontou nos estudos, distinção que para ela sempre fora natural. Os conhecimentos desatavam-se em seu pensamento. Com facilidade memorizou o código civil, com rapidez e precisão desenvolvia cálculos e análises de recursos financeiros. A sua inteligência e capacidade, levaram-na a uma carreira de sucesso. Trabalhou em grandes empresas em Cuiabá e Goiânia, onde coordenou equipes com dezenas de pessoas. Porém, a carreira profissional, que lhe trouxe sucesso e realização, escondia na feliz aparência, uma profunda angústia. Em matéria de amor, Preciosa era um barco à deriva. Apaixonou-se inúmeras vezes, mas os relacionamentos nunca seguiam adiante. Os namorados sentiam-se ameaçados pela cultura e inteligência que possuía, e logo rompiam o relacionamento. Acovardavam-se por não se sentirem à vontade na companhia de uma mulher exitosa e, sobretudo, mais perspicaz. Ela esforçou-se para conquistar seus amores, dedicou imenso tempo, e dinheiro, em serviços que lhe trariam ganhos estéticos. Ansiava que dessa forma pudesse compensar a resistência e exaspero dos seus pretendentes. Mas para sua frustração, os esforços foram em vão.

Após anos de trabalho, Preciosa aposentou-se. Aposentou também a ideia de ter uma companhia. Sentia-se bem, estava feliz, casada consigo mesma. Abandonou o confortável apartamento na capital, e regressou à sua cidade natal. O rompimento com a vida agitada da cidade grande, proporcionou-lhe outras libertações. Preciosa finalmente se encontrou livre da obrigação de estar todo o tempo alinhada, submissa à vaidade e suas exigências. Preciosa fez as pazes com o Tempo. Em jura de amor, aceitou-o como companheiro. Permitiu que o corpo seguisse seu próprio fluxo, sem interrupções nem cobranças. Passou a acompanhar com serenidade os fios de cabelos brancos ganhando tamanho. Observava com afeição as rugas, os caminhos que lhe marcavam. A cada semana, deparava-se no espelho com uma outra mulher. *Quem será essa? Quem serei eu?...* Preciosa aposentou a pressa, e também aposentou de vez, o olhar do outro.

— *Deseja mais alguma coisa?*

Preciosa repetiu a pergunta junto ao balcão, mas Decreto seguia absorto em seu transe. O jovem tinha os olhos paralisados, atentos a cada detalhe da mulher. Esquadrinhou seus longos cabelos grisalhos e revoltos, sem qualquer corte. Percebeu seu buço enorme, com fios que se curvavam, podendo, por direito, vir a ser chamado de bigode. O mento também era farto de fios que sobravam em graciosos e pequeninos torvelinhos. Um singelo cavanhaque. Decreto estava encantado por Preciosa, suas mãos ficaram trêmulas, ensopadas em suor. Um incontrolável desejo de lhe acarinhar a pele, pentear seus fios e raspá-los com a navalha, fazer-lhe a barba, invadiu-lhe o peito. Não soube o que responder à mulher, mas queria prolongar o assunto. *Você... tem botão pra camisa de homem?* Ela prontamente respondeu que sim. Deu as costas, esticou os braços para alcançar uma caixa no alto da última prateleira e, involuntariamente, a manga cavada do vestido expôs sua axila cabeluda. Decreto sentiu o peito disparar num arrebatador entusiasmo. Tomado pelo inesperado sentimento, sentiu a vista escurecer. Quando Preciosa voltou-se para o balcão, não o viu de imediato, encontrou-o desmaiado no chão.

Manoel entrou no botequim de Bento, pediu o de sempre. Enquanto o homem servia-lhe uma dose de aguardente, Manoel observou o relógio na parede, percebeu que a hora não coincidia com a que o seu relógio de pulso marcava.

— *Bento, a hora tá adiantada: 15 minutos.*

— *Não, não tá.*

Bento conferiu com o próprio relógio que levava no bolso do avental e ratificou o que disse. Manoel insistiu que o homem estava equivocado, e o dono do bar chamou por Zé Fino, que jogava carta com amigos, a conferir as horas. Zé ratificou a informação de Bento, e Manoel teve que ceder, encerrou a diferença e ajustou o próprio relógio à hora do lugar. O comerciante percebeu seu semblante anuviado, perguntou o que lhe aporrinhava. Manoel virou o copo num só gole e secou os lábios com a ponta do dedo. *Agora, somente a metade do que me aborrecia antes. Me dê mais uma dose, quero acabar logo com a outra metade do meu aborrecimento...* Bento era um velho amigo da família, acompanhou o crescimento de todos os filhos de Manoel, era o padrinho de Neilson. Quis saber como todos estavam, ao que ele respondeu *Bem-graças-a-Deusendo-se.*

Manoel pediu para participar no jogo de cartas, ali apostavam doses de aguardente e dinheiro pouco, de fundo de bolso. O jogo tinha sérias metas, amizade em cuidado de ganho e companheirismo nos despelos da má sorte. A cada rodada, Manoel superava-se em revés, via suas moedas deixando-lhe com rapidez. Quando Trajano e Neilson entraram no bar, notaram o pai com a voz alterada, a esmurrar a mesa em nova rodada de azar. Depois de esvaziar a carteira, Manoel recorreu a Neilson a pedir-lhe mais dinheiro. O rapaz ponderou que já havia gasto em demasia, o que restava deveria ser levado de volta para casa, a ajudar nas contas. Manoel não lhe emprestou ouvidos, insistiu em bafo de teima, no grogue das ordens, a colocar a pinga nos *is*. Diante do homem alterado, Trajano achou-se no direito de intervir. *Com todo respeito, chega de jogo e de bebida por hoje, seu Manoel. Vamos pra casa descansar com a família, o senhor tem que dar o exemplo...* Manoel franziu a testa, e tomou a ponderação como afronta:

— *Escute uma coisa: você não é daqui! Nem é filho meu, pra ter o direito de ser escorraçado por mim. Mas por eu ser um homem generoso, vou lhe escorraçar assim mesmo: Não se meta! Eu sou exemplo, sim! E sou muito exemplo de mim. Não se meta comigo, tá entendido?*

— *Calma, pai, o Trajano só quer ajudar.*

— Ajudar... ajudar sendo mais uma boca pra alimentar?! E isso é ajuda?! Ajuda, só se for com as fêmeas dele!

Em um gesto incerto, enfiou a mão no bolso da camisa de Neilson e tomou-lhe o dinheiro. Encarou Trajano, intimidando-o, e foi para o balcão. Neilson desculpou-se com Trajano pelo que o pai disse. *Eu entendo, Neilson. Cada um tem seu papel aqui. E precisa cumprir.*

De volta à mesa de cartas, Manoel se disse renovado, disposto a vencer. Com a voz elevada, vaticinou que o jogo mudaria de rumo, mas na partida seguinte voltou a perder dinheiro. Entornou outra dose de cachaça e desafiou Pardal de Si'ãzio, o vencedor do dia, a uma revanche. Pardal era um vaqueiro dos bons. Tinha como função domar touro bravo, amansar bestas. Entrava num curral com qualquer bicho feroz, e no fim de poucos minutos, saía montado em touro possuído, zebu enciumado, cavalo desalmado. Confiava na autoridade que tinha sobre os animais, o que o deixava garboso. Gostava de ser um homem calado, acreditava que um bom domador tinha mando nas palavras e o silêncio amansado. Quando falava, dizia certezas, proferia obediências. *Relaxe, Manoel, jogue e se aposte que no bolso dos meninos tem mais dinheiro...* Manoel o escutava, mas já não tinha ouvidos para a razão:

— Agora vai ser minha vez, eu que vou lhe tirar as costuras da calça!

— Êh, Manoel, você tem é sorte de ter família assim, rapagotes fortes que te ajudam na lida! Só deu azar no caçula, que parece ter preguiça de crescer... Pra falar a verdade, ele até me traz uma parecença com Carlão Inteireza. Tem bem uns traços do sujeito. Já os outros filhos são cresci...

As palavras de Pardal foram pungentes a Manoel. As pessoas que estavam presentes, calaram-se, sabiam que aquele assunto era interdito em Sant'Anna de Pouco. Transtornado, Manoel levantou-se bruscamente da mesa. No movimento, derrubou a cadeira em que se sentava, alguns copos entornaram sobre as cartas, outros estilhaçaram-se no chão. Ele pegou a garrafa de aguardente e a quebrou, e a apontar suas farpas, partiu na direção de Pardal Si'ãzio, a mirá-lo com os olhos em brasa.

— *Repita o que tu disse, seu filho de nenhuma mãe!*

Trajano e Neilson acorreram a conter o pai da cega fúria que o tomava.

— *Pardal, repete apenas meia palavra do que disse. Só meia palavra, só um "a", ou um "i". Repete e eu lhe corto essa fala mansa agora. Abro uma vala do teu bico sujo até embaixo, pras tripas derramar e nenhum fecho dar jeito de pôr pra dentro! Só meia palavra, desse bico... Repete!*

— *As verdades não são da boca de quem diz, mas dos ouvidos que lhe cabem.*

Depois de nova afronta de Pardal Si'ãzio, Bento interveio levando o vaqueiro para fora do lugar, onde o repreendeu severamente. O domador baixou a cabeça e foi embora sob o olhar hostil do proprietário, que regressou para dentro do botequim.

— *Por favor, Manoel, não leve a mal esse bravateiro! É um infeliz, semeia discórdia nos outros por conta dos próprios castigos que teve na vida.*

Manoel jurava destripar o homem caso lhe cruzasse novamente o caminho. Bento contemporizou sua raiva, e aconselhou os filhos a levarem o pai para descansar.

No retorno para casa, Neilson conduzia o veículo, com Decreto ao seu lado. Embriagado, Manoel seguia esparramado na traseira do carro, sobre velhas lonas encardidas. Trajano estava junto dele, ereto e firme, cuidando para que o homem não despencasse a cada movimento que fazia para vomitar fora da caminhonete. *Essa estrada já era uma porcaria, agora, então! Olhe pra isso, Trajano!* Paciente, o rapaz voltou a acomodá-lo numa posição segura.

— *Uma trilha de vômito não pode levar pr'um lugar bom, decente... Pode? Não pode... Olha que sujeira!*

— *Tudo isso some, seu Manoel. Logo apaga.*

— *Olha pr'aquilo: uns pingos de vomitados, só pode levar até Espera! Só pode ser... até Espera!*

Manoel soltou uma longa e triste gargalhada, e logo ficou pesaroso com a própria afirmação:

— *Será que Espera é isso mesmo: o que não desce na gente? Será que o mundo vomitou Espera, Trajano? Será que a vila nunca lhe caiu bem, está atravessada nele?*

— *Não é nada disso, homem... Aquiete a alma, isso passa.*

Manoel fixou em Trajano, distinguiu em seu olhar a serenidade que lhe era característica. Percebeu-o firme e estável apesar do balanço do carro, e voltou os olhos aos seus pés. Admirado, Manoel flagrou Trajano desprendido de chão, a levitar. Pensou que em tantas bebedeiras, já tinha visto de tudo, mas nada parecido com o que apresentava-se diante dele. *Quero aprender esse truque, Trajano, pr'eu me desgrudar do chão, das coisas, dos problemas... de mim. Quero me desgrudar de mim... Você me ensina?* Com um sorriso, o rapaz afirmou que sim, que seguramente um dia o faria. Manoel reconfortou-se com o que ouviu, mas seguiu revirado por dentro, pelo que há anos lhe consumia. Revirado pela insinuação de Pardal Si'ãzio a ecoar-lhe na testa. Fechou o semblante com os olhos mareados pela bebida, e pela dúvida que há anos inundava-lhe o peito.

Carlão Inteireza era um caixeiro viajante, que uma vez por ano visitava Sant'Anna de Pouco, a apresentar as novidades do mundo. O homem era carismático, de sorriso farto e fala mansa, facilmente convencia que os mais simples objetos que guardava em sua mala, eram imprescindíveis a qualquer um. Cotonete para cavalos, pente para sobrancelha confeccionado com patas de lagarta, guardadores de cutículas. Dizia-se conhecedor de cada parte do planeta, sabedor de dezenove línguas. Não havia morador na vila que não conhecia seu semblante carente, o jeito pidão. Carlão era um homem pequeno, tinha olhos verdes e, segundo ele, os havia trocado com um Sheik enciumado das trinta e sete esposas do seu harém, que sucumbiram em cega paixão pelo amiudado comerciante. As belas mulheres da Arábia nunca tinham visto íris tão negras quanto as suas, poços de misteriosa e sedutora escuridão, onde afogaram os corações e perderam-se.

À noite em Sant'Anna de Pouco, muitos curiosos aglomeravam-se a ouvir suas aventuras amorosas com mulheres orientais, europeias, africanas, que não resistiam a ele. Condoído, narrava seus desesperos quando anunciava que precisava seguir viagem, algumas aferravam-se à sua mala tentando impedi-lo de partir. Com os olhos mareados, contou o caso da amante húngara que perdeu o juízo ao ser deixada e passou o resto da vida a falar disparates, com o tino empapado por tanta melancolia. *O amor é coisa gigante, de enorme respeito. Não se deve medir, deve ser aproveitado na completude do seu cumprimento. Se não o desfrutarmos, o juízo derrete feito mingau, chega a pingar!* Profetizava o pequeno homem aos que o ouviam.

Carlão percebia em sua baixa estatura, inúmeras vantagens. Entre elas, o fato de poder caber dentro da própria mala baú, pois viajava com bilhetes de bagagem e economizava em hotéis. Com indisfarçável vaidade, comentava que sua mala era de solteiro, mas servia confortavelmente para um casal. E regozijou a todos com um aprendizado adquirido na vasta experiência:

— *O sonho de qualquer dona, é se enfurnar dentro de uma mala. Se pudessem morar dentro de uma, podem apostar: morariam. É no cadeado desses fechos que os corações delas destrancam. Todo mundo pode ser portátil, não sou só eu que tenho esse privilégio.*

— *Carlão, você é miúdo, tudo bem... pode caber. Mas dois, numa mala?! E como, uma pernocuda de uma alemã, pôde caber?*

— *Coube. E digo mais, duas alemãs já couberam junto comigo. Era um dia frio, nevava muito em Munique, e eu não podia deixá-las na friagem, podia?*

— *Mas me diga, e aqui na nossa cidade, ou na região, quantos corações já se abriram em sua mala? Conte pra gente, nem precisa dizer o nome... Quantos?*

O semblante de Carlão Inteireza se fechou. Dissimulou que precisava dormir e encerrou a conversa. As pessoas não compreenderam a súbita mudança de humor, ficaram a pensar no que disseram de errado, em que ponto o ofenderam.

Com o andar pesado, carregando uma antiga saudade, Carlão arrastou-se até o topo de um monte, de onde podia apreciar toda a região. Era seu lugar preferido. Acomodou-se dentro da velha mala e trancou-se. Com a ponta dos dedos empurrou uma abertura, e seu rosto, com um olhar nostálgico, surgiu na pequena janela da surrada bagagem. Observava a paisagem, contabilizando há quantos anos frequentava aquele lugar. Há quantos anos conhecia aquela gente. Ficou a pensar o que o tornava uma pessoa tão desapegada do mundo, apesar de conhecer os mais paradisíacos recantos. E o que o fazia aferrar-se àquele fim de mundo. Era a única região que visitava todos os anos. Num movimento a balançar o corpo dentro da mala, ele a mudou de lugar reposicionando-se na direção de Espera. Somente assim, Carlão Inteireza pôde embalar-se e adormecer a vislumbrar sua melhor paisagem, onde seu mais íntimo sonho alinhava-se ao horizonte.

14.
O Tempo não conhece esse lugar

Os filhos chegaram à noite, e Manoel promessa mais que tarde, apesar de todos juntos. Mesmo à distância, Temerinda percebeu o marido a inventar passos, desconhecendo o chão. Caminhava apoiado em Decreto e Neilson para não tombar.

— *Isso é jeito de chegar em casa, homem?!*

— *Eu estou chegando... mas não sei se estou voltando...*

A mulher torceu a boca diante do seu estado de embriaguez, não poupou reclamações. *Tristeza! Usando filho como muleta de cachaça!? Isso é jeito de homem-pai?! Assim, teu respeito evapora mais rápido que o álcool que tu entornou, sabia?!...* Manoel fechou-se na vergonha, amarrou a boca e o corpo. Afastou os filhos a dissimular que estava sóbrio, tentou sustentar-se em pé. *Eu estou bem, muito bem...* Perdeu o equilíbrio e desabou na cadeira. Neilson tentou distrair a atenção sobre o pai, mudar os olhos de rumo. Entregou à mãe o dinheiro que conseguiram da venda dos doces, Temerinda ficou frustrada com o valor, era menos que o punhado de costume. E num instante refez mentalmente todo o ocorrido em Sant'Anna de Pouco, concluiu o acontecido. A confirmar a suspeita, inquiriu os filhos se o pai andou a folhear baralhos, quando Manoel ensaiou se justificar. *Domingo não é um dia de sorte, mulher...* Neilson o interrompeu, mais uma vez tentando acobertá-lo, contornando a iminente confissão de culpa. Responsabilizou Decoroso pela pequena quantia em dinheiro que trouxeram, acrescentou que o homem estava tendo problemas no comércio. Em movimentos lesos e repetitivos, Manoel assentia com a cabeça a confirmar o que o filho dizia.

— *Se acalme, mãe. Decoroso prometeu pagar mais no próximo mês. E compensar o fraco negócio de hoje.*

Manoel encarou Neilson, surpreso com sua cumplicidade:

— *Neilson, você é a bondade calçando botas. Mulher, esse rapaz leva jeito pra ser bom...*

Temerinda seguiu desconfiada, afinal, sabia da fraqueza do marido pelos jogos de cartas. O vício foi a causa de incontáveis discussões em casa, já perderam muito dinheiro e bens. Uma vaca, cinco galinhas, duas calças e muito mais.

Certa vez a mulher o fez dormir na varanda por três noites, quando Manoel regressou da jogatina para buscar o quadro da Santa Ceia que há mais de vinte anos ornava a sala. A imagem havia sido presente de casamento do falecido tio Aristides, que o marido teve que entregar como pagamento de jogo. Todos se lembram daquela ocasião:

— *Mas é uma herança do meu tio!*

— *Mas, Temerinda, seu tio nem era católico, era ateu!*

— *Não importa, eu ganhei dele...*

— *Mulher, pro Aristides, o quadro é só um almoço entre amigos.*

— *Manoel, Manoel... Agora, você se superou: apostar a Santa Ceia inteira, com Jesus e todo mundo junto?! Nesse absurdo, nem Judas foi tão longe!*

Mas perante um acordo inquebrantável de aposta, Temerinda não pôde se opor. Manoel levou embora o estimado presente embaixo do braço, só restando à mulher puni-lo com as dormidas ao relento.

Naquele episódio, Temerinda jurou aos filhos que, se o marido voltasse a se envolver com apostas, o expulsaria de casa. Por isso Neilson o acobertou, e todos os irmãos anelaram cumplicidades. A mãe percebeu que os filhos resguardavam o pai, apreensivos pelo que poderia lhe acontecer, sensibilizou-se com isso. Abrandou os nervos, preferiu não esticar pendengas. Preferiu pactuar com a paz da mesma mentira. *Que bom que não teve aposta dessa vez...* Enfiou-se sob os braços do marido e o levou para uma chuveirada fria.

— *Clareana, minha filha, corra e tape o fogão. Se teu pai respirar perto do fogo é capaz de lamber inteiro!, se queimar e virar carvão num triscar!*

A menina atendeu ao pedido, e a família seguiu em seus afazeres, ainda sob os resmungos da mãe que ecoava por toda a casa. Temerinda sentia-se cansada da vida que levava, do trabalho da casa, da confecção dos doces. Reclamava da ingrata vida do canavial e das bebedeiras. *Só cana, só cana...! Será que é só isso que me resta nessa vida?!* Dizia-se com vontade de viajar, enfiar-se numa mala qualquer e partir mundo afora. Mas aquela ameaça ninguém levou a sério, todos sabiam que era um simples desabafo, que a dedicada mãe jamais seria capaz de uma atitude tão desatinada.

Valência Outrora preferiu não se envolver no clima instaurado na casa, no emaranhado de silêncios. Puxou Clareana pela mão levando-a ao quintal. *Vem, Ceguetinha da vó, vamos encontrar um vento pro pulmão. Aqui tem tantos não-ditos no ar, que é até difícil respirar.* A menina a atendeu, tinha gosto em caminhar com a avó, a passear tranquilidades.

A velha matriarca vestia um comprido pano enrolado pelo corpo, um lenço que escondia a face e grandes óculos escuros. Sussurrou para a neta o pseudônimo do dia. *Hoje sou Antônia Fontoura.* Clareana assentiu com a cabeça, sabia como desempenhar seu teatro, sentia-se útil em ajudá-la a enganar a morte. Mas naquele dia, Valência não quis muita conversa, a briga que acabara de presenciar seguia em sua mente. Conhecia bem o próprio filho, tinha consciência do que Manoel era capaz de fazer, e do que era incapaz de realizar. Sabia que era bom pai e bom marido, mas era desprovido de traquejo com a vida, igual ao pai, Sebastião Promessa, que a deixou viúva quando Manoel ainda era uma criança de colo. *Manoel teve a quem puxar, possui um coração largo, mas tem o juízo encalacrado.* Ela lembrou das inúmeras vezes em que o marido seguiu sem diálogo, incapaz de ofertar-lhe uma palavra de apoio e carinho quando ela precisava desabafar, confidenciar as tristezas quando se faziam vivas. Sebastião era turrão como uma pedra, egoísta feito uma muriçoca, e tinha a psicologia inata de um cactus. Era inevitável comparar o abismo de diferença existente entre ele e seu único e verdadeiro amor, Fernando Lira. Mesmo assim, ela era grata por

Sebastião Promessa acolhê-la num momento difícil de sua vida, desesperançada, quando regressou de vez para Espera.

Nos anos em que Valência Outrora viveu com a tia, Samanta, na capital paulista, acompanhou de perto seu trabalho, sua paixão pela arte. Influenciada pela tia, acabou envolvendo-se no universo da pintura e ingressou no curso onde a tia lecionava. Para garantir uma renda extra, trabalhava como modelo vivo nas aulas de desenho. No início, sentia-se constrangida ao posar nua para os colegas, mas com o tempo acabou se habituando. Foi nesse período que conheceu Fernando, um jovem talentoso, pertencente a uma abastada família de Recife, por quem se apaixonou. No confortável apartamento onde o rapaz morava, faziam longas sessões onde se desenhavam nus mutuamente, encontros sempre regados a champanhe e bons vinhos. Conferiam no corpo alheio os mínimos detalhes, analisavam proporções, volumes, texturas. Os pincéis deslizavam pelas telas e pelos corpos, fundiam-se no deleite de uma mesma obra.

— *Às vezes, penso que os dias não nos visitam.*

— *Parece que somos eternos.*

— *Fale baixo, Valência. O Tempo não conhece esse lugar.*

Fernando estava ausente numa manhã, quando o porteiro enfiou uma correspondência sob a porta. Valência percebeu que a remetente possuía o mesmo sobrenome do amado. Um inexplicável e cortante ciúme tomou-lhe o peito. Não havia razão para tal sentimento, poderia ser uma parente distante a trocar notícias. Mas sua intuição a impelia a perscrutar o teor da carta. Não se conteve, abriu o envelope. Ficou perplexa com o conteúdo do texto. Releu a mensagem inúmeras vezes tentando descobrir um equívoco em sua leitura, em seu entendimento, na vã esperança de encontrar uma explicação que amainasse o choque diante do que ali se descortinava.

Valência Outrora ouviu os passos do namorado subindo as escadas e, nervosa, correu a abordá-lo antes mesmo que entrasse em casa. Mostrou-lhe a correspondência que anunciava a proximidade do nascimento do seu segundo filho, e que a esposa o aguardava com ansiedade para o parto. Embaraçado pela vida escusa revelada, o jovem jurou amor a Valência, prometeu que se divorciaria após a criança nascer. Num surto de fúria, em meio a xingamentos, Valência o agrediu empurrando-o na escada. Fernando rolou até o andar de baixo, onde bateu a cabeça contra o rodapé, e perdeu a lucidez. Uma poça de sangue rapidamente se formou no assoalho. Ela exasperou-se, e ao aproximar dele teve uma mórbida impressão. Encostou os dedos em suas narinas e não sentiu sua respiração. Deitou o ouvido junto ao peito e não ouviu as batidas do seu coração. Era a irrefutável conclusão de que Fernando estava morto, envolto em uma moldura carmim. Sem querer, Valência elaborou o mais perfeito quadro da dor.

Desnorteada pelo que fizera, a fugir da culpa, Valência partiu para o Rio de Janeiro, onde viveu com a obsessiva ideia de imiscuir-se à multidão e nunca mais ser encontrada. Mudava constantemente de endereço, sempre a trocar de empregos. Nesse período iniciou-se na prática de criar pseudônimos, identidades provisórias. Após meses de esforços e as mais variadas estratégias para desaparecer, cansou-se e tomou uma decisão. *Se é pra sumir, vou fazer isso direito, e me apagar de vez! Em matéria de sumiço, o melhor é viver num lugar que não existe.*

Valência regressou para Espera, a cidade natal onde nunca mais estivera desde que partiu aos dez anos de idade, quando vislumbrou o lugar pela última vez através da janela do trem que a levou embora. A vila fazia parte de um melancólico passado, que involuntariamente lhe trazia às papilas o refluxo de amargas memórias. Valência havia jurado para si mesma, nunca mais retornar àquele lugar em vida. E de alguma forma, estava a cumprir seu juramento.

— *Em Espera, a gente não apenas some. A gente desaparece!*

Valência voltou a habitar a velha casa dos pais, seu primeiro lar. Nele havia todo tipo de recordações espalhadas. A casa abandonada guardava o passado no chão, sobre os móveis. Nas gavetas. Eram tristezas e belezas esquecidas. Ela limpou o que pôde, mas muitas marcas resistiram impregnadas nas paredes, no teto. Desfez-se de objetos que não possuíam mais serventia, mas conseguiu recuperar peças que lhe apraziam. A faxina exigia-lhe incansável dedicação, nunca encontrou seu fim. Valência tinha consciência do seu quinhão a cumprir. Conseguiu emprego em Sant'Anna de Pouco, onde conheceu Sebastião Promessa, e lentamente reformou cômodo por cômodo do antigo lar. Ela intuiu que seu íntimo desejo iria se cumprir, nunca mais sairia dali, nem seria descoberta. Nunca mais voltaria a pisar o mundo.

Clareana percebeu a avó cabisbaixa, na fresta do silêncio, a espiar o passado, quando o horizonte da vila foi iluminado por um imenso clarão, seguido por um forte estrondo. A menina e a avó não se surpreenderam com o ocorrido, estavam familiarizadas àquilo. Sabiam que era Safira Pontes trazendo à luz mais um rebento. A cada nove meses o mágico espetáculo se repetia, a noite de Espera clareava como se estivesse em festa, a celebrar mais um filho da misantropa moradora que vinha ao mundo, e que logo partiria com a brisa rumo ao firmamento. Safira Pontes paria estrelas. A família Promessa conhecia sua rotina, sabiam que no primeiro domingo de cada mês, era fácil encontrar a obesa mulher a deambular de madrugada pela mata que margeava a vila, com seu largo riso, usando longas saias e com os enormes peitos à mostra. Era quando Safira amamentava os incontáveis filhos que tivera em toda a vida, os quais, de maneira descuidada, corriam a brincar sobre ela, no quintal do infinito.

O parto de Safira Pontes resgatou Valência Outrora dos seus remansos, mas ainda guardava o olhar vazio. *Vó, você tá bem?* A mulher respondeu que sim, com um sorriso inventado. Clareana quis animá-la. *Veja o céu, vó, que lindo! Quantas estrelas!... E hoje Safira fez nascer mais uma pra aumentar essa belezura.* Valência varreu os olhos amuados no firmamento.

— *É... Mas aumenta também a quantidade de estrelas cadentes. Cresce o risco de alguém ser atropelado por elas.*

— *Estrela-cadente é coisa boa, vó. Servem pra gente fazer um desejo.*

— *Eu sei, mas é isso que me preocupa. Já vi muita gente ser atropelada por seus desejos. Todo desejo tem seu risco.*

15.
Preenchido nos velhos vazios

Zudileu estava no batente da porta, na carona da inveja, do ciúme. Com os olhos cumpridos nos irmãos que se encaminhavam para mais um dia no canavial. *Anda cambada, anda que o trabalho não senta pra esperar!...* O pai apressava os filhos, o dia começava antes do sol. Neilson percebeu Zudileu cabisbaixo, sensibilizou-se com sua frustração, sobretudo depois de ter sido salvo por ele das bestas-feras. Sentia-se em dívida com o irmão, mas seguiu calado. Contudo, a muda omissão em ajudá-lo, chamava-lhe em mando de retidão. Percebeu o tamanho do próprio silêncio, ocupado pelo medo do pai. Medo que lhe cerrava a voz. Compreendeu naquele temor o contrário do que acreditava, do que almejava ser. Neilson sonhava ser um homem bom. Perfeito. De chofre, seu desejo o despertou e no ímpeto da vontade de cumprir seu querer, tomou coragem:

— *Pai, acho que Zudileu merece ir mais a gente. Merece uma brecha de ser ele.*

Surpreso com o apoio do irmão, o abreviado menino encheu o peito de alegria. Manoel sorriu verde, na ironia do que ouvia, repudiou a ideia desmadura de Neilson. Lembrou-lhe da armadilha do fogo, onde quase se defumaram no esbarrão de coisa grave. Argumentou que Zudileu era pequeno e fraco em demasia, era menos que um menino. *Ele não vai cumprir nem o meio da metade do que faria se fosse inteiro...* Neilson insistiu, mentiu que treinou o irmão no desempenho do trabalho, garantiu que Zudileu daria conta do serviço. *Neilson, sua mania de ser bom ainda vai te trazer muitos problemas. Largue mão desse vício enquanto tem chance, meu filho...* O rapaz persistiu, comprometeu-se a ficar todo o tempo ao lado do caçula, e que o motivaria a cumprir a meta diária do corte de cana, responsabilizaria-se por ele. Elevando a voz, Manoel foi peremptório. *Zudileu não vai e ponto final!* Apressou Neilson a subir no carro, mas o rapaz manteve-se parado, na certeza do seu lugar:

— *Zudileu merece um voto de confiança, do mesmo jeito que o pai confiou nos amigos no bar.*

Manoel arregalou os olhos, surpreso pela afronta, quando Decreto ergueu-se somando-se à defesa do caçula:

— *Com mais uma pessoa na lida, podemos recuperar o dinheiro perdido na mesa de jogo.*

— *O que é isso, revolta no formigueiro?! Calem essas matracas! Querem que a mãe de vocês ouça, e me entorne o quente do caldo que ainda tá fervendo?!*

— *Vamos levar Zudileu com a gente, e a mãe vai continuar sem saber de nada sobre as cartas.*

Decreto encerrou a conversa. Manoel calou-se diante do inesperado motim, com um sapo agarrado à goela. Foi obrigado a digerir o bicho. Bufando, permitiu que Zudileu subisse no carro. O menino abriu enorme sorriso e foi o primeiro a pular para cima da carroceria da caminhonete, onde prontamente se acomodou sem esconder o tamanho da sua felicidade.

O carro partiu com os filhos, sob a admiração de Temerinda que a tudo espiava, aprovando a união entre os irmãos. Neilson orientou Zudileu que o obedecesse, em capricho de ordem. *Desse jeito tudo vai dar certo, e dando certo, mais do certo vai dar: você vai poder voltar outros dias.* Decreto reforçou o conselho, pediu-lhe muita atenção e logo dominaria o trabalho. *Tá bem, eu obedeço. Eu faço todas as ordens, pode deixar. Eu juro!* Os irmãos acharam graça na exagerada seriedade de Zudileu, a cumprir-se. A caminhonete manobrou diante do quarto de Clareana, que mantinha a janela fechada a proteger-se do sol, quando Zudileu percebeu o dedo mínimo da irmã curvado, na fresta da veneziana. Ele sorriu e respondeu com o mesmo aceno. Apesar de não vê-la, sabia que ela o observava. Sabia que a irmã estava feliz por ele. Enquanto o carro afastava-se, os dois seguiram com os sorrisos fisgados.

No canavial, Zudileu vestiu-se como os outros, pulou do carro e empunhou o facão como os outros. Finalmente realizava o desejo de ser os outros. Manoel organizou os filhos no serviço, separou-os por ruas e começaram a jornada. O trabalho era duro, não seria diferente para Zudileu, que apesar disso, suportou o calor, suportou o cansaço que lhe tomou rapidamente os braços. Ao fim de meio período de trabalho, todos se sentaram para comer. Elogiaram o desempenho do caçula, ele sorriu tímido e orgulhoso, preenchido nos velhos vazios. Conversaram alegrias, o assunto era a realização do irmão, mesmo entrecortada de suor, do evidente cansaço. Manoel Promessa manteve-se sisudo, interrompeu o breve descanso e convocou todos a voltarem ao trabalho.

Zudileu seguiu a cortar a cana, mas começou a sentir-se muito cansado. Aos poucos, os golpes foram perdendo o vigor, os braços miúdos fraquejaram com o peso do instrumento, as pernas tremiam. Chegou à exaustão. Fez uma pausa e secou o suor que escorria na testa, no rosto. A roupa empapou de tanto transpirar. Respirou fundo tomando ar, a buscar o resto de força que possuía, e retomou o trabalho. No golpe seguinte perdeu a concentração, os músculos cederam e o instrumento escapou-lhe das mãos golpeando o próprio pé. Assustado, constatou que havia um corte no tênis que usava. Descalçou-se, retirou a meia e descobriu o peito do pé ferido, a sangrar. Sem saber o que fazer, levou o pé à boca para sugar o próprio sangue, mania, como sempre fizera em seus pequenos ferimentos. Usou a meia a fazer um amarrado para estancar o sangramento, mas viu o tecido lentamente se encharcar de sangue. Jogou fora a meia ensopada e usou o lenço que protegia a cabeça a pressionar o machucado. Tentava se acalmar repetindo para si mesmo que tudo iria acabar bem. Mas por estar acostumado a não ser ouvido, também acabou não se escutando. Era a primeira vez que ía ao canavial, a primeira vez que confiavam nele. Não podia desapontar os irmãos, não queria decepcionar o pai. Queria que o pai o visse como inteiro, que se orgulhasse do seu meio-filho. Aflito com o acidente, antecipava as consequências do seu azar, as proibições do pai. Lamentava que seu querer não iria acontecer, só em seus pensamentos seu mundo seria completo, sem suas metades. Metade de filho, metade de gente. Odiou os pensamentos. *Ninguém vive de pensamento. A gente vive é de corte de cana, de facão... A gente vive é de não sonhar com as coisas.* Zudileu seguiu apertando o ferimento para estancar o sangramento e o fracasso. Queria estancar o medo de nunca conseguir ser visto, de nunca ser quem é.

Finalmente o sangue parou de escorrer, no alívio que sentiu deixou escapar um sorriso. Lembrou-se de Clareana, imaginou a felicidade que sentiria ao saber que, sozinho, tinha conseguido contornar o problema. A menina ficaria orgulhosa do irmão, que aos poucos deixava de ser miúdo, que aos poucos deixava de ser metade. Zudileu certificou-se que ninguém o tinha visto se ferir, calçou o tênis, a confiança, e voltou ao trabalho. *Eu posso ser inteiro como meus irmãos, para o meu pai. Eu posso ser inteiro...*

Zudileu não deixou que ninguém soubesse o que lhe acontecera. Não queria arriscar ser tratado como incapaz, ser impedido de regressar ao canavial. Naquela noite dormiu de meias a dissimular inventada superstição para a sorte não lhe abandonar. Os irmãos estranharam, mas não o levaram a sério. *Era coisa de menino, não-coisa de Zudileu.*

Na manhã seguinte, foi ao banheiro conferir o machucado, e ficou estupefato com o que viu. O pé ferido estava irreconhecível. Parte dele e dos dedos não possuíam mais a textura nem a cor de sempre. Havia perdido a opacidade, estava translúcido feito uma sombra. Zudileu paralisou, beiço colado no grude do pavor. Os dedos respondiam ao seu comando, mas ao tocá-lo, não sentiu sua matéria, não sentiu do que era feito. A mão atravessou o pé, percebeu a natureza etérea do que passou a lhe compor. Tomado de susto, desfez o gesto, apoiou a perplexidade na parede, escorregou até desabar no chão. Esticou a perna, num ato impensado a afastar-se da insólita condição que o tomava, como se fosse possível desvencilhar-se de si mesmo. Começou a suar, a tremer os lábios, não tinha qualquer entendimento do que lhe ocorria. Maria Dossim bateu à porta apressando-o, precisava usar o banheiro.

— Eu... já tô me acabando... Falta só um instante...

Mesmo atarantado, precisava tomar uma atitude e seguir o dia.

— Anda, Zudileu, vai ficar a vida toda aí? Eu preciso me arrumar, é hoje!...

Ele calçou o tênis, amarrou-o firme no tornozelo para não se soltar do pé, e saiu.

— Que cara é essa?! Viu algum fantasma, Zudileu? Ou foi desarranjo bravo que lhe tirou a cor?

Zudileu seguiu apático para o quintal. Os passos não eram mais os mesmos. Dissimulou o andar, mas algo havia mudado, algo havia se perdido. Esforçou-se para não mancar, para manter o mesmo andar. Perdeu o equilíbrio, conseguiu alinhar-se novamente. Transpirava apreensão, pingava medo. Decidiu afastar-se da casa a treinar o andar sem ser notado, desejou nunca mais se descalçar. Nunca fora tão difícil pisar o chão. Com muito esforço, obrigou-se a reaprender a locomover-se. Era um outro pé, um outro caminhar. Era outro Zudileu.

16.
Nascer de novo é fácil, renascer é que é custoso

Na hora do almoço, de um feriado santo, e compromisso marcado, despontou no horizonte uma nuvem de poeira a deslocar-se com enorme rapidez. Depois de duas horas de prontidão na varanda, Maria Dossim finalmente viu o céu amarelar pelo pó levantado, e prevendo o que seria, alardeou com euforia que aquele seria o dia mais importante da sua vida. A jovem, que era só felicidade, andava de um lado para o outro a pisar nas brasas de muitos fogos. De tanto mirar-se no espelho, cansou o reflexo.

— *Tô bonita, mãe?*

— *Ave, minha filha! Se lhe merecer mais beleza, nem tem onde caber!*

Ouviram o barulho de um carro aproximando-se, a chamar atenção. Era Tõe D'Arreio que anunciava a chegada com a extravagante buzina a imitar um berrante. A família foi à varanda receber o primo. Miguel dissimulou estar com dor de cabeça, trancou-se no quarto. Conheciam suas reservas e seus acanhamentos, desde quando era Trajano, amnesiado do que foi.

O abastado primo fazendeiro usava óculos escuros com armação dourada reluzente, vestia uma calça apertada que lhe marcava cada músculo da perna, das nádegas. A camisa entreaberta no peito exibia pesados colares de ouro, quilos de vaidade. Retirou o chapéu de boiadeiro e aproximou-se da família com os braços abertos, extrovertendo graça:

— *Êh, minha gente! Finalmente alguém importante chega nesse fim de mundo!*

Maria Dossim não conseguia dissimular o entusiasmo, e os rapazes aprovaram seu jeito animado. Enquanto todos se cumprimentavam, Valência sussurrava com Manoel:

— *Sabe pra que serve um pavão? Pra se depenar e fazer um ensopado.*

— *Se aquiete, mãe!*

— *Você não vai permitir que sua filha se case com um jacu desses, vai?*

— *Ela e Temerinda estão felizes com esse troncho, o que eu posso fazer?!*

Tõe abraçou Temerinda pedindo-lhe a bênção, e aproximou-se de Manoel estendendo a mão. Quando firmaram cumprimento, Tõe o puxou com energia para um inesperado abraço apertado, com sucessivos tapas nas costas.

— *De hoje em diante, tenho o respeito, e a caridade, de lhe chamar de pai!*

Surpreso com os tabefes que levava, Manoel nem conseguiu responder. Esboçava um sorriso amarelo tentando em vão desvencilhar-lhe da incômoda mesura. A troçar, Tõe aproximou-se de Valência Outrora e arregalou os olhos fingindo surpresa:

— *Mas a senhora ainda tá viva?! Me dê aqui um abraço...*

— *Eu tô com tuberculose múltipla, não posso chegar perto de ninguém.*

O rapaz recuou.

— *Mas o que é uma tuberculose pra senhora?! Não vai ser isso que vai lhe derrubar, nem se encabule. Com certeza já deve ter passado dos 100, já tá cumprindo hora extra! A senhora ainda vai enterrar muita gente!*

Por último, aproximou-se de Maria Dossim. Fez um silêncio e a examinou da cabeça aos pés, liberando um suspiro profundo.

— *Prima, prima... Dá gosto de te ver, continua linda e perigosa em matéria de fogosidade. Olhe essas curvas... Meu pai do céu! Assim, até minha quatro por quatro derrapa e perde o rumo!*

E soltou uma estridente gargalhada, sendo apenas correspondido por Dossim. *Obrigada, primo.* Temerinda Cruz o convidou para entrar, a servir-se do almoço especial que preparou para ele.

À mesa, diante de todos, Tõe D'Arreio levantou-se e pediu a palavra:

— Bem, minha vinda aqui, vocês sabem. É pra firmar compromisso sério com Dossim, com quem pretendo compartilhar o resto da minha vida. E com quem pretendo, com ajuda do glorioso Deus, ter mais uns seis filhos! Bom, pelo menos, praticar pra isso acontecer, a gente vai! — Gargalhou sozinho antes de prosseguir. — *Sabendo que ela também tem por mim essas vontades, e conforme combinamos por carta, quero formalizar o meu pedido de noivado, de casamento, de intimidade, e de tudo que eu tiver direito! Então, meu novo pai, Manoel Promessa, e minha nova mãe, tia Temerinda, vocês permitem eu levar Maria Dossim comigo?*

Valência Outrora olhou torto para o filho, instigando-o a discordar, mas Manoel desviou o olhar, fugiu dos seus recados. Temerinda antecipou-se a dizer que fazia gosto da união entre os dois. Manoel concordou num comentário proporcional à sua empolgação. *Idem.* Dossim e Tõe trocaram olhares radiantes. Ele não se conteve e a puxou para beijá-la, apertando-a fortemente contra seu corpo. Tímida, Maria Dossim interrompeu o beijo e afastou-se. *Eu também aceito o pedido. E tô pronta, minha mala já tá até arrumada.* Todos ficaram surpresos com a súbita notícia, com exceção de Manoel e Temerinda, que já haviam acordado com o casal de enamorados que, pelo fato do primo morar longe, Dossim partiria com ele. E com o tempo, planejariam uma grande cerimônia numa de suas fazendas, uma comemoração de três dias, com presença de toda a família, convidados ilustres e políticos. *E até ator famoso de televisão, a gente pode contratar pra festa. Se for mulher, pode escolher qualquer uma. Mas se for macho, não pode ser mais bonito que eu!* Após falar, Tõe soltou novamente sua estrondosa risada. Em seu entusiasmo, não percebeu que Valência Outrora e os irmãos estavam desapontados com a decisão de Dossim partir tão apressadamente. Miguel deixou o ambiente sem nada dizer, não conseguindo dissimular tamanha frustração e tristeza.

Clareana viu Zudileu sendo mastigado pela cama, demorando a pisar no sono. Era madrugada e os dois ainda seguiam acordados. A menina percebeu o irmão preocupado, indagou o motivo, mas ele dissimulou estar abatido pelo fato de Dossim partir no dia seguinte. Guardou para si a verdadeira razão da apreensão, o pé que havia se esfumado, o misto de coisas que passou a ser. Uma confusão fazia-se em sua mente, era de carne e osso, mas também era sombra. *Ninguém é sombra! Toda sombra é a sombra de alguém... E meu pé, será que ele é a sombra dele mesmo? Será que sombra e corpo, em mim, são uma coisa só?* Clareana o notou ensimesmado, acalmava-o no equivocado consolo. *A gente vai poder visitar nossa irmã, a mãe falou que Tõe tem muitos cavalos de raça, bonitos que só vendo! Às vezes, sentir a falta de alguém é coisa boa. Saudade é igual os puro-sangue dele: a gente monta e vai até bem longe...* O menino ajeitou o pé sob a coberta, a escondê-lo da irmã:

— *E saudade da gente mesmo, é bom de sentir?*

— *Isso não existe, Zudileu. A gente não some da gente, pra ter saudade da gente mesmo. Bom... quero dizer, pelo menos eu nunca vi ninguém se perder de si.*

— *Tá, nunca viu. Mas você acha isso possível, a gente se perder da gente? E se isso acontecer, vai ser normal a pessoa sentir saudade dela mesma?*

Clareana compreendeu as perguntas e não soube as respostas. Mas sabia qual era o peso de ser só, de não ter um par. Zudileu pediu à irmã que lhe narrasse algo para conseguir dormir e poder sonhar. *Conta pra mim a sua história, aquela!* A menina titubeou.

— *Eu ainda preciso acabar ela, Zudileu. Sou tão ruim nisso, que não sei continuar, preciso que outros inventem ela comigo.*

— *Me conta alguma coisa, Clareana, qualquer coisa. Pode ser um pedaço de acontecimento... Um pedaço do que não existe, já vai ser bom.*

A menina divisou o irmão cabisbaixo, não quis desapontá-lo. Em toda a vida, Clareana criou uma única fábula, sem meio nem fim, que vivia a repetir. A história do Povo da Noite. Alegava que sua falta de ideias era tanta, que apenas criou o título, o lugar, o início de tudo. Nem se sentia no direito de admiti-la como sua, de tão no princípio que estava. Tinha esperança que suas personagens pudessem se erigir sozinhas, que pudessem escolher seus próprios destinos. Queria compartilhar a autoria com qualquer um que chegasse, e quisesse habitar aquele lugar. Clareana acreditava que história boa possuía criador, mas não tinha dono. Pertencia a quem a escutasse, na costura do que cada um sentia, em trovões de verdades e remansos de mentiras. Feito um ajuntamento de vidas emprestadas.

— *Clareana, conte só um pouquinho pr'eu apagar disso aqui, e acordar no sonho. Conte, irmã, conte ela pra mim...*

A insistência do irmão não lhe permitiu outra escolha, fez crescer a velha história.

— *O Povo da Noite vive num lugar muito distante da nossa casa. Lá só existem pessoas como eu: sem cor, sem poder se esparramar em quintal de sol. Eles são cheios de manias, uma delas é não deixar ninguém azedar. É proibido amargar o peito, e também é proibido deixar os olhos murcharem. E quando alguém começa a perder o gosto pras coisas, pra vida e pros amigos, e começa a amargar, é logo levado pra receber uma ajuda pro seu destempero. E eu, como prefeita de lá, peço que deem altas doses dos nossos melhores remédios: palavras doces, carinhos melados, abraços açucarados... Num piscar de olhos, a pessoa fica boa!*

Segredou a Zudileu que essa era uma das razões que a motivava a querer viver com o Povo da Noite. Dormitando, o irmão disse:

— *Me leva com você?...*

E adormeceu. Clareana ficou um tempo a admirá-lo, feliz por ter embalado o irmão. Imaginou que naquele instante, ele já estivesse dando os primeiros passos em seu sonho. *Será que ele foi conhecer minha história de perto, e está se aproximando do Povo da Noite? Será que já vê onde minha cidade começa, a grande muralha que a cerca? Será que Zudileu já me vê de braços abertos no lindo portão de madeira, todo pintadinho de branco e azul, com um sorriso desse tamanho!, pronta pra receber ele? Será que meu irmão já corre feliz na minha direção e nos encontramos num abraço compriiido? Será que é possível a gente matar uma saudade em sonho?*

Ela o acarinhou e, antes de se afastar, cochichou em seu ouvido:

— *Bem-vindo, meu irmão.*

Amanhecia, e Miguel ainda não havia dormido. A possibilidade de ficar longe de Dossim, desarvorava-o. *É certo o que sinto, essa coisa que me torce o peito, e me faz perder os dias?* A parcial recuperação da memória o aliviou da angústia de um passado obscuro, mas trouxe-lhe outras aflições. Sabia que possuía uma missão a cumprir. Sabia que não poderia interferir em nada que acontecesse, apenas acatar seu dever e partir. Não contava com aquele sentimento a lhe atravessar. *O amor não pede licença, te amarra. E te solta...* Dossim estava prestes a ir embora, era premente tomar uma atitude. *Mas o que eu posso fazer nesse pouco tempo, se me faltou coragem nesses dois anos?!*

Miguel entrou na ponta dos pés no quarto de Dossim. Ficou a admirá-la, tomado por uma profunda paz enquanto a esquadrinhava. As pintas do colo, os cabelos cacheados, as pernas grossas que escapavam do lençol. Ela despertou, e sorriu para ele.

— *Desculpa... Te assustei?*

— *Bom dia, Miguel... Não, não me assustou. Acho que eu sonhava com você... Ou sabia que você tava aqui. Engraçado...*

— *Vem comigo.*

Ele a levou pela mão até fora de casa, sob a copa da mangueira. Curiosa, quis saber o que ele tinha a dizer com tamanha urgência. Miguel a fixou:

— *Você não pode se casar com Tõe, ele vai te fazer sofrer.*

— *Quê...?! Você mal conhece ele...*

— *Eu sei do que eu tô falando. Não vá embora!*

— *Eu tô feliz, isso é tudo que eu sempre quis.*

— *É que... É um pressentimento que eu tive.*

— *Pressentimento, a essa hora?! Deixa disso, vamos entrar.*

Dossim caminhava na direção da casa, quando ele correu a alcançá-la e a beijou. Surpresa, ela o repeliu. *O que você tá fazendo?!* O rapaz tinha os olhos mareados por tanto amor represado, acabou constrangendo-se pelo seu ato, e desculpou-se. Timidamente, revelou o que sentia, assumiu que não suportaria seguir distante dela. Confessou que antes do acidente em que se conheceram, passou semanas a espreitá-la. Sabia da sua rotina, o costume em banhar-se despida no lago. Admitiu que a espreitava admirando seu corpo, num desejo que o devastava, a confundir-lhe o pensamento. *Será essa beleza da terra, dos homens? Ou ela não pertence a esse lugar, apenas veio emprestar lindeza a esse mundo torto?* Contou que fora num dia de intenso calor, que desfaleceu e desabou do alto da árvore, vindo a recobrar a consciência dias depois, sob seus cuidados. Admitiu forjar pretextos para aproximar-se dela. *Isso é errado, Dossim, gostar de alguém, sem aviso de pensar?* Ela ouvia a tudo com espanto, recordou-se o quanto se dedicou à sua recuperação, da alegria em lhe emprestar um nome, e lamentou:

— *Desculpa, Miguel, não posso te corresponder nessa natureza de amor.*

Frustrado, ele fugiu do seu olhar:

— *Não se desculpe...*

— *O erro pode estar sendo meu, em ficar surpresa. Eu te dei o nome de Trajano, imaginei você como alguém que você não é. Você se chama Miguel, é outra pessoa.*

— *E você, não pode também ser outra pessoa, e inventar tudo comigo daqui pra frente?*

— *Tem gente que se inventa, e outras que se inauguram. Mas... e quando a gente nem se conhece, nem sabe se tá vivo, como é possível ter um novo início? Olha pr'esse lugar! Ir embora nessa urgência, na única chance de tentar o amor, é uma sorte! Esse meu partir é um jeito de não morrer sem experimentar um gostar de alguém. É a minha chance, coisa do que eu sei, e dou conta. Nascer de novo é fácil, renascer é que é custoso. É coisa que me escapa...*

Todos foram à varanda se despedir de Tõe D'Arreio e Maria Dossim, com exceção de Miguel. Ela o viu nos fundos da casa, observando-a distante. Entreolharam-se a trocar um antigo sorriso, de um passado recente, de um presente que chegava ao fim.

A poeira deixada para trás pelo carro, embaçou a visão de Dossim. Tudo fora subitamente encoberto pela nuvem de terra que a caminhonete de Tõe levantou. O monstro de ferro apagava histórias. Dossim colocou o corpo para fora da janela, mas não conseguiu divisar ninguém. Gesticulou para o que não via, para o que havia ficado para trás. Como se a casa, a família e Espera já se perdessem no tempo, no triste prenúncio de deixarem de existir. E tudo se findar.

17.
Um pé de mundo

A partida de Maria Dossim deixou um silêncio em seu lugar. Ocupou seus sorrisos, as brincadeiras que fazia. O mutismo tornou-se a voz de Dossim. Temerinda e Valência mantiveram seus afazeres, prepararam o jantar sem nada dizer uma a outra. Além da agonia pela ausência, sabiam que discordavam de opinião quanto ao casamento. Era mais uma razão para seguirem quietas. Sabiam que Manoel também estava contrariado. Pelo som dos passarinhos, souberam que o homem estava em sua cadeira de balanço, embaixo das gaiolas vazias. Conheciam seu ritual particular, sabiam que estava a alimentar as aves que há muito lhe escaparam. Assim, seus cantos vinham visitá-lo, abrandavam-lhe os alvoroços e misturava-se à casa harmonizando o escutar da família. Era o raro momento onde os ouvidos afinavam-se.

Corria um vento oco na noite, um mudo chamado a conclamar os irmãos até a cerca que os separava da enorme plantação de soja do Pé-cascudo. Animada, Clareana foi a primeira a lá chegar. A menina gostava de passear em suas escuridões, o mundo que só a ela pertencia. Dejaneir Par, um dos gêmeos, deixou escapar um pensamento. *Fantasmas fumam?* Surpresos, os irmãos o miraram, e Neilson respondeu. *Depende, existem os fumantes e os não fumantes.* Dejaneir Par calou-se, trocou olhares com o irmão gêmeo a pactuar confidências. Era a vez de Dejaneir Ímpar inquietar-se:

— *E sentem fome? Fantasmas comem?*

— *Comem muito, são as fomes de vida que lhes abrem outros apetites* — completou Neilson.

— *E eles fazem barba?*

— *É uma pena, mas não fazem* — lamentou Decreto.

Os gêmeos viviam à procura de objetos deixados pelas famílias que partiam da vila, apropriavam-se de tudo que encontravam nas casas abandonadas. Uma parte do que garimpavam levavam à escola, usavam em transações com colegas e professores, o que lhes asseguravam privilégios e favores. A outra parte do que descobriam, guardava na casa 33 da última rua, que, por conta disso, encontrava-se inteiramente mobilhada. Mesa de centro na sala com revistas e jornais, espelho de banheiro com remédios e escovas de dente, pratos à mesa e panelas sobre o fogão. A casa transformou-se no sombrio museu de Espera.

Mas o hábito que se iniciou por diletantismo, cedeu lugar ao medo. Os gêmeos passaram a desconfiar que acumularam intimidades alheias em demasia, o cenário que montaram gerou intensa atração por vivências. Era o oposto do que acontecia em Espera, onde o ímpeto de partir misturava-se ao ar. A casa parecia-lhes pedir vida, num soturno clamor a ser habitada. Com a suspeita, os gêmeos fizeram testes para saber se o que os afligiam era mesmo real ou fruto de suas imaginações. Deixaram revistas sobre uma poltrona, e ao retornarem, dias depois, encontraram-nas no banheiro. Com esmero, arrumaram algumas peças de roupas sobre a cama, e depararam-se com elas sujas, jogadas no tanque. Deixaram cigarros e fósforos na estante, acharam cinzas e guimbas no cinzeiro. Encontraram pelos de barba na pia e na tesoura. Concluíram que o lugar estava sendo habitado por espíritos, que atenderam ao chamado dos objetos, saudosos por serem usados. A ideia de terem sido responsáveis pela incauta solicitação, de terem aberto as portas da casa à chegada de seres do além, deixou-os apavorados. A fim de espantar os invasores, cogitaram devolver os objetos aos seus lugares de origem, espalhando-os de volta nas casas. Mas temeram que os indesejosos moradores saíssem em busca dos seus pedaços de lares, e pudessem se dispersar por toda a vila. Tremeram só de imaginar a reprimenda que levariam do pai. *Se já temos falta de gente viva despachada, a erguer Espera!, vocês me convidam fantasmas?! Desde quando assombração tem expediente pro trabalho?!* O dilema sobre o que fazer com o imbróglio que criaram, inquietava os gêmeos:

— *Que azar! Como vieram parar logo aqui?!*

— *Justo num lugar sem futuro, vieram cumprir suas eternidades?!*

Dejaneir Par e Dejaneir Ímpar decidiram manter segredo sobre o que ocorria, e continuar servindo-lhes, para que nada de pior acontecesse. Uma vez por semana levavam cigarros, comida e roupa limpa, tudo para agradá-los e entretê-los. Lamentavam a humilhante condição a que chegaram, serviçais de entidades. Alimentavam a esperança de que os espectros, assim como os vivos, um dia se cansassem da vila morta e também decidissem partir.

A conversa miúda entre os irmãos junto à cerca, foi interrompida pelo uivo distante das bestas-feras que viviam na fazenda do Pé-cascudo. O pavoroso som reverberava em todo lugar, ricocheteava dentro de cada um. Decreto reforçou sua preocupação com os monstros que habitavam a fazenda:

— *O Pé-cascudo é tudo de ruim. Mas só ocupa a baixa patente de gerência. Coisa muito pior que ele ainda existe. Acima do carcamano tem três irmãs que moram nos quintos. D'onde enviam suas desordens.*

Para Decreto, as Melanis governavam a plantação sem botar os pés na terra, pisavam o chão do planeta andando em seu avesso. O rapaz descrevia as três misteriosas mulheres com seus caminhares de cabeça para baixo, no teto de seu luciférico palácio. Mesmo diante do flagrante medo nos olhos dos irmãos, seguiu descrevendo o alcance dos seus poderes. Na sensibilidade dos pés cadavéricos, de ossos expostos, as Melanis sentiam quando estranhos pisavam a plantação, e imediatamente soltavam as bestas-feras a caçar os intrusos. Clareana esboçou um sorriso amarelo, mentiu dizendo não acreditar no que ouvia. Os gêmeos calaram-se, aprenderam a não duvidar de nada desse mundo, nem de outros mundos. Decreto aproveitou a tensão do momento e ofereceu vinte notas de dinheiro para quem fosse até a árvore e descobrisse de que tipo ela era, que frutos os galhos secos ofereciam, quando a enorme planta ainda era viva. Zudileu negou-se a entrar na sombria história do irmão, evitou mergulhar no medo, conhecidas águas, e escapou num palpite:

— *Pra mim, é um pé de mundo, onde qualquer um colhe o que quiser, e inventa o gosto que quer ter. Lá vai ter fruta com gosto de manga com alface, fruta de saudade, de abraço de chegada e de despedida. Fruta com gosto de encontro.*

Clareana aprovou suas fugas, emendou:

— *E subindo nela, a gente pode pedir o que quiser, porque ela vai dar! Basta subir e pedir, e ela vai resolver qualquer gosto...*

Decreto os interrompeu, e retomou à soturna aposta. *Mas pra saber, tem que primeiro chegar lá. Quem tem coragem?* A quietude que se instalou por um tempo, foi quebrada por Miguel. Desolado com a partida de Dossim, e indiferente ao que poderia lhe acontecer, prontificou-se a cumprir o desafio. Decreto o instigou ainda mais, ao lembrá-lo da recompensa, e Miguel retorquiu:

— *Pode guardar seu dinheiro. Se eu conseguir, não precisa me pagar. E se as bestas-feras me pegarem, vai ser coisa do destino.*

O rapaz adentrou a plantação de soja, afastou-se sob os olhares apreensivos dos outros. Não demorou para os cães do além o perceberem, e seus uivos e rosnares ressoarem por todo o lugar. Miguel estancou os passos, os irmãos acreditaram que ele retornaria para a cerca, mas ficaram surpresos ao vê-lo prosseguindo na direção da árvore, alheio às feras. Como se estivesse sob inexplicável transe. Era o profundo desalento que lhe ofuscava o discernimento, guiava seus pés a ruidar as folhas, a terra, num caminhar entregue. Os irmãos sussurraram gritos para que voltasse, mas Miguel os ignorou, seguiu inabalado. Todos ficaram apavorados quando discerniram as bestas-feras distantes, assustadoras sombras, com seus olhos amarelos e brilhantes. Seguramente os animais já haviam sido alertados pelas Melanis, estavam cientes da presença do invasor. E ao mirarem o rapaz, partiram em sua direção. Os irmãos ficaram aterrorizados com o sacrifício iminente ao qual Miguel oferecia-se.

Neilson não se conteve, pulou a cerca e correu pela plantação de soja, mas em outra direção, gritando e esbracejando a atrair os animais para si. Conseguiu seu intento, os monstros mudaram de rumo e partiram atrás dele. Miguel estancou ao perceber o amigo na insensata atitude para salvá-lo. Os animais aproximavam-se cada vez mais de Neilson, que tentava fugir em desabalada correria. *Seus filhotes de coisa-ruim, vocês não me pegam! Eu venço vocês tudo!...* Ele estava tomado pelo desespero, no excitante terror por não ter saída, misturado ao prazer de fazer o bem. Neilson tinha vocação para ser um homem bom, ou mais que isso. Tinha a chance de ser perfeito. A sublime felicidade de cumprir seu papel o arrebatou, fez romper um choro de satisfação e exaspero. Era o pressentimento do próprio fim. Sensibilizado por sua atitude, Miguel saiu em disparada pelo mato, nunca havia emprestado tanta urgência às pernas, que não obedeciam sua pressa. A angústia em resgatar o amigo baforado pelas feras, tomou-lhe de desespero, nem percebeu quando os passos desprenderam-se do solo e passou a correr no vento. Livre de chão, ganhou espantosa velocidade, ultrapassou os monstros e alcançou Neilson, que ficou perplexo ao deparar-se com o amigo a flanar ao seu lado. Miguel o pegou pelos braços e o suspendeu no ar, afastando-o dos animais que, ao perceberem que sua presa lhes escapara, interromperam a perseguição. Ergueram-se sobre as patas traseiras, e momentaneamente seus vultos adquiriram contornos humanos. Ficaram a uivar, frustrados pela caça que lhes fugia.

Miguel e Neilson deslizaram sobre a soja até o terreiro da casa. Neilson estava pálido, com as pernas trêmulas, olhos petrificados. Dava voltas ao redor de si mesmo, a arrastar os pés na terra, como se estivesse a confirmar a existência do chão, amparo firme e seguro. E não suportando o turbilhão de sentimentos que o invadiu, pelo risco que correu, desabou. Passou a rastejar na terra, a balbuciar palavras incompreensíveis. Ninguém se afligiu com a breve demência que lhe tomou de assalto, afinal, estavam aliviados por tê-lo a salvo. De algum modo, intuíram que os mistérios da vida e da morte perpassavam a razão, guardavam-se na fantasia, e nos sonhos. Alojavam-se na insanidade. Era quando os olhos revelavam o que não se via, e a alma inquieta, rebelava-se do corpo a bailar as mais belas epifanias.

A urgência fez Miguel resgatar uma habilidade ancestral. O breve voo o levou a um lugar ainda mais distante, até quem ele realmente era. Com a memória completamente recuperada, sentiu-se embaraçado. Teve dificuldade para encarar os amigos que o miravam atônitos. Não se conteve, e chorou. Chorou pela consciência de quem era, da sua missão, que de maneira vívida irrompeu em sua mente. Miguel chorou sua culpa. Admitia-se injusto e desmerecedor do seu espaço naquela família. Preferiu nada dizer, sabia que o tempo possuía outras vozes. E na súbita clareza que invadiu os irmãos, concordaram com o mudo pacto. Compreenderam que o segredo também era uma língua dos anjos.

18.
O mundo é só um pedaço de mundo

Zudileu apresentou-se ao pai logo pela manhã, com o facão na mão, pronto para o canavial. Manoel não queria que ele voltasse às ruas de cana, ainda não confiava que pudesse desempenhar a função. Na ríspida razão, encobria sua falta de olhos em agrado ao filho diminuto. Negou que ele fosse, no tropeço da mentira disse que o filho precisava frequentar a escola como os outros. *O mínimo do engate entre as letras você tem que aprender, pra saber deitar elas nas linhas. É bom saber onde as palavras cabem, por onde elas andam.* O menino abaixou a cabeça escondendo a frustração, a raiva, enquanto o pai seguia. *E além do mais, você já teve sua colherada de sorte noutro dia. Duas colheradas não é bom, fazem a gente desacostumar dos nossos azares. Depois que tomar força e presença, você pode vir com a gente. Até lá, você fica aqui, em você mesmo.*

Agastado, o menino foi para o quarto de Clareana. Enquanto ela arrumava o guarda-roupa, tentava serenar o irmão. Comentou que o trabalho era árduo, e talvez fosse melhor ir ao colégio, como ela fazia. O menino ripostou que a irmã raramente ía à escola, fingia-se na desculpa de muito sol e luz na intenção de ficar em casa. Clareana não retrucou, sabia que Zudileu dizia a verdade. *Faça o que eu não faço, Zudileu. E fale o que eu não digo! De mim, sei eu. Entenda que você é só você, é completamente diferente!* Percebendo-a absorta na arrumação de sua bagunça, num discurso organizado, Zudileu enfureceu-se. *Você não tá nem me emprestando ouvido, não tá nem aí pra mim! Você é igual a eles!* A menina interrompeu o que fazia, quis se justificar dizendo estar distraída. *Olha esse mafuá que se juntou! Eu só tô evitando aumentar ainda mais essa desarrumação aí dentro, só isso!* O irmão cobriu os ouvidos, saiu chutando mágoas, cuspindo rancor de todo mundo e de si mesmo.

Clareana cruzou a sala, ficou surpresa ao ver Temerinda passando a ferro o uniforme de Zudileu. Estava claro que o irmão decidira ir para a escola, ficou intrigada. Foi até o quarto da mãe e o encontrou cabisbaixo, quis saber o que o tinha feito mudar de opinião. Zudileu cozinhou a certeza e, fugindo do seu olhar, falou que seria apenas um jeito de sair de casa e ficar longe. *Que longe é esse? Longe de quê? Longe de quem?* Clareana guardou as perguntas, escondeu as respostas, mas argumentou:

— *Eu me importo com você, sim. Aquilo que você falou é uma baita mentira.*

— *Não é, não. Vocês só querem saber de cada um. É você que ainda não descobriu isso. E eu só quero ficar longe, só isso.*

Zudileu foi para o quintal, a deixou pensativa. *A que distância a gente anda do outro? Qual é a lonjura pra se avizinhar de alguém? Que tanto a gente se afasta, no risco de se perder da gente mesmo?* Tentando reanimá-lo, fazer as pazes, gritou bem-humorada:

— *Ainda bem que tem a serra em nossa volta. Se algum menino tinhoso desembestar a andar pra sempre, não vai conseguir, vai acabar escorregando de volta pr'aqui de novo!*

Chateado, Zudileu não lhe deu ouvidos, seguiu caminhando a esmo. Clareana ouviu seus passos e foi observá-lo pela fresta da veneziana. Divisou o irmão em seu andar arqueado, com seus guardados a lhe pesar. Chamou por ele, pediu que se aproximasse da janela pois tinha algo a lhe dizer, mas Zudileu a ignorou. Inconformada, num rompante abriu a janela para enxergá-lo, quando a forte luz do dia invadiu o lugar e pungiu-lhe os olhos em lancinante dor. Ela cobriu a vista com a mão a amenizar o incômodo, e continuou a chamar pelo irmão. Dissimulou que o estava vendo, que não adiantava ele seguir calado. Apesar do imenso desconforto, Clareana pulou a janela e saiu pelo terreiro, na cega busca atrás do irmão. Os pés tateavam o chão, como a pisar em cacos de luz. O familiar quintal tornava-se inóspito lugar a lhe ferir. *Ô menino grosso, mamonado! Fala alguma coisa, seu mal-educado!* Zudileu esbravejou que não dependia dela, e a subjugou dizendo que não dependia de ninguém para enxergar, para ir a qualquer lugar.

— *Zudileu, você é um carocento!, isso é o que você é...!*

— *Não tô nem aí pro que você pensa. E quer saber?! Pra mim, o Povo da Noite não existe, nem nunca vai existir! É tudo coisa da sua cabeça branquela! E nem você e nem eu existimos, somos uma mentira de tudo que já vimos! Somos uma doença, é isso: uma doença sem remédio!*

Clareana apertou o passo na direção da voz do irmão, com os braços estendidos na esperança de tocá-lo. Zudileu se calou, espalhou pegadas de silêncio como rastro a confundir a irmã, teve êxito. A menina estava perdida no próprio quintal. Sentiu-se só, descobriu outras solidões, mesmo estando ao lado de tudo que lhe era íntimo.

— *Assim você vai acabar brigando com o mundo todo! É isso o que você quer, ficar sozinho? Hein? É isso, seu descabrestado? Zudileu...? Zudileu...?!*

Clareana acabou afastando-se da casa, sentiu o chão perder a dureza. Pisou em capim, o verde da memória perdera a cor naquele instante, apontava que estava longe. Caminhava em ignorada rua de Espera, sem precisão de lugar. Sua paisagem era desalentadora, pálida e dolorosa, marcavam obstáculos intransponíveis à sua volta. O mundo calava-se para Clareana, revelava sua imaterialidade no fantasmagórico horizonte. *Acabou a graça Zudileu, diz alguma coisa... Zudileu?* Quanto mais insistia em chamá-lo, mais silêncio lhe respondia. Cansada, prostrou-se no chão com as mãos a cobrir os olhos, com a ilusão e o desejo que inesperado milagre viesse lhe salvar, apagasse o sol. *Desculpa, Zudileu. Desculpa pelo que eu disse, por maltratar você, e por me maltratar.* Sentia-se como o irmão, nem grande, nem pequena, sem cor. Sentia-se de nenhum lugar, originária de nenhum povo ou raça.

Em meio a desconfortante calma do momento, sentiu o irmão aproximar-se. Estendeu o braço em sua direção, e Zudileu a ajudou a se levantar. Embaraçados, sorriram por mais um reencontro. Clareana percebeu o encaracolado zunindo no peito de Zudileu, ele a tranquilizou dizendo que logo iria passar.

Seguiram juntos de mãos dadas para casa. *O que tem de novo no horizonte, Zudileu? Diz pra mim.* E Zudileu descreveu-lhe a paisagem, o que o dia revelava e o que escondia. E descreveu tudo que já vislumbrava num outro amanhecer...

A mãe elogiou Zudileu vestido com o uniforme da escola, deixava-o ainda mais bonito. Disse que havia lhe preparado um lanche especial, uma surpresa que iria gostar. Com um sorriso, prometeu comprar um sapato novo caso ele continuasse a frequentar as aulas. Temerinda sabia que o filho tinha o hábito de caminhar à borda dos lamentos, onde era comum despencar no poço das tristuras. Por isso esforçava-se em vê-lo bem, emprestava-lhe alegrias. O menino desabafou outros motivos que também o afastavam do colégio. *Entre os meninos da escola e eu, falta pouca coisa: só um mundo de coisas em comum!* Temerinda tentou aliviar-lhe o peito. *Tenha calma, logo vocês vão brincar juntos. E todos da escola vão caber no mesmo mundo, você vai ver!* Zudileu não acreditou no que ouviu, nem Temerinda confiava no que acabara de dizer, ficou a martelar na insolúvel questão. *É estranho a gente se avizinhar no mesmo planeta, mas cada um ter seu mundo. Como a gente consegue caber juntinhos, e viver na besteza de ficar tão separado?!*

Zudileu acreditava que as pessoas não gostavam de gente pequena, não gostavam de gente que cabia nas frestas do que sentia, nas brechas do que pensava. Intuiu que simpatizariam menos ainda com quem perdia suas naturezas, com quem se esfumaçava e tornava-se sombra.

— *Quero sair daqui, mãe. Quero viajar e ver longe toda vida! Num tanto de muito, até cansar de me cansar...*

Temerinda suspirou na angústia de não ter como lhe amainar o abatimento. Mesmo assim, manteve-se firme na convicção de suas incertezas:

— *O mundo não vai muito distante, meu filho. Nem é tão mundo assim, como dizem por aí! O mundo é só um pedaço de mundo. Com um espelho lá onde acaba, pra se fazer repetir num copiar sem fim das mesmas coisas. E é só isso, não vale a pena esse pensamento alongado, filho.*

— É isso mesmo, mãe? É só isso que as coisas são? A gente e só a gente, e mais ninguém com quem contar?

A mulher ajeitou a gola da camisa do filho e com a ponta dos dedos o acarinhou num improvisado penteado.

— A gente já é muita gente, Zudileu. Não precisamos de mais ninguém, filho.

— As coisas podiam não ser assim. Tem certeza disso?

— Tenho.

— Tem verdade que nasce do lado errado.

Zudileu calçava-se no alpendre, quando Clareana se aproximou. *Eu vou com você. Hoje eu vou pra escola.* O irmão gostou de vê-la em uniforme de decisão, compartilhando a tarefa do mesmo caminho. Cada um montou em seu burro e partiram.

— Não te dói a vista?

— Dói tudo o que eu vejo. Mas o que não vejo, dói ainda mais. Arde. Parece que tudo que existe, perde a calma, e arde...

Em segredo, Clareana pensou que talvez o irmão tivesse razão, enxergar as coisas que não existem não valeria a pena. Trancou o Povo da Noite no escuro do pensamento, fixou no magro horizonte que havia, no pouco que lhe cabia. Percebeu Zudileu na curva dos ânimos, e num abraçamento de alma, puxou as rédeas. Quis saber se ele tinha mesmo vontade de ir à escola.

— Não, Clareana. Nem vontade, nem querer.

O menino aspirava apenas um motivo para andar. Escolheu o mais longo dos caminhos, pelos cimos dos morros. Onde os olhos, longe de muitos chãos, pudessem inventar outros céus. Começou a narrar à irmã tudo que havia pelo caminho, o distante que lhe escapava. Clareana gostou de saber-se nele, na espontânea maneira de agradá-la. *As distâncias enganam os passos, Zudileu. Às vezes nem estamos tão longe de onde se pensa. Mas às vezes, nos perdemos dentro do nosso próprio umbigo!* Ela o sentiu em metade de sua completude, perguntou se ainda queria ir ao canavial. Vencido, ele confessou ansiar em juntar-se aos irmãos, mais que tudo. Mas temia a reação do pai, por novamente desobedecer suas ordens. *Essa vontade de ir ao canavial, é vontade de gente grande ou é de gente miúda, de menino que dorme em caixa de sapato?* Ele achou graça, e Clareana obteve sua resposta. A vontade lhe sobrava em medida, mirava-o do alto... Ela sorriu de volta e disse. *Então, vai.* Zudileu voltou-se para ela, oscilando no prumo da escolha, mas já com um pé na coragem.

— *Os morros podem ficar pr'outro dia, eles estão acostumados a esperar.*

A menina concordou. Zudileu subiu no querer e galopou numa vontade atrasada. Clareana ficou a admirá-lo, até o irmão desaparecer em brilho, diluído à paisagem de luz.

Decreto e Neilson surpreenderam-se com a presença de Zudileu no canavial. Descumpria uma ordem, mas estava disposto a mostrar ao pai sua capacidade, a enfrentar as consequências. Orgulhosos do caçula, entreolharam-se, e passaram-lhe um facão. Zudileu começou a trabalhar com gosto, os golpes eram cada vez mais fortes e certeiros. Sentia-se realizado ao receber elogios dos irmãos.

Ao interromperem a jornada para o almoço, o menino deparou-se com o pai, que ficou possesso ao vê-lo, por tê-lo desobedecido. Decreto levantou-se e desafiou Manoel, defendeu o direito do irmão estar ali. Enfurecido, o pai avançou em Decreto e num empurrão o jogou ao chão. Ordenou que se calasse, lembrou-o quem era o chefe da família. Humilhado, o filho baixou a cabeça mordendo os lábios, tentando engolir o choro irrefreado. Manoel bufava de um lado para o outro, puxou Zudileu com energia e o colocou sentado sob uma sombra.

— *Fique aqui, calado e quieto, plantado! E do jeito que eu tô mandando!, até a gente acabar o dia. Se rebeliar mais uma vez, vai se ver no cinto quando chegar em casa, ouviu?*

Acovardado pela reação do pai, o menino nada respondeu.

A família almoçou seus caroços sem nada falar, apenas os ruídos das colheres raspando as indignações nas marmitas, eram ouvidos. Manoel foi o primeiro a terminar, retornou ao trabalho. De soslaio, os irmãos observaram o pai entrar numa rua de cana, distanciando-se deles, sumindo em seus matos. Neilson consolou Decreto, que seguia revoltado pela agressão que sofrera:

— Vamos enterrar essa raiva, o que aconteceu.

— A gente enterra a raiva, mano. Mas a raiva é uma semente ruim: acaba brotando mais dela, feito praga de capim. Esses matos nunca têm fim!

Zudileu ficou só. Apesar do que acontecera, insistiu na obsessão em se provar. Pegou o facão, ajeitou o pano sobre o rosto e enveredou-se por entre as plantas. O menino usava toda força no instrumento. Em cada golpe que conferia às canas, gritava à falta de carinho, à falta de atenção. Chegou à fadiga extrema, mas não cedeu ao corpo, prosseguiu em sua batalha contra os inimigos, conhecidos e ignorados, que enfrentava. Investia as últimas reservas de energia na intenção de proclamar-se vitorioso, mas num deslize feriu-se na perna, começou a sangrar. Assustado, pressionou com firmeza o machucado e conseguiu estancar o sangramento. Enrolou o lenço na perna e, aliviado, desabou no chão. Começou a suar frio, um forte receio crispou-lhe o semblante, já antevia a sombra que o incidente lhe traria.

Parte II

Por mim, o que pensei, foi: que eu não tive pai; quer dizer isso, pois nem eu nunca soube autorizado o nome dele. Não me envergonho, por ser de escuro nascimento.

Guimarães Rosa

19.
Solavancos na alma

Fechada em seu quarto, Temerinda lia a carta que recebera de Maria Dossim, queria guardar as culpas distante dos olhos de Manoel. O marido tantas vezes lhe advertiu sobre o apressado casamento da filha, e o pavoneado sobrinho que só conhecia a língua das vacas. Para o desalento de Temerinda, a mensagem confirmava o que Manoel tanto a advertiu. *Tõe é sarna de minhoca, não tem noção de gente. Pensa como um boi!* Na missiva, a filha contava que durante as primeiras semanas de convívio, foi bem tratada, era rainha em seu palácio. Mas a febre do amor logo cessou. Tõe passou a negligenciá-la, saía com os amigos e só retornava na tampa da noite, no bafo de dia claro, cheirando a cangote-fácil e afogado nas fundezas de outros decotes. *Mãe, nem o batom ele se presta a limpar do pescoço, assume em carimbo-de-firma as gandaias!*

Tõe justificava-se em desculpas que sobravam até para Deus. Alegava que o homem fora criado primeiro, em feitura de teste, por conta disso saiu debilitado: com fraquezas na carne, desgraçado e lazarento, sem a sabedoria de viver sem a companhia de amigos e festejos. E por isso invejava as mulheres, pois sendo elas a segunda criação humana do paraíso, receberam os caprichos da experiência divina, que já gozava de traquejo no manejo das costelas. Receberam a virtude e a inteligência de viverem sem desfiar queixumes, no zelo do lar. *Mas o pior, mãe, é quando encontro de manhã, uma sirigaita em casa. Nem me chatear eu posso!, e ainda tenho que fazer café pras requenguelas. Sou mandada no grito, feito ele toca o gado. E o pior: eu vou!* O marido explicava sua fraqueza, dizendo-se apiedado das amigas que não tinham condução para voltarem para casa, por isso as acolhia no chalé de visitas. E ainda questionava as catolicices da esposa:

— Onde está sua piedade, Dossim? Vou deixar uma amiga dormir ao relento, feito uma ninguém no meio da rua?! Isso não é ser cristão, mulher! — e a deixava com as culpas a temperar o desjejum *— Mãe, descobri por essas bandas, que um cavalo pode valer o preço de uma terra, e que tem vaca que é tratada a pão de ló. Mas também descobri que uma pessoa pode ser trocada a preço de nada.*

Maria Dossim dizia-se arrependida, traída por si mesma, pelos sonhos que alimentou durante anos. *O coração da gente parece menino apressado, se arranca em disparada em aproveito de folga, como se não tivesse amanhã. E sobe no perigo da primeira árvore, sem saber do risco em despencar lá embaixo na vida. Depois se arrepende.* Temerinda lia as palavras da filha enquanto regurgitava arrependimentos, e ódio pelo sobrinho. *Meu coração, mãe, não sabe descer de árvore. Como eu faço?* A mulher terminou a carta, e percebeu a presença de Manoel Promessa à porta, a observá-la. O homem franziu a testa e arriscou a certeza. *Essa carta é da Maria Dossim, não é?* Envergonhada, Temerinda anuiu com a cabeça. *O sacripanta já aprontou com ela?* Mais uma vez a mulher concordou sem abrir a boca, a negar-lhe os olhos. Guardou o envelope na gaveta e começou a se arrumar, colocou um xale, trocou o sapato e pediu a chave da caminhonete para o marido. Manoel ficou surpreso, quis saber o que ela pretendia. *Vou buscar nossa filha.* Manoel argumentou que era tarde, mas ela insistiu, só foi demovida da ideia quando ele ponderou sobre o risco da viagem. Não poderiam dirigir nove horas durante a madrugada até a fazenda do sobrinho. Temerinda aceitou o argumento, mas não se deu por vencida, o rancor a deixou inquieta. Foi à cozinha, pegou a maior faca da casa e começou a afiá-la no batente da pia. *O que você vai fazer com isso, vai matar teu sobrinho?!* Temerinda seguiu amolando o instrumento, a vaticinar num tom grave:

— Não sou de matar ninguém, e você sabe disso, minha religião não permite. Eu só vou capar o desgraçado. Isso eu posso, e vou fazer!

— Se é assim, deixa que eu faço!

Manoel pegou uma segunda faca, começou a arrastá-la num vai e vem na outra extremidade da pia. Os dois afiavam a vingança:

— Vai ser num golpe só!

— Isso é assunto meu, Manoel...

— Melhor: vai ser de pedaço em pedaço. Picadinho dos balangos dele!

— Você não pode fazer isso, homem!

— Ôshii!, e por que não?!

— Ele não é teu sobrinho. Você o renegou tantas vezes, não se lembra?

— Pois, então, eu desrenego. De hoje em diante, ele passa a ser meu sobrinho também.

— Mas ele tem meu sangue e não o seu. Você fique fora disso.

Manoel deu-se por vencido, guardou a faca sem esconder o desapontamento.

Os dois tiveram dificuldade em pegar no sono, os olhos sonambulavam distantes. Na fazenda, no bandalho, na capação. Concordaram em escrever à filha, confiando-lhe um mês para que ela reagisse por si própria, e impusesse respeito. *Ânimo, minha filha. Mostre pra esse chucro o teu valor! Mostre que você não é filha de chocadeira! E lhe esfregue um aviso nas fuças: se o galináceo não se emendar, eu mais teu pai vamos aí foiçar-lhe os badalos!* Apostaram na capacidade de reação da filha, reagiria e encontraria a paz que tanto sonhara, ou livrariam-se de vez do estrupício.

Perante a lastimável sina de Dossim, Temerinda suspirou. *Como o Miguel faz falta!...* Irritado, Manoel bufou ao ouvir o lamento da mulher, e reforçou a ordem que havia proferido, para que o nome do rapaz nunca mais fosse pronunciado em casa.

— Periquito falsoso! Enganando todo mundo, e só se fartando nos pratos da nossa confiança! Deixa ele passar por aqui pra ver a bodocada que vai levar nas asas...

Maria Dossim não sabia o que havia acontecido com Miguel, nem desconfiava que o rapaz havia sumido sem deixar rastro nem pena. Na carta, Dossim referia-se a ele, como se o rapaz ainda vivesse entre a família. *Mãe, diga ao Miguel que lhe tenho muita saudade. E arrependimento. Fui bocó num tanto!... Não olhei pro coração, deveria ter lhe retribuído o sentimento, pois agora ele não me sai da cabeça. Meu peito parece revirado, é onde ele se guarda em mim. Será que ainda tenho chance de me inventar, de buscar o passado do futuro que me escapou naquele presente?* Surpreso, Manoel fixou a mulher diante da inesperada revelação, e Temerinda o encarou com o semblante tranquilo, confirmando o que o marido custava a crer. *Coração é capim solto, homem! Não se sabe que animal chega a se pastar, a lhe aparar as pontas.*

Dejaneir Par e Dejaneir Ímpar levavam biscoitos, pão, leite e duas camisas limpas para o Museu do Além que criaram. Era a hora de alimentar seus fantasmas. Cumpriam a regra de não desapontá-los, a crença e a ameaça de todo tipo de superstição os faziam cumprir as oferendas em bom grado de acato. Mas com o tempo, o vício em negociar objetos e conseguir vantagens através de trocas na escola, superou os receios. Passaram a cogitar barganhas com os espíritos que habitavam a única casa abandonada mobiliada de Espera, e assim obterem outros tipos de benefícios: imateriais. Dejaneir Par perguntou ao irmão:

— *Será que eles podem trazer mensagens de gente morta?*

— *Pra quê?*

— *A avó do Gilberto morreu mês passado, a gente pode trocar um recado dela por umas pipas.*

Como de costume, ao entrarem na casa perceberam sinais de que o lugar fora visitado. O biscoito que deixaram dentro do armário, dois dias antes, havia sido devorado. A garrafa de leite estava vazia, e uma muda de roupa suja foi deixada no chão da sala. Os gêmeos guardaram os objetos que trouxeram e arrumaram a bagunça. Agiam em silêncio, na expectativa de testemunharem algum acontecimento sobrenatural. A ansiosa espera durou meses, até aquele dia.

Estavam de saída quando se depararam no meio da cozinha com um homem velho e magro, com longas barbas brancas e cabelos compridos, ralos e desgrenhados. Ficaram pasmos com a súbita aparição. Dejaneir Ímpar foi quem se antecipou. *Você é um fantasma?...* O homem estranhou a pergunta, respondeu com a voz grave e pouca. *Não sei.* Os irmãos perceberam que ele usava a camisa de botões que haviam deixado na semana anterior. Dejaneir Par estava igualmente curioso. *Você é de outro mundo?* O homem balançou a cabeça a confirmar. *Pode-se dizer que sim.* E avançou no bolo que os gêmeos trouxeram, devorou-o com ajuda de muitos goles de café. A sofreguidão com que comia fazia com que escorresse pelos lábios e pescoço a mistura do que lhe sobrava na boca. Os irmãos estavam frustrados pela suspeita de que o homem não era um espectro. A decepcionante certeza veio no arroto que o velho soltou, espalhando no ar um hálito fétido, desse mundo, que impregnou o ambiente. Malaquias era o nome do vetusto intruso, que após comer o que os gêmeos trouxeram, refestelou-se no sofá e acendeu um cigarro. Entre uma baforada e outra, narrou sua história.

O homem há muito havia perdido a conta da própria idade, contou que estava fugindo de algo terrível que fizera ainda bem jovem. Ao tentar saciar a ansiedade dos gêmeos em saber o motivo da longa fuga, atrapalhou-se. Não recordava se havia matado alguém, se esteve envolvido numa revolução, ou se teria roubado algumas galinhas. *Já não sei, faz tempo... Às vezes, minha mente me alivia, e noutras me causa uns solavancos na alma, que me desembesto a fugir!* Lembrava-se com clareza, apenas de ter escapado às pressas de casa, com medo de ser pego pelo ato que cometera, o que lhe causou recorrentes pesadelos em todos esses anos. Incontáveis vezes sonhou que estava sendo perseguido. *Perseguido uma pinoia! Eu era caçado feito um bicho! Os tiros passavam zunindo rente d'oreia, chegavam a me arrancar os botões da camisa. Queriam a minha pele!* Desde o dia em que cometera o esquecido crime, passou a viver embrenhado nos matos, sem ter confiança em ninguém, a fugir daqueles que o acossavam.

Surpresos, os irmãos entreolharam-se e, sereno, Dejaneir Par dirigiu-se ao homem. *Com tanto tempo, esse crime já nem cabe punição. Você não pode mais ser preso.* O outro gêmeo completou. *Você devia até ser menor de idade, então, com 18 anos já estaria livre.* O semblante do velho transfigurou-se. Pôs-se a zanzar pelo ambiente, emprestando voltas ao desatino, transtornado com o que acabara de ouvir. *Vocês têm certeza disso?* Os dois reafirmaram o que disseram, e o homem paralisou. *Então... eu estou todo o tempo livre, fugindo de uma prisão descabida?!* A informação atingiu-lhe num dilacerante golpe, e o levou a cogitar a certeza de que passou toda a vida condenado a um inútil encarceramento. Dejaneir Ímpar tentou amenizar sua tormenta:

— *Todo mundo tem sua prisão, não tem jeito...*

Ao contrário do que os irmãos esperavam, o suposto consolo deixou Malaquias ainda mais alterado. O homem encarou-os duramente, acusou-os de estarem tentando ludibriá-lo, enquanto os gêmeos, trêmulos, juravam estarem dizendo a verdade. O homem recusava-se a acreditar, mas o que acabara de saber fazia sentido. Envolto em tantos pensamentos, Malaquias deixou escapar uma leveza no semblante. *Então, eu sou livre? Eu sempre fui um homem livre pra ser quem eu sou, pra ser quem eu bem entender?* Um súbito sentimento de alívio eclodiu em seu peito. *Eu sempre fui livre...* Mas logo voltou a se obscurecer, pois a notícia colocava em dúvida a obstinada fuga praticada por toda a vida. *De quem eu fugi durante todo esse tempo...?* A possibilidade de ter percorrido um caminho vazio, na inutilidade de seu tempo, tornava sua inteira existência uma dádiva desperdiçada. O embate de certezas o desarvorou, e tomado por enorme furor, saiu a chutar cadeiras, móveis, a quebrar espelhos e janelas. Era insuportável enfrentar tal ideia. *É mentira o que vocês estão dizendo, eu sou um idiota por acreditar em vocês!* Culpou-se por supostamente cair na armadilha das comidas e presentes. *Vocês vão me delatar, eu sei disso. Estão esperando o momento certo!* Os irmãos ficaram apavorados com a explosão do homem, que num ímpeto, retirou a camisa que acabara de vestir, jogou-a no chão e esfregou a velha bota sobre ela. Em seguida, enfiou o dedo na garganta provocando vômito, num jato colocou para fora tudo que acabara de ingerir, e limpou a boca na cortina. Possuído por tamanha ira, sussurrou aos irmãos a ameaça. *Vocês nunca me viram, eu não sou desse mundo, entenderam?* Acovardados, os gêmeos anuíram com a cabeça maquinalmente. *Seus pestes!, desejo que todo azar de praga lhes caiam nos ombros por isso!*

Malaquias, que por um breve instante julgou ter encontrado serenidade na vida, um amparo onde enteiar a velhice, obrigou-se a manter-se em sua reta visão. Não poderia aceitar o pensamento de que sua vivência fora uma mentira, que sua incansável determinação tenha sido em vão. Era preferível resignar-se à certeza da falsa motivação que lhe impregnou cada parte do corpo, a ter que se recriar. Não saberia prosseguir de outra maneira. Retomou sua missão, que o guiaria até o último dia da sua vida, no incontornável destino de seguir invisível. Fantasma de si mesmo. Viveria escuso no mato a se alimentar de frutas, a roubar alimentos e roupas dos quintais, na perpetuação do que sempre fora, do que sabia ser. Antes de partir, e nunca mais regressar àquela região, deixou o último, e rancoroso, recado aos irmãos:

— *Aprendam uma coisa: ninguém tem o direito de tirar as prisões dos outros. Ninguém tem esse direito!*

20.
Poeirinha de gente

Clareana caminhava suas noites, pulava os jogos riscados no chão, corria no terreiro das estrelas. Era o escuro quintal onde a menina acendia a infância, que já freava sua jornada. Em meio ao seu mundo, viu Zudileu deixando as roupas sujas no tanque e caminhando para dentro de casa num andar capenga, a mancar de uma das pernas. Interrompeu o que fazia e foi ter com ele no quarto.

Zudileu ficou surpreso com sua presença silenciosa, encarando-o com seriedade. Clareana o inquiriu a saber o que havia acontecido com ele, quis saber sobre o machucado na perna que fazia as pegadas gaguejarem. O menino dissimulou não compreender a que ela se referia.

— Zudileu, eu te conheço muito bem. E fique sabendo que mentira é uma coisa boa de falar. Mas não basta só gostar de falar, tem que saber dizer! Senão, não funciona. Anda, me mostra.

Com a insistência da irmã, não resistiu. Avisou que iria lhe revelar um segredo, pediu que trancasse a porta e a língua. Preocupada, a menina não quis perder tempo com juras, apressou-o, mas ele manteve-se firme na condição:

— Primeiro, jure, Clareana. Depois eu mostro.

A menina fez juramento de morte, sob pena capital caso contasse aos pais, ou a qualquer pessoa, o que o irmão estava prestes a lhe revelar. Após o pacto selado, Zudileu retirou a bota e a meia, e Clareana divisou pela primeira vez, o pé do irmão com uma parte esfumaçada. A menina o fixou num misto de comiseração e estranheza. Ajoelhou-se a ver de perto o pé sombreado. *Posso tocar nele?* Zudileu permitiu, ela estendeu o braço e com a ponta dos dedos quis sentir a textura, quis perceber do que era feita a parte ausente do irmão. A mão da menina perpassou a sombra, tocou o chão. Um frio percorreu-lhe o corpo, sentiu inexplicável medo pelo que viria a lhe acontecer.

— *O que tá acontecendo, Zudileu? Cadê seu resto?*

O olhar atemorizado da irmã fez Zudileu arrepender-se de ter-lhe revelado a parte sombreada. Voltou a se calçar mas Clareana o interrompeu. Embaraçado, o menino fugia com os olhos, e ela teve a certeza que ainda havia mais o que saber. Insistiu que o irmão lhe contasse o que estava a esconder, lembrou-o do juramento que fez, poderia confiar nela. Zudileu titubeou, e cedeu. *Tem outra coisa...* Levantou a calça, revelou parte da perna escurecida e sem materialidade, esfumaçada como o pé. Clareana ficou estupefata, e o menino comentou com os olhos mareados:

— *Eu não sei o que tá acontecendo... Pra onde foram essas partes de mim?*

Descreveu os incidentes no canavial, os ferimentos com o facão que levaram aos apagamentos. Aflita, ela vaticinou que não era o caso de manterem segredo, o que estava acontecendo deveria ser levado ao conhecimento dos pais, pedir ajuda, mas Zudileu aumentou a voz e cobrou-lhe cumprimento do juramento que fizera. Para convencê-la, e convencer a si mesmo, mentiu a certeza de que a situação pela qual atravessava seria passageira. Dissimulou que sua condição estava ainda pior, que havia melhorado nos últimos dois dias, e logo tudo voltaria ao normal.

— *Você não pode garantir isso, Zudileu!*

— *Nem você pode garantir que não. Começou assim: do nada. E eu vou voltar a ficar bom também: do nada. Você vai ver.*

— *Você acredita nisso, irmão?*

— *Acredito.*

O menino respondeu às pressas, na correria por não crer no que dizia. Tinha o pensamento em partes, dividido entre o que via e o que não enxergava. Entre o que a luz tornava presente e as partes que não mais existiam.

— *Clareana, eu posso te pedir um favor?*

— *Pode.*

— *Acredite também, irmã, por favor. Acredite...*

— *Eu acredito. Eu acredito, não se preocupa, vai dar tudo certo.*

Clareana avançou a mão na direção da perna esfumaçada, queria acarinhá-la, mas o gesto trespassou a sombra do irmão. *Dói, Zudileu?* O menino negou num gesto de cabeça, e ela seguiu a mover os dedos em sua parte ausente. *Irmão, é diferente... Não sinto nenhuma poeirinha de gente, nenhum pouquinho de você. É como se não tivesse nada aqui, Zudileu.* Clareana comoveu-se ao vê-lo apertando os olhos e mordendo os lábios, numa respiração travada, tentando sufocar dentro de si o que não lhe cabia, até não conseguir mais conter e desabar num choro soluçante.

— *Eu tenho medo de desaparecer, irmã... E se eu desaparecer, pra onde eu vou?...*

21.
A mãe de estrelas

Valência Outrora era recém-viúva de Sebastião Promessa, e Manoel ensaiava os primeiros tropeços na vida, quando Safira Pontes começou a germinar as mocices. Era a mais linda jovem de toda a região, provida de uma beleza intermunicipal. Ela fora criada pelo pai, Silvio Pontes. A mãe falecera em seu parto, um peso que a filha carregava por toda a vida. Silvio tomou para si a tarefa de criar a menina sozinho, preteria a ajuda de terceiros num extremado gesto de amor. O que mais lhe custava não era a sobrecarga de funções, mas a saudade da mulher. Com sua partida, Silvio Pontes tornou-se metade do homem que um dia fora. Achava graça com seu meio sorriso, falava por meias palavras. Existia com meia vida.

Silvio era um afamado engenheiro, requisitado em grandes obras, e também colaborou na construção de Espera. Habilidoso no uso de dinamites, trabalhou em aberturas de jazidas de minérios, rompeu estradas e túneis com perícia e apuro. Conhecia os segredos da terra, das rochas e da pólvora como ninguém, usava-os com a precisão de um cirurgião ao empunhar um bisturi. Certo dia, o homem fora convidado para abrir um túnel numa montanha em Tupi do Norte, uma cidade a 320 quilômetros de Espera. A feitura de um desvio na estrada em construção seria o suficiente a contorná-la, pouparia o triplo do investimento, metade do tempo e manteria a antigar pedra intacta. Mas o prefeito queria marcar seu mandato, queria ser o realizador do primeiro túnel do estado.

— *Essa pedra já atravanca o lugar há muito tempo, tá na hora dela dar licença pra mim... Quero dizer, dar licença ao progresso!*

No dia da primeira implosão, uma multidão compareceu. Estavam desejosos por assistir ao espetáculo da montanha, e seus milhares de anos de existência, ser destruída em segundos pelo homem. Silvio Pontes comandava a atração, e como era previsto, as dinamites cumpriram seu papel. O buraco socavado tinha a proporção exata que ele havia prospectado em seus cálculos. A obra prosseguiu semanas a fio, inúmeras explosões sucederam-se, até que as detonações, a natureza, os milhares de anos, tornaram-se elementos entediantes na rotina de todos.

Naquele período, Safira acabara de completar 18 anos, estava madura e independente, vivia reclusa na silente casa a desfiar conversas natimortas com o pai. Silvio Pontes havia chegado ao limite de seu esgotamento emocional, a ausência da mulher seguia tirando-lhe o ar. Quando a filha alcançou a maioridade, ele desobrigou-se do cargo de pai, destituiu-se da função de ser ele mesmo. *Acho que ninguém mais precisa de mim. Nem eu.* Era um sábado quando Silvio foi ao canteiro de obras, vazio, e entrou no túnel com imensa quantidade de dinamite. Usando uma pequena carga de explosivos, abriu um buraco no chão e o túnel passou a apontar para outra direção, era um desvio para o centro da terra. Silvio disparou outra carga, e a passagem avançou naquele novo sentido. Após dois dias de seguidas explosões, o homem ficou obcecado pelo caminho que inaugurava. Buscou um caminhão com enorme quantidade de dinamite para dar continuidade à ideia de se enfronhar no planeta. E para não ser impedido em seu intento, disparou um explosivo no início do túnel obstruindo a entrada. No dia seguinte, os operários ficaram surpresos ao se depararem com a obra bloqueada, e intrigados ao darem pela falta de Silvio Pontes. Ao ouvirem uma explosão no interior da rocha, concluíram, apavorados, que o homem estava confinado em seu interior, isolado em seus túneis.

O afamado engenheiro nunca mais foi visto. Alguns deram como certa a sua morte, outros passaram a crer na lenda do homem toupeira. Diziam que Silvio Pontes descobrira um jeito de manter-se vivo embaixo da terra, a percorrer passagens e galerias que em toda a vida ajudou a criar, e que estavam sendo interligados por ele. Durante anos, pequenos tremores ocorriam em diversos pontos do estado, deixando alguns orgulhosos. *Estamos ficando importantes! Até terremoto, que só acontece no estrangeiro, já temos na região*. Mas havia aqueles que se lembravam do engenheiro, diziam que os abalos eram a confirmação do velho rumor. O homem ainda estaria a viver no subterrâneo, a esburacar escusos caminhos em seu interior.

Safira Pontes acreditava que também era responsável pela irremediável tristeza do pai, e de sua resolução em enterrar-se em vida, no ensaio de morrer. Ela conhecia bem o meio pai que tivera, seus meios desejos, sua meia vivência. Aprendera com ele a rara habilidade em lidar com explosivos, e como Silvio, tomou uma resolução. Decidiu implodir a passagem que dava acesso a tudo que o mundo lhe concedia. À amizade, ao amor, aos sonhos. Tornou-se uma ermitã. A melancolia e a culpa a trancaram dentro de casa, escavada em si mesma. Passou a habitar sombrios túneis que a constituíam, sem mapas nem bússolas, impedida de sair. A beleza da jovem esvaiu-se, o tempo e o peso acumulados faziam-lhe arrastar os pés grossos e rachados pela terra. A mulher manteve-se descalça por toda a vida na incansável espera de sentir o chão pulsar, na esperança que o pai fizesse o chão tremer seus recados, a mostrar-se vivo.

Safira Pontes desenvolveu a obcecada ideia de devolver vidas ao mundo. Predestinou-se a ser mãe, a ser demasiadamente mãe. Safira Pontes desejava ter mil filhos. E depois, mais mil. Inventava-se realizada na quimérica missão de compensar as vidas dos pais que tomou. A cada nove meses a obesa mulher aluarava o ventre em nova gestação, mantinha a inabalável tarefa de enfeitar o firmamento com os filhos, a emprestar beleza à noite. Cada parto era uma celebração. Ela acionava as cargas de explosivos que guardava em casa, e num luminoso festejo anunciava mais um astro que deixava seu ventre. Safira Pontes paria estrelas. Nas noites de lua crescente, os filhos sorriam-lhe com maior brilho. Era quando vagava pelas ruas desertas de Espera com as enormes tetas à mostra, voltadas para o céu, a amamentar as crias que lhe procuravam a saciar suas fomes. Em seguida, alimentados, saíam a correr cadentes pelo firmamento, admiradas por Safira com seu enorme sorriso. A mãe de estrelas.

Temerinda Cruz estava na varanda, sentada em sua cadeira de balanço, quando Dejaneir Par se aproximou e puxou Esquiper, o cachorro e suas costelas, para perto de si. Acarinhou seu pelo, e o animal rolou gostando do afago, abriu as patas e ofereceu a barriga, cafuné não é coisa que sobra. O semblante taciturno do gêmeo evidenciava que sua mente ainda se encontrava em Malaquias, nas prisões de cada um. Era Esquiper quem lhe confortava. O irmão, Dejaneir Ímpar, sentou-se aos pés da mãe, ofereceu-se a balançar a cadeira.

— *Não precisa, já me cambaleio por dentro num jeito que você nem imagina! Mais um pouco, e desengulo a alma pra fora.*

Manoel Promessa seguia no outro extremo da varanda, distante da conversa, perto do assunto. Remoía nostalgias emprestadas. Eram pedaços de antigas saudades que seus ancestrais alimentavam, que ainda restava naquele lugar, e ele insistia em tomar para si. Suspirava o desejo de um dia testemunhar Espera voltar a ser movimentada, no vai e vem de pessoas e modernices. Ansiava que a vila voltasse a respirar a plenos pulmões. *Espera precisa de mais oxigênio pra limpar as vontades. São os bafos das ingratidões que lhe poluem o ar...* Manoel orgulhava-se da coragem e determinação de Alfredo Domênico, o avô italiano que fugiu da guerra e nutriu o sonho de fundar uma nova Itália nos trópicos. *Esse lugar leva jeito pra capital, tem vocação pra se cosmopolitear...* O homem embalava a obsessiva ideia de elevar Espera à condição de centro do mundo, cumprir a missão inacabada de Domênico, que lhe soprava ao ouvido os velhos sonhos. *Espera, meu neto, está adormecida. Ha dormito per molto tempo. Desperte-a, nem que seja no tabefe dell'ácqua fria! Ela tem um longo destino a se cumprir.* Manoel Promessa seguia quieto na conversa com o parente que nem chegou a conhecer. *Se depender de mim, meu avô, toda gente vai querer se mudar pra cá, e aprender a falar como nós: o Esperês. Essa será a língua do mundo! Na hora em que a vila se apossar do seu lugar merecido, vai até faltar chão e céu nos mapas pra ela caber!*

Enquanto proseava com a memória do avô, observou a mãe, Valência Outrora, saindo para seus passeios noturnos. Não estranhou vê-la sem usar os costumeiros disfarces, sabia que estava transtornada. E que seu pensamento tinha mudado radicalmente, havia desistido de se esconder da morte. Mesmo vendo-a cabisbaixa, indiferente a si mesma, Manoel seguia com seus cuidados:

— *Leve ao menos uma sombrinha, mãe. O tempo pode virar.*

— *Não precisa. Mau tempo virou todo dia e toda hora: cada minuto é um pouco do meu fim, que já começou. Queria até me antecipar em alívio, mas nem raio me acha! Esse fim nunca termina.*

Os gêmeos e Temerinda ouviram o que a mulher falou, já haviam tentado de tudo a fim de minimizar seu abatimento, mas nada a demovia do seu estado morrediço. Sabiam que Valência Outrora contava os dias, passara a esquadrinhar pessoas e objetos como se estivesse a medir o mundo a levar guardado na memória do espírito. Observaram-na a zanzar o quintal, mergulhada na escuridão das ruas vazias do lugar. *Não se afaste muito, vó!* Gritou Dejaneir Par, preocupado. Em seu resmungo, mesmo longe, Valência fez-se ouvida. *Não se preocupe. Vou ficar por perto, apesar de já tá pisando noutras distâncias.* Decreto e Neilson juntaram-se a eles na varanda, ofereceram-se para alcançar Valência, acompanhá-la, mas Manoel os impediu. *Deixe ela, a avó de vocês sabe as trilhas que não se anda, e o chão que não se caminha.*

Dejaneir Ímpar perdeu os olhos no firmamento, o que o fez lembrar do que a professora anunciou em sala de aula. Ensaiou compartilhar o aviso com todos, mas constrangeu-se em prosseguir, envergonhado pelo próprio receio. As pragas rogadas pelo velho Malaquias ainda ecoavam dentro dele, temia que os maus agouros viessem a se concretizar, a voz travou. Dejaneir Par surgiu em seu auxílio, contou que a professora havia anunciado um eclipse total em breve. Cúmplices, os gêmeos entreolharam-se, e desabotoaram os medos:

— *O mundo pode se avessar, mãe?...*

— *Se o dia virar noite, tudo sai das ordens?...*

— *E se a gente tiver que dormir de dia?...*

— *E ter que ir pra escola à noite?...*

— *Isso pode trazer azar dos piores, é verdade isso?...*

Temerinda tentou tranquilizá-los, apesar de nunca ter presenciado tal fenômeno. Ela também estava assustada, mas não quis admitir para não deixá-los ainda mais apreensivos. Manoel Promessa interveio no assunto.

— *O mundo pode até acabar, mas trazer mais desgraça, acho impossível. Já esgotamos nossa cota de azar nessa vida.*

Os gêmeos comentaram que não haveria aula no dia do eclipse, muitos colegas preferiam ficar em companhia de suas famílias. Os professores tentaram convencer os alunos de que nada de mal lhes aconteceria, mas não tiveram sucesso. Dejaneir Par argumentou:

— *Professor sabe tudo. Mas tem coisa que é tudo e mais um pouco!*

Dejaneir Ímpar completou:

— *A avó do meu amigo viu num sonho, que o mundo ia começar a desmilinguir no eclipse, mas só vai acabar mesmo, daqui a dez anos, quando a gente chegar no ano 2000. Por causa que, dali pra frente, nem tem mais número pra contar os anos...*

Decreto e Neilson ouviram as preocupações dos gêmeos, mas não se pronunciaram, também estavam ressabiados. Decreto não temia o fim do mundo, nenhum tipo de catástrofe, mas a ideia de ver a vida se esvair aos poucos, sem chance de acessar o sonho de tornar-se barbeiro, o abatia profundamente. Lembrou-se dos porcos, o que lhe restava como única e miserável maneira de se realizar. Recordou-se também de Preciosa, a forasteira que lhe encantara. Desde o dia em que a viu pela primeira vez, não esquecera dos mínimos detalhes do seu semblante, dos fartos fios sobre o lábio inexistente, que por direito exigiam serem chamados de bigode. Não se esqueceu das suas costeletas e do seu mento, onde uma vasta penugem crescia a encobrir inteiramente o queixo afilado. E não se apagava da sua mente, a imagem da axila tomada por exuberante floresta. Preciosa era um mundo peludo a ser desbravado, a possibilidade de realizar o íntimo desejo em ser o primeiro a desmatá-la, tornou-se uma obsessão que lhe roubava a calma. Em seu piloso devaneio apaixonado, fantasiava outras matas e bosques intocados que seguramente nela floresciam, prontos a serem aparados e cultivados por alguém de extrema sorte. Decreto não se importava com a morte, com os revezes que os irmãos comentavam, afinal, não conhecera outra coisa até aquele dia, senão frustração e solidão. Preâmbulos da desdita-mor. *Nosso luto se pinta de muitas formas, parece que faz treino pr'um desglorioso desfecho.* O que realmente o inquietava era a ameaça do eclipse acontecer, e tudo ruir, justamente quando provava pela primeira vez o gosto da paixão. Quando finalmente tinha a chance de saber o que é viver.

Neilson observava Decreto de soslaio, sabia que os olhos do irmão sorriam a esconder a paisagem do que sentia, afinal, foi seu confidente na secreta paixão por Preciosa.

— *Neilson, isso que parece que vai me explodir o peito, é algum tipo de doença? De não ter fome, de não conseguir dormir e não ter outro pensar? Me diga...*

— *Não, Decreto, pelo contrário. Isso é muito bonito!*

— *E por falar em beleza, você acha ela... pouco bela, pelo jeito de florear tantos pelos?*

Neilson sentiu-se acuado, estava seguro que Preciosa possuía muitas virtudes, mas o excesso de cabelos a brotar por toda parte do corpo, definitivamente não era uma delas. *E agora, o que respondo?* O rapaz tinha a convicção pessoal de nunca mentir, queria a todo momento ser honesto. Mas não queria desapontar o irmão, arrefecer-lhe o coração num momento tão especial. Preferiu responder outras verdades. *A beleza do outro está nos olhos da gente, irmão. O que você vê nela?* Decreto calou-se num doce sorriso, perdeu-se em pensamento. Neilson sentia-se feliz por ele, sentia-se feliz por compreendê-lo e tê-lo ajudado tantas vezes, até quando cedeu o próprio cabelo para o frustrado barbeiro praticar suas barbeiragens.

O anúncio do apagamento do sol teve para Neilson outro efeito, uma fagulha se acendeu em seu interior. Interpretou o eclipse como um evidente sinal de que o planeta perdia o rumo dos seus giros. O rapaz sentiu-se fortemente tocado por essa constatação, e tomou para si, o dever de intervir nessa trágica ordem. Neilson queria, porque queria, ser um homem bom. Mas viver entocado em Espera, restringia-lhe as possibilidades de agir. Via-se como um exímio soldado da paz, determinado e preparado a enfrentar qualquer batalha. Mas era um soldado sem guerra. Isso o abatia, o fazia crer que sua nulidade, tragado pelo ranço daquele lugar, representava um desperdício do seu dom. O fenômeno serviu-lhe como um ultimato. *Se as vontades não se fazem andar, a vida nos dá seus trancos.* Assim, Neilson assumiu a irrevogável decisão de marchar, na premência de cumprir seu destino. E ser bom, ou ainda melhor. Perfeito.

A ideia do sol se apagar em pleno dia, deixava Temerinda Cruz irrequieta, mas a supersticiosa mulher se vestia de calma para os filhos. Num tom sereno deu pé à conversa, quis saber quanto tempo duraria o acontecimento, ninguém soube responder com precisão. Um arriscou que levaria duas horas, o outro afirmou que poderia durar semanas. Temerinda sentiu um frio nas mãos, as cutículas eriçaram-se, era um sinal para ficar atenta. O breve futuro lhe guardava desafios, provas a cumprir. Mesmo pálida, com a voz tensa, seguiu a dissimular confiança. *Não pensem o pior, a gente sempre dá um jeito. Afinal, não vivemos muito bem nas noites?! É só fazer do jeito dos vaga-lumes, e viver a bundear com lanterna e candeeiro pendurados.* E sorriu sozinha da graça que nem ela sentiu.

Naquela noite todos se recolheram pensativos, demoraram a pegar no sono. Um eclipse já acontecia dentro de cada um. A madrugada seguia tranquila, até um inesperado barulho despertar Temerinda. Era o ruído de bicicleta a passear nas ruas de terra da vila, como se alguém estivesse a inventar turismo na noite de Espera. O som era intermitente, por vezes mergulhava no silêncio, mas logo ressurgia em suaves pedaladas, num estranho ciclo, feito alguém a orbitar a casa em misteriosa ronda. Temerinda começou a transpirar de nervosismo, levantou-se e ficou a deambular de um lado para o outro com o barulho a lhe roubar a paz. *Será que estou acordada? Será que o descabimento do dia virar noite, já começou a revirar esse mundo?* Sentou-se à beira da cama com o rosto coberto pelas mãos, e ouviu o tilintar metálico, a sineta de uma bicicleta. O inconfundível som a deixou estarrecida. Manoel Promessa despertou com o movimento da mulher na cama. *Que cara é essa? Parece que viu fantasma...* Temerinda respondeu que estava bem, apenas sentia sede, e sugeriu que o marido voltasse a dormir.

Foi até o filtro, encheu de angústia a caneca, e aproximou-se da janela por onde pôde espiar a rua. O som de bicicleta havia cessado, a sineta silenciou e Temerinda se acalmou. Era noite de lua cheia, Espera reluzia. A vila pareceu-lhe especialmente aprazível, como se estivesse preparada para uma grande festa. Ela manteve o olhar curioso, ainda em busca de uma explicação para o inquietante ruído, quando de repente, o coração voltou a disparar. Ficou estupefata ao vislumbrar distante, o vulto de um homem numa bicicleta peculiar, com o formato de mala baú, onde rodas e pedais se encaixavam, a deslizar suavemente pelas ruas. A sombria visão a deixou perturbada. Temerinda ficou a observá-lo em seu giro despreocupado, vagueando aflições, até deixar a cidade. Sentiu-se aliviada com sua partida, mas o coração seguiu disparado. O homem tinha desaparecido, mas não havia sumido. A bicicleta ainda movia na lonjura do passado.

— *Esses caminhos que a gente tem dentro... Desgrameira! Até quando vão nos pedalar pra seguir neles?*

O eclipse, o mundo ao avesso, as desventuras. Tudo finalmente parecia lhe fazer sentido. Temerinda Cruz saiu do seu transe com o grito de Manoel. *O que houve, teve um pesadelo?* A mulher o tranquilizou, disse que estava indo se deitar mas manteve-se desorientada na cozinha, tomada pela surpreendente visão. Sabia que não era um sonho, nem se tratava de realidade. *Será que o que eu vi, foi mesmo verdade?!* Titubeou, mas logo teve a certeza. Temerinda tinha acabado de ver uma mentira.

22.
Aqui é onde você quiser

O chilrear de uma coruja na madrugada quebrava o silêncio que pastava na grande fazenda de Tõe D'Arreio. Os animais obedeciam seus instintos. O garboso vaqueiro estava apagado na suíte de visitas, a roncar babeiras, a escorrer ressaca. Na noite anterior havia se desentendido com Maria Dossim, mais uma vez chegou de suas farras com bafo de batom e borrado de álcool, a expulsar o diabo pela boca. Indignada, ela o interrogava a saber sobre suas andanças. E Tôe a escarnecia, alegava que arreio já possuía no nome, era forma de dispensar camisa de sela, e ninguém lhe colocar montaria nem direção.

— *Tem animal que não se doma, Dossim. Nasce e morre selvagem. É da sua natureza! Precisa do frouxo d'um pasto livre, senão fica sem ar!*

— *E se esse bicho selvagem desconsiderar alguém, Tõe? Isso é justo?*

— *O que te falta nessa casa, mulher?! Olhe à tua volta. Você tem de tudo, tem o que nunca nem sonhou nessa vida! E fui eu que te dei, é o teu lugar. Tem animal que precisa das cercas, se não tiver, fica na pasmeira de nem saber pastar!*

— *Cerca de ouro ou de madeira, não importa... É tudo cerca, Tõe.*

A jovem seguia enfurecida, suplicava por respeito, dignidade. *Já nem peço amor, nesse impossível nem sonho mais!* Tõe era analfabeto nesses assuntos, outros valores o guiaram na escrita da vida. *Isso aqui não é Espera, Dossim! Isso aqui é hoje, essa vida é agora! Olhe seu cabelo loiro, tingido e bem cuidado, os perfumes, o carro que te dei... Você é outra pessoa graças a mim! Eu nem quero seus obrigados, só peço meus reconhecimentos. E olha o que eu ganho como resposta?: só desfeita!* E saiu batendo a porta, foi dormir num dos quartos do terceiro andar da casa, deixando a mulher inconsolável.

Era madrugada, Dossim estava submersa num sono intranquilo, quando sentiu a presença de alguém aproximando-se de sua cabeceira, a acariciar-lhe a face. Abriu os olhos e reconheceu quem a visitava. Miguel.

— *Que surpresa... Bom te ver aqui.*

— *Eu fico rondando e te olhando de longe, não perdi essa mania... Mas hoje não consegui me segurar, precisava ouvir tua voz falando comigo.*

Num impulso, ela o apertou num forte abraço. Naquele instante, sentiu-se resgatada da vida frustrada que levava. *Ai, que saudade que eu tenho de você, Miguel! Eu tenho tanta coisa pra te contar, tanto arrependimento...* Miguel pediu que ela fizesse silêncio e o seguisse. Antes de deixarem o quarto, ela voltou-se para trás e se viu deitada, dormindo na imensa cama. *Eu não posso ir...* Ele sorriu e pediu que confiasse nele. Dossim segurou firme em sua mão, e cedeu. Atravessaram a grande sala, ouviram o ronco de Tõe no outro andar, e numa suave caminhada, como se estivessem a deslizar, deixaram a casa e acessaram a varanda.

Maria Dossim ficou surpresa, a paisagem que avistou não era a fazenda onde morava. *Eu sei, confie em mim. Eu vou te mostrar outros lugares.* Estavam numa praia deserta, sentiram a fina areia, molharam os pés na água. Radiante, ela voltou-se para a casa e ficou pasma ao ver a construção se desfazer feito um castelo de areia. A mansão tornou-se uma duna, e acabou sendo levada pelo vento que ela soprou. Dossim alternava alívio e estranheza pelo que acontecia. Miguel a chamou, ela voltou-se para ele e deu-se conta que estavam num novo lugar, a pisar um macio campo de flores. Correram a brincar, e num movimento inesperado, ele a pegou pela cintura e desprenderam-se do chão, começaram a flanar numa brisa suave. Abraçaram-se a girar no vazio de nenhum lugar, cercados por pequenos pontos de luzes brilhantes. O profundo silêncio era acolhedor, uma forte sensação de serenidade os invadiu. Estavam a visitar a eternidade.

— *Esse lugar... É o melhor lugar onde eu já tive.*

— *Por isso eu quis te trazer aqui.*

— *Onde nós viemos parar?*

— *Estamos em todo lugar. Aqui é onde você quiser...*

Ela riu-se, e seguiram a girar numa perpétua dança. Beijaram-se por um longo tempo, a compartilharem almas. Compreenderam, sem nada dizer, que estavam fora de qualquer espaço, apartados de qualquer tempo. Visitavam-se na mais sutil intimidade, a perscrutar a natureza do que eram feitos. Cada um era o outro. E imiscuíram-se no universo, que também estava contido naquele abraço.

23.
As palavras se afogavam

Temerinda pegou a chave da caminhonete, Manoel estranhou ela usar o carro no sábado, perguntou aonde iria. *Pagar promessa.* O suposto ajuste de contas com os santos, foi uma resposta derradeira, ponto final na conversa. A mulher saiu apressada, contornou a casa e viu Decreto no meio do caminho. *Eu quero ir com você, mãe.* Temerinda ficou surpresa, e contrariada, o filho iria comprometer seus propósitos. Ela tremeu nos argumentos, dissimulou que estava atrasada e queria regressar antes do anoitecer, por isso preferia ir sozinha. Irredutível, o rapaz insistiu que precisava tratar de assunto sério em Sant'Anna de Pouco, caso de vida ou morte. *Vida ou morte de quem?! Endoidou, moleque?!* O filho guardou-se no direito de calar.

Durante o caminho, Decreto tinha os olhos fixos no assoalho do carro, a pensar as dúvidas no chão da incerteza. Estava prestes a tomar uma decisão, mas não sabia se conseguiria sustentá-la, duvidou se o pouco de coragem que lhe fez subir na caminhonete, aguentaria a distância, aguentaria o difícil encontro que planejava. *Onde tô com a cabeça? Como essa coragem vai me viver até o fim?* Com ar matreiro, Temerinda insistiu em querer saber o motivo que o levava à cidade, queria ouvir dele a confirmação da sua desconfiança, mas o jovem esgueirava-se nas desculpas. *Filho da mãe é sempre filho da mãe! Conheço os piolhos de cada um, e também sei quando outros bichos fazem o peito coçar. Eu entendo as sarnas do coração!* Surpreso por ela sugerir que um sentimento o inquietava, Decreto a encarou. Teve a certeza que alguém havia lhe contado seu segredo. E de imediato, acusou Neilson por tê-lo caguetado, torceu rancores e mágoas pelo irmão bom.

— *Bom é o cacete! Linguarudo da porra!...*

A mãe o serenou, garantiu que ninguém havia lhe contado nada.

— *Eu só vejo o que tá na vista, meu filho. Tem sentimento que desmantela a pessoa, e o amor é o que mais esfanica a gente! Vê-se logo nos olhos que o coração tomou conta do enxergar.*

Com intuída sabedoria, a mulher não quis constranger o filho, mudou de assunto. Disse que precisava ir à igreja se confessar, ajustar preces pela saúde da família, e também pela saúde do planeta que estava no gatilho do eclipse. Ordenou que Decreto não lhe seguisse, não queria ser interrompida em sua reza, quebraria a corrente e comprometeria a salvação do mundo. Intimidado, o rapaz a obedeceu, disse que estaria pela cidade, combinaram de se encontrarem na praça duas horas depois.

Temerinda foi à igreja, enquanto Decreto ficou na rua principal da cidade, paralisado. Ansioso, observava o armazém do outro lado da calçada. Pensou em desistir, dar meia volta no coração e regressar para seus porcos. Mas o mesmo sopro de coragem voltou a lhe calçar os sapatos, empurrou-o na vontade do que viera, a fazer cumprir o desejo. Apertou os olhos, tomou fôlego e pôs-se a andar em passos firmes na direção da venda, feito quem se lança num abismo, a depositar toda confiança, o futuro, no incerto amparo do que sentia. *Pra onde eu tô indo? O que eu vou dizer?*... As dúvidas não o impediram de prosseguir.

Os olhos de Decreto acenderam-se quando viu Preciosa atrás do balcão, ficou sem palavras perante a mulher amada. Admirava-a, reconhecendo nela cada detalhe que o encantou. Tomado por uma emoção avassaladora, as pernas começaram a tremer, e após ouvir a voz rouca da mulher cumprimentando-o, *Em que posso lhe ser útil?*, sentiu a vista escurecer e não suportou. Decreto tombou direto ao chão, desfalecido, com um sorriso luminoso congelado no rosto.

Temerinda colocou o véu preto sobre a cabeça e entrou na igreja, o ambiente estava vazio, sentiu alívio por isso. Diante da pia de água benta, molhou o dedo, fez o sinal da cruz. Dirigiu-se até o primeiro banco e ajoelhou-se. Inciou um padre nosso a rogar por discernimento pelo que estava prestes a fazer, a voz rareada pelo nervosismo entrecortava a prece. Recomeçou a oração três vezes, mas a inquietação a fazia se perder. Desistiu da prece, saiu pela porta dos fundos em acelerados passos.

Usou as ruas menos movimentadas da cidade para chegar ao campo de futebol, atravessou a velha ponte pênsil de madeira e subiu o morro percorrendo um bosque até chegar em seu cume. Temerinda estava sem fôlego, e com as pernas bambas, mas não era apenas o cansaço que lhe roubava o ar. A ansiedade e o risco por estar indo longe demais arrebataram-lhe o senso, reclamavam as consequências da arriscada atitude. A mulher olhou ao redor e não teve dificuldade em ver quem tanto ansiava encontrar. Carlão Inteireza. O tampinha estava meditativo, a admirar a paisagem, sentado ao lado da inseparável mala baú. Mesmo sem mirá-la, pressentiu-a.

— *Sabia que você viria, Temelinda.*

— *Convencido... Nem eu sabia que eu viria. E não me chame desse nome!*

Agitada, com as mãos a transpirar, a mulher conferia a todo instante se não fora seguida. Carlão tentou acalmá-la, garantiu estarem a sós, e num tom melancólico, trocou o velho orgulho pela urgência que tinha em estar com ela, foi sincero como jamais havia sido.

— *Senti sua falta.*

— *Você quer dizer: sentiu saudade.*

— *Eu não sei dizer palavra difícil, você me conhece.*

O homem estava emocionado, abalado com sua presença. Em um grande esforço admitiu que Temerinda era a única que lhe botava a cozinhar remorsos, por isso a mulher passou a morar em seus pensamentos nos últimos anos. Ao ouvir aquilo, ela azedou-se, esqueceu a preocupação e ripostou num tom áspero. *Eu não acredito nas suas saudades! Você é todo mentira! Mentira pura: em carne e osso! Por que você tinha que voltar?* O homem a encarou com olhos ternos, em sincera expressão de arrependimento, o que a fez subitamente estancar o rancor, ficar mexida. *Que efeito resta nisso tudo? Que migalha de sentir, esse homem ainda acende em meio a tanto breu?!* A mulher buscava respostas dentro de si, um entendimento para sua vulnerabilidade diante de um simples olhar. Mas dissimulava a fragilidade, fingia-se resoluta.

— *É isso o que você diz quando volta praquelas alemãs magrelas, envergadas? É isso que diz pras turquinhas narigudas, e pras japas desbundadas? É nessa conversa mole que elas caem sempre?*

O nanico calou-se, reconhecia a razão de Temerinda. Compreendeu que nenhum argumento a faria mudar de ideia a seu respeito. Pela primeira vez, Temerinda o percebeu fragilizado, parou de desfiar o rancor. Após um grave silêncio, ele a encarou:

— *E o menino, como tá?*

— *Muito bem, como todos os outros.*

— *Essa é a última vez que eu venho. Já tô velho, não consigo mais ficar viajando pra todo canto. Vim pra pedir desculpa por tudo, e me despedir de você. E dele.*

— *Você enlouqueceu, ainda insiste nisso?! Quantas vezes preciso te dizer que o menino tem um pai, e que o nome do pai dele é Manoel Promessa?!*

— *Tá bem, tá bem... Esquece, você tá certa.*

Carlão sabia que Manoel era um bom chefe de família, disposto a manter mulher e filhos sempre unidos. Em Sant'Anna de Pouco, Manoel era muito respeitado por isso, sabiam de suas escorregadelas nas caturrices e os tropeços na insanidade, mas nada daquilo arranhava a imagem de um homem devotado aos seus. A vergonha por nunca ter se avizinhado de tais virtudes, constrangia Carlão, sobretudo quando a velhice lhe chegou de sopetão, a despejar o pesado fardo da consciência. Apesar de vencido, o homem ainda alimentava a esperança em obter alguma redenção.

— *Me fale apenas uma coisa, Temerinda. É a última pergunta que te faço. Disseram que ele se parece comigo, é verdade?*

Temerinda o percebeu penteado pelo tempo, os muitos fios brancos que lhe cobriam a cabeça. A possibilidade do homem não mais regressar à vila, nunca mais voltar a vê-lo, era plausível. Viu-se diante de um dilema, deveria prosseguir na mentira honrada ou descambar na verdade mal-afamada? Deambulou o olhar, já no vício da saliva em negar o irrefutável, quando ele insistiu docemente. *Essa resposta que eu tanto quero não é pros meus ouvidos. É pra minha alma.* Temerinda derreteu-se, não pôde mais se esquivar:

— *Zudileu é você todinho: escarrado e cuspido.*

Diante da confirmação da antiga suspeita, Carlão Inteireza explodiu de felicidade, começou a cantar e a dançar de um lado para outro. A excitação era tanta, que contagiou Temerinda, dissolveu o pouco do gelo que a mulher ainda sustentava.

— *Por que essa alegria toda, Carlão?*

— *De uns tempos pra cá, comecei a pensar que minha vida tinha sido à toa. Que eu era apenas poeira nisso tudo... Esse menino é a prova de que eu existi, Temerinda. É a prova de que eu pisei nesse mundo.*

Carlão sentiu-se realizado, sua missão fora cumprida, não havia mais o que fazer em Espera. Começou a recolher as roupas estendidas nos galhos, a juntar os objetos que espalhou nos dias em que esteve acampado. Temerinda o observava com atenção, viu o selim, os pedais e as rodas que se acoplavam à mala baú, transformando-a numa atípica bicicleta. Divisou o violino junto a uma pedra, o instrumento que ele costumava tocar nas noites de lua cheia. A ampulheta com ouro em pó, a caixa de cinzas de uma fênix, os monóculos com fotos de sultões e seus haréns. Um misto de pertencimento e aversão permeava a mulher, que aos poucos foi serenando até a irrefreável nostalgia se sobrepôr a tudo. Aproximou-se da surrada valise, com a abertura assemelhando-se a uma porta entreaberta, e esquadrinhou os detalhes do seu interior. Reconheceu o cheiro, a textura do forro. Gostou de rever a pequena janela basculante por onde espiavam a paisagem em dias de chuva. Uma força a impeliu a entrar. Carlão interrompeu o que fazia, surpreso ao vê-la perscrutando sua casa, admirando o recanto que tantas vezes partilharam. Acercou-se dela, e ambos entreolharam-se, sem amanhãs. De alguma forma, intuíram que aquele seria o último encontro. *Você ainda gosta de chá, Temelinda?* Ela sorriu, lisonjeada por ser chamada daquele nome, e respondeu que sim. *Trouxe um especial, de Mianmar!, acho que você vai gostar.*

Carlão Inteireza entrou na velha mala baú, girou a manivela do gramophone, e fecharam-se em seu interior. Pelo pequeno basculante saía uma fumaça melodiosa, a bebida liberava o efêmero olor de uma antiga paixão, que no deleite de ser revivida, tomou conta da pequeníssima casa, que, apesar do tamanho, era capaz de abrigar prazerosamente aos dois. Era capaz de abrigar uma infinitude de desejos.

Clareana e Zudileu aproveitaram a noite a passear segredos. Caminharam até a beira do açude onde as palavras se afogavam, a reprofundar o que era dito, e nunca mais ser encontrado. O apagamento do irmão exasperava a menina, que a todo instante o inquiria a saber se estava bem, se notava alguma melhora em si mesmo. Zudileu tinha medo, não sabia o que se passava com ele, o que ainda poderia vir a lhe acontecer. Temia ser castigado pelo pai, por desapontá-lo mais uma vez. Havia perdido a esperança de voltar à plantação de canas, não tinha mais chance de desbravar seu caminho às próprias custas. Lamentava não ter conquistado a aprovação de Manoel, que continuava fechado em seus matagais.

Zudileu tinha o pensamento desistido, a mente arqueada. Um enorme cansaço o abatia. Intuiu que algumas matas são difíceis de penetrar, encerravam passagens insondáveis. *Como entrar num lugar que nem o maior facão dá conta de abrir caminho? Num lugar onde a mata é tão grande, que até sufoca a gente?* Clareana percebeu o irmão perdido dentro dele, refez a pergunta, queria saber como estavam suas partes sombreadas. O menino não queria preocupá-la, cultivava a esperança de ficar bom. Almejava curar-se dos medos, e curar-se da realidade que começava a lhe faltar. Zudileu não podia admitir para a irmã que estava apavorado com o que lhe acontecia, admitir que nada havia se alterado, que seguia semiapagado. Um alarde só pioraria a situação.

— *Hoje eu olhei, e minhas partes ruins estão voltando a ser igual como eram. Tô quase inteiro! Eu não te falei que eu ia ficar normal?*

— *Que notícia boa!*

Clareana preferiu acreditar no que ouviu, a insistir e frustrar-se. A conversa sem fundo de verdade era um acordo tácito que ambos selaram a amainar as agonias, a confortarem-se no pueril jogo de cuidados entre irmãos. Continuaram a se mirar no espelho da água, sorriram a fingir que superavam o que os afligia. Na ingênua brincadeira, achavam graça pelos rostos se alterarem com o ondular das pedrinhas que atiravam na água. Eram outros na superfície.

24.
Jururus herdados

Constrangido, Neilson entrou em casa e estacou diante do pai.

— *Desembucha, logo, quando ele volta?*

Temerinda olhou para o filho, encorajando-o a falar. Neilson narrou o encontro que teve com Decreto, disse que o irmão estava decidido a viver com Preciosa, disposto a nunca mais regressar a Espera. Estavam casados de palavra e de coração, bem instalados na casa da mulher, onde ele já praticava a sonhada profissão: fazia os primeiros cortes de cabelo na varanda. Contou aos pais que o casal ergueu muitos planos, a construção de um salão de cabeleireiro no quintal do armazém, para atender melhor aos clientes. Intimidado, Neilson interrompeu a fala, e mirou a mãe em busca de aprovação. Temerinda incentivou-o a prosseguir. Com os olhos baixos, completou que o irmão, além de criar objetivos, passou a inventar propósitos: pensava em inaugurar família.

— *Disseram que queriam uma ninhada de filhos, pra ver uma porção de alegria correndo pela casa.*

Manoel levantou-se furioso, bufando impropérios. *É um aluado! Viveu tanto tempo com os porcos, que danou a pensar como eles!* Temerinda tentou acalmar o marido, que seguia alterado. *Se eu tivesse ido lá, teria trazido o moleque de volta no querer de obediência! E se ainda quisesse se fazer de gente, na frente dos outros, ainda lhe deitava umas bolachas no quengo, e diante da peluda!* Temerinda impacientou-se com o marido, por causa do seu destempero o impediu de ter ido atrás de Decreto. Na certa iria desrespeitá-lo, humilhá-lo na frente de estranhos. *Sabe de uma coisa, mulher? Eu preferia que ele seguisse namorando as porcas! E até se casasse com uma delas.* Temerinda ergueu-se enraivecida, em defesa de Decreto.

— *Nunca mais fale assim do seu filho nessa casa, ouviu? Ele é um homem, e pode tomar as decisões que bem entender. E que ninguém aqui se meta na vida dele!*

Manoel seguiu encolerizado, mas acovardou-se com a inesperada explosão da mulher. Neilson aproveitou a súbita pausa na discussão e saiu, a evitar presenciar o conflito entre eles.

— *Aprenda uma coisa de uma vez por todas, Manoel. Nosso coração é um quarto escuro, tem gente que é grande e estabanada: entra e derruba as coisas, nem fica muito tempo lá dentro! Ou se fica, tá sempre fazendo algum estrago... Mas tem outros que se chegam num carinho amiudado, e já logo descobre onde acender a gente, e tudo vê! E tudo sabe e consegue, sem nem precisar falar! Coração é casa de uma única chave, Manoel! Você ainda não entendeu isso?!*

Manoel perdeu a postura furibunda, e esbugalhou um olhar ciumoso. O termo *amiudado* resgatou antigos agastamentos entre ele e a mulher, os boatos sobre o diminuto caixeiro viajante. Preferiu não estender a conversa, foi esparramar as zangas fora de casa.

O homem encontrou Neilson na varanda, acertando a hora em seu relógio. Manoel o observava de canto de olho, era o filho bom. Quis saber o que ele pensava a respeito da decisão do irmão. Neilson desfiou as ideias em pensamento, o mesmo tanto do que sentia, e lembrou-se do que almejava. *Como ser bom, e enfrentar o que não é correto, quando o errado se abotoa de certo?* Manteve as muitas dúvidas guardadas para si. Disse ao pai que não queria se intrometer na discussão.

Manoel acalmou-se, percebeu que o filho ajustava o relógio, e inquiriu se havia parado de funcionar. O rapaz explicou que quando estava em Sant'Anna de Pouco notou que o relógio marcava alguns minutos em atraso. Manoel ficou intrigado, e conferindo seu relógio com o do filho, descobriu que seus ponteiros também estavam desajustados. Não era a primeira vez que aquilo acontecia. Saiu a verificar os cinco relógios espalhados pela casa, e constatou, atônito, que todos estavam treze minutos atrasados em relação à hora da cidade. Pensou que o tempo mais uma vez estava a zombar de si. O presente encaracolava o futuro no emaranhado dos dias, a forçar o atraso da sua chegada.

Era fim de tarde quando Manoel Promessa entrou no carro e ligou o motor. Neilson correu até ele, temeu que fosse à cidade despejar as agruras em Decreto. *Não vou ter com ele não! Preciso ver outra coisa.* Apesar da negativa do pai, o rapaz o acompanhou, quis garantir que o patriarca não estivesse a dissimular. Os dois seguiram na estrada, atravessaram os limites de Espera, e três quilômetros depois chegaram à venda do seu Chico Manso, numa encruzilhada deserta.

Chico era um homem tranquilo, de fala serena, com 96 anos de doçura. O sobrenome foi um apelido dado pelo seu caráter, sempre disposto a confortar qualquer um que lhe procurasse em busca de ajuda. Mantinha com orgulho, o velho estabelecimento que há sete gerações pertencia à família. Era um enigma como conseguia sobreviver com o decadente comércio onde havia apenas cinco produtos expostos. Detergente, pó de café, presilha de cabelo, pirulito e bateria para rádio portátil. Os artigos ocupavam um pequeno nicho na parede, enquanto as inúmeras prateleiras e armários eram tomadas por enormes teias, finamente elaboradas pelas aranhas do lugar. Corria o boato que em suas terras, que iniciava nos fundos da venda e avançava até o chapadão do Treno, cultivava um profícuo roçado, um arbusto que lhe gerava boa renda extra. De tempos em tempos, um caminhão estacionava em sua porta de madrugada para buscar a colheita, e lhe deixar uma boa soma em dinheiro. Eram rumores que lhe alvejavam, meros ciúmes das perfeições alheias, mas que Chico Manso, em sua infinita brandura, ignorava.

Manoel entrou apreensivo na venda, cumprimentou o velho amigo e perguntou as horas. Neilson compreendeu a agitação do pai, estava desassossegado pelos constantes atrasos dos relógios. Chico Manso respondeu-lhe, e a informação deixou Manoel sarapantado. A hora na venda não conferia com a que marcava em seu relógio de pulso, nem com o de Neilson. Destoava do ajuste que fizeram em casa àquela manhã. Saíram às pressas, e o filho, agoniado, não fazia encaixamento sobre o que acontecia.

Manoel dirigiu a caminhonete em velocidade reduzida durante todo o caminho de volta, com a cabeça para fora do carro, a conferir cada metro de estrada.

— *O que foi, pai, o que tanto procura?*

— *Não sei o que tô procurando, mas vou acabar achando...*

E continuou no misterioso rastreamento. Ao aproximarem-se do limite de Espera, freou bruscamente e desceu do veículo. Ficou a mirar uma rachadura que cruzava a estrada de um lado ao outro. Manoel ordenou que o filho levasse o carro de volta para casa e não se preocupasse com ele. Sem dizer uma única palavra, saiu a perseguir a comprida greta que se alastrava mato adentro. Neilson o gritou, quis saber para onde estava indo. *Não sei: vou até onde isso me levar...* O filho observou o pai abrindo caminho, afastando galhos e folhas, até perdê-lo de vista no denso capinzal. Neilson ficou um bom tempo a esperá-lo, na esperança que regressasse, mas a longa demora o fez desistir.

Antes de ir para casa, Neilson decidiu rever sua árvore. Ao aproximar-se, ficou a vislumbrar a coleção de tristezas suspensas em seus ramos, a admirar o tanto que lhe cabia. Com passos firmes, avançou sobre os inúmeros troncos que pendiam até o solo. A árvore mais uma vez o acolhia, abria suas portas. Neilson estava num lugar unicamente seu, a casa que lhe pertencia. Caminhou de um galho ao outro examinando os objetos que há anos conservava com tanto esmero. As memórias contidas em cada um deles, começaram a abrir-se em frutos, e Neilson pôde rever o que guardava. Ausências, dores. Um pedaço de chita de Maria Dossim, o caderno de anotações de Miguel. Apesar de ter visitado aquele lugar com frequência nos últimos anos, teve a certeza de que novos recantos do seu interior estreavam lamentos. Neilson não se abatia. A coleção de tristezas, que se perdia em quantidade na frondosa árvore, o motivava na intenção de cumprir seu intento. *É chegada a hora, Neilson. Vá!* A sussurrada ordem vinha daquele lugar, do seu interior. Urgia desenredar-se de Espera. Instigado pelos jururus herdados, decidiu cumprir seu propósito no mundo. Neilson estava pronto para partir, pronto a enfrentar guerras e desafios, e colocar em prática sua compaixão. Neilson estava preparado para ser perfeito.

25.
Sorrisos de luz

Maria Dossim chorava na varanda do quarto, quando sentiu uma sombra a pairar sobre si. Era Miguel que, saudoso, surgia a revê-la. Sem pensar, ela partiu para cima dele distribuindo socos e pontapés. *Seu cretino, é isso que você veio fazer?! É isso?!, seu traidor ordinário! É esse o agradecimento pelo que a gente fez por você, pelo que eu fiz por você?!* Miguel esquivava-se dos golpes, ao mesmo tempo em que tentava, em vão, justificar-se. Mas Dossim não lhe dava ouvidos, seguia despejando-lhe sua ira. Ela tinha nas mãos a carta que recebera da mãe, onde Temerinda revelava a verdadeira identidade de Miguel, sua missão na família.

O jovem agregado não era gente. Era um enviado a cumprir sagrado dever em Espera. A família comemorou ao saber que um ser celestial estava entre eles. Após a memória resgatada, e com suas flagrantes habilidades em flanar, Miguel pôde revelar quem era, e esclareceu a causa do seu acidente. Contou que perdera as coordenadas, e o forte calor lhe tirou os sentidos, levando-o a desfalecer em pleno voo, despencando de uma imensa altura sobre uma árvore, para depois, estatelar-se no chão. A queda o deixou com os graves ferimentos, e causou-lhe a amnésia. Mas achou prudente ocultar a parte da história em que espiava Maria Dossim banhando-se nua no açude. Manoel lamentou a má sorte que o rapaz teve com o caminho equivocado.

— *O calor daqui não tem piedade! Não é coisa humana, e nem pra anjo de guarda! Faz tempo que eles não voam por aqui... Aliás, nem tem o que se guardar por essas bandas. Nem com os anjos contamos mais!*

Miguel era grato pelo acolhimento da família, sobretudo pelos meses em que Maria Dossim dedicou à sua recuperação.

Os gêmeos ficaram curiosos, queriam que o rapaz os ensinasse a voar. Manoel Promessa quis saber como era o céu, que tipo de plantio era possível realizar naquelas bandas. Temerinda Cruz quis certificar-se se era verdade que todas as mentiras seriam reveladas quando se chegasse ao paraíso. Valência Outrora perguntou se havia uma lista de moribundos, e se era permitido o direito de abrir recursos e contestações nessa ordem. Clareana e Zudileu queriam encostar em suas asas, o que Miguel prontamente permitiu. Os membros sagrados não eram visíveis, mas eram palpáveis. Os irmãos ficaram surpresos ao tocar o que não enxergavam, ao perceberem o tamanho e a suave textura das penas invisíveis. Todos estavam excitados com a revelação, quando Dejaneir Par deixou Miguel acuado com a pergunta:

— *Mas você é anjo da guarda de quem?*

Uma enorme quietude se fez. Em cada um, acendeu-se a fagulha de esperança de ter o privilégio de conviver com seu pessoal protetor divino. Embaraçado, Miguel tentou mudar de assunto, mas Neilson insistiu em saber quem ele protegia. *Bem, eu estou aqui pra... guardar todos vocês.* Alguns sorriram recompensados com a resposta. Mas, desconfiada, Temerinda torceu a boca, não se recordava de as sagradas escrituras fazerem referência a anjos coletivos. *Tá com falta de anjo? Parece em economia pra poupar, fazendo guardamento num pacote de gente.* Manoel franziu a testa e pressionou o rapaz, pediu melhores explicações. Constrangido e sem argumentos, Miguel fez um grave silêncio. Diante da quietude dele, Valência Outrora desabou num choro incontrolável, a gritar desesperos, pegando a todos de surpresa com seu súbito desespero. Cercaram-na de perguntas, ávidos em saber o motivo da repentina agonia. Deram-lhe água com açúcar, quiseram levá-la a se deitar, e acalmar-se, mas ela resistiu esbravejando. *Vou me deitar coisíssima nenhuma! Eu ainda não tô morta! Eu ainda não vou!* Impassível e contrito, Miguel observava as pessoas alarmadas com o pavor da velha matriarca.

Após tranquilizar-se, Valência Outrora anunciou, arrasada, o que ninguém havia suspeitado.

— *O abelhudo aí, não guarda ninguém. Sua função é colher almas! E pela ordem das velhices, é a mim que ele veio buscar.*

Desapontados, cercaram Miguel de perguntas sem dar chance para ele se justificar. Manoel foi tomado por enorme revolta. *Como se não bastassem os olhos do céu a nos vigiar em tudo, enviam mais uma boca pra eu alimentar! E o pior!, o sujeitinho ainda tem o desaforo de vir matar a minha mãe?!* E partiu para cima dele querendo esganá-lo, mas foi contido a tempo pelos filhos. Temerinda não conseguiu represar o choro ao acreditar que Valência Outrora estava com os dias contados. Aos berros, Manoel o escorraçou para fora de casa, sob o silente apoio da família. Resignado, Miguel seguia de cabeça baixa a ouvir os insultos, quando Manoel reforçou a ordem. *Eu falei, agora! Suma daqui, seu urubu ingrato!*

Miguel caminhou com passos pesados até o portão, e antes de sair, voltou-se para a casa mirando o lugar que por muito tempo teve, e para sempre teria, como verdadeiro lar. Afinal, fora a única família que possuiu em sua infinita errância. Valência surgiu no quintal a caminhar serenamente, com a vassoura na mão, assim como fazia todas as tardes a varrer as folhas das árvores que o vento espalhava. Era sua zelosa rotina, quando logo em seguida, costumava descansar sob sua sombra e contar doces histórias aos netos. Esses encantadores momentos vieram à mente de Miguel. Ele a notou indo em sua direção, cogitou oferecer ajuda em seu trabalho. Pensou que, talvez um último gesto de generosidade, pudesse amainar a decepção que causara a todos. Pudesse, quiçá, reconquistar o afeto e consideração tão comuns entre parentes que se amavam, sentimentos que pela primeira vez experienciou. Miguel sensibilizou-se com Valência acercando-se dele, e abriu um sorriso na certeza de que o sentimento de perdão que há pouco almejava, já teria ocupado o coração da velha mulher, sublimando todas as discordâncias e mágoas. E sendo Valência a matriarca da família, certamente viria em exemplo de clemência e altruísmo a acolhê-lo novamente. Ou ainda, talvez Valência estivesse indo desculpar-se pelos agressivos rompantes de todos, atitudes que ele estava pronto a relevar. O peito do anjo transbordou, vieram à tona sentimentos de paz e harmonia, que nasceram e foram cultivados nos anos em que esteve em Espera, no seio da família. Miguel projetava na figura de Valência Outrora a imaculada imagem de uma avó, que no infinito do seu tempo, nunca tivera. Sorriu para ela com os olhos mareados, elevou as mãos a recebê-la num amoroso abraço.

— *Minha avó querida, saiba que eu lhe quero muito bem e...*

Antes que terminasse a frase, Valência ergueu a vassoura e desferiu-lhe um golpe certeiro com a piaçava na cabeça.

— *Vó é o escambau! E eu lá sou vó de um urubu ordinário e cretino?! Se pensa que vai me levar fácil, não vai, não! Vai ter que brigar comigo e me vencer, seu urubu d'uma figa! Tome isso pra aprender! Não vou fácil, não!...*

E seguiu golpeando Miguel, que corria desabaladamente de um lado para outro, a tentar se esquivar das vassouradas da mulher, de aparência frágil, mas parecia ter a força de três homens. A única maneira de se livrar da surra, foi fugir deslizando pelo ar. Ganhou o vento num flanar cambeta, com os ombros doloridos, ainda a ouvir as ameaças de Valência:

— *E se voltar, vou tá te esperando com uma espingarda pra encher de furo tuas asinhas, entendeu?! Volte pra você ver o que te espera, volte aqui pr'ocê ver!*

Temerinda encerrou a carta a Maria Dossim contando que depois da identidade de Miguel revelada, a casa entristeceu em ensaio de luto. Valência já não saía disfarçada às noites, apesar das ameças que fez ao rapaz. Por conta disso, tinha passado a seguir os dias, indiferente e melancólica, resignada com a própria partida. A morte parecia-lhe certa, e próxima. Furioso pela traição, Manoel Promessa proibiu que qualquer um pronunciasse o nome do traidor dentro de casa. Nem a palavra anjo poderia ser mencionada.

Maria Dossim estava esgotada, não tinha mais forças para chorar nem para seguir agredindo Miguel. Balbuciava que nunca tivera sorte no amor, e mais uma vez a traição lhe visitava:

— *Eu só sinto amargo e azedo na minha boca. Pra onde eu olho, só vejo isso. Miguel, eu sou uma pessoa sem gosto bom pra vida. Só tenho esse desgosto, me falta outro paladar. Eu sou só isso...*

— Dossim, eu te gosto muito. É difícil, mas eu posso explicar, e dizer toda a verdade, se você quiser...

— Cala a boca! Cala a boca! Eu não quero ouvir nada!

Dossim o repeliu aos gritos e sopapos, até acossá-lo junto ao parapeito. E num forte empurrão o projetou do terceiro andar. Miguel despencou, e interrompeu sua queda em pleno ar, flanou de volta até o alcance dos seus olhos. Dossim rompia com o passado, com a amizade. Rompia com o amor que lhe tinha, sentimento aversivo que lhe emprestava voz. Era a dor de querer reprimir o que mais almejou na vida. Maria Dossim rompia consigo mesma. *Vá embora, não volte mais! Vá embora!* E entrou batendo a porta. Resignado, Miguel partiu mansamente a se misturar à brisa, às nuvens, a dissolver-se em pleno ar.

Temerinda e Valência preparavam o café da manhã, quando viram através da janela Manoel se aproximar da casa com os cabelos desgrenhados, passos cambaleantes e olhos esgazeados. Acorreram a saber a razão do seu desparecimento desde o dia anterior. O homem não tomou conhecimento de suas presenças, seguiu com o semblante empedernido e um cego olhar a transver tudo ao redor, como se estivesse sob efeito de ignorado transe. Foi direto ao galpão onde guardava todo tipo de quinquilharias, começou a derrubar objetos de dentro dos armários, tombou caixas de ferramentas, entornou tonéis com restos de obras. No chão formou-se um acumulado de velhos utensílios. Subiu na ilha de bugigangas dando voltas ao redor de si mesmo, feito um excêntrico monarca num diminuto império, um reino de cacarecos. Em um ciciar deixou escapar o pensamento: *As coisas vão ficar em ordem, eu vou salvar todo mundo...* Surpresas, Temerinda e Valência entreolharam-se. *Manoel, você tá bem?* O homem nada respondeu à esposa, curvou-se a garimpar no monte de tralhas o que precisava. Pegou martelo, arames e pregos, e alicates, arremessou-os num latão e rolou-o até a caminhonete. Temerinda sussurrou para Valência Outrora. *Já tinha visto ele assim?* A velha mulher estava tão abismada quanto ela, e quando Manoel retornou a buscar mais materiais, interpôs-se ao filho. *Manoel, o que tá acontecendo? O juízo lhe desabitou?* O homem a fixou e respondeu com a voz gélida:

— *Não é nada, mãe. Só quero voltar pro mundo... Apenas isso.*

E continuou a recolher cordas, correntes e mourões, que num incessante ir e vir levava ao carro. Temerinda sentiu um frio a lhe percorrer a espinha pelo que ele disse, e mesmo temendo a resposta, não pôde guardar para si uma dúvida:

— *Manoel, você... ainda tá vivo?*

O homem coçou a cabeça, e disse:

— *Quem tá fora do mundo, tá morto ou vivo?*

As mulheres nem tiveram tempo de reagir à insondável réplica, o homem entrou na caminhonete e partiu em disparada.

Clareana e Zudileu estavam nos fundos da casa admirando o imenso campo de soja do Pé-cascudo. Os uivos das bestas-feras anunciavam que eles também estavam sendo observados, mas não temeram, sabiam que era seguro daquele lado da cerca. *Eles nunca vão ter coragem de passar pro lado de cá.* Zudileu concordou com a irmã, mas ainda assim seguia ressabiado, preferia se assegurar da companhia dela:

— *Essas cercas são nossas. A gente conhece, Clareana. Mas será que os cachorros maus sabem disso? Ninguém sabe da cerca do outro. Muito menos, os bichos...*

Clareana esticou o olhar e subitamente sorriu. Vislumbrou a árvore seca da plantação de soja se acender, estava floreada por incontáveis vaga-lumes piscando nos galhos e tronco. Os insetos alçavam pequenos voos girando suas luzes, faziam a árvore sair do lugar. Um alumbramento os tomou, a planta renascia na sublime copa de brilho, nos frutos de luzes. Em meio ao encantamento, retomaram o jogo de predizer que tipo de árvore era aquela. Clareana foi a primeira a querer desvendá-la:

— *É um pé de estrelas...*

— *É um pé de sonho...*

— *É um pé de amanhãs...*

Mas o entusiasmo durou pouco. Quando Zudileu estendeu o braço a apontar a árvore, deslocou a camisa e, involuntariamente, permitiu que Clareana visse seu peito esfumaçado. A menina ficou atônita ao descobrir que mais uma parte do irmão estava sombreada, como o pé e a perna. Zudileu havia mentido para ela, seguia a se transfigurar em escuridão. Ele percebeu a reação da irmã, e logo entendeu o motivo. Ajeitou a camisa e baixou a vista em busca de um lugar onde pousá-la, a fugir do olhar da irmã. Estava envergonhado por ter dissimulado o que lhe acontecia, e apavorado por aquilo não cessar:

— *Desculpa eu mentir...*

— *Me desculpa também, por mentir que acreditei.*

Os dois sorriram no esforço de não sofrer, na vontade de se compreenderem no desconhecido, naquilo que lhes escapava.

— *Acho que eu vou ficar assim, todo inteiro desse jeito.*

Clareana era cúmplice na dor, queria poder compartilhar o mesmo destino. Em seu íntimo, nunca odiou tanto o fato de ser albina, preenchida de inexpressiva cor, e de matéria tão palpável. Queria arrancar a própria pele e mutar-se no que Zudileu viria a ser. Queria estar com ele nas sombras e segui-lo para onde quer que fosse.

— *Não se preocupe, irmão. Isso vai passar. É como se fosse uma roupa que a gente perde, só isso. A gente, os animais, as coisas, tudo usa uma roupa assim... Feita pra se vestir de seus bocados. Mas, na verdade, tudo no mundo é Zudileu por dentro.*

O menino a surpreendeu com inesperada calma, na ironia de pensar que finalmente estavam tornando-se iguais, mas ao contrário. *Você é albina, e eu esfumaçado...* Clareana inventou graça no que ouviu, fingiu otimismo. *Zudileu iria se acostumar com o novo jeito. Vai ser fácil pra quem sempre foi miúdo e sem presença, como o pai tantas vezes fez questão de lembrar.* O menino percebeu a irmã paralisada em seus pensamentos, e o próprio peito a dar piruetas. *Diga, Clareana, o que você tá pensando?* A menina titubeou antes de falar, e antecipou desculpas, caso fortuitamente o ofendesse, mas não podia negar-lhe a sinceridade:

— *Zudileu, será que você tá virando espírito, um fantasma vivo?*

O irmão vagou os olhos a buscar dentro de si uma resposta. Aproximou-se de Clareana e deu um beliscão em seu braço, a irmã gritou de dor. Em seguida, ele puxou seu cabelo fazendo-a reclamar novamente:

— *O que você tá fazendo, seu chato?!*

— *Por um acaso, fantasma belisca e puxa cabelo, sua tonta?*

Os irmãos gargalharam, e em meio a tanto breu, seus risos iluminaram o lugar. Acenderam o que eram. Naquele instante acreditaram que não haveria mais escuridões, que poderiam seguir como eram. Prontos a espantar as sombras com pueris sorrisos de luz, que a tudo acendia. Clareana e Zudileu acreditaram que tudo podiam, e tudo conseguiriam. Acreditaram que seus brilhos seriam eternos.

26.
Um caso raro, e rareado

Neilson havia se despedido da avó e dos irmãos, levava consigo o olhar oblíquo da família, os conselhos que recebera. Entrou na caminhonete acompanhado pela mãe, que o levaria até a rodoviária em Sant'Anna de Pouco. Partiria para a capital, e de lá, para as beiras do mundo. Ao chegarem no limite de Espera, pararam o carro na esperança de encontrar o pai, e dizer-lhe que partia. Manoel Promessa passou a ter o hábito de sair cedo de casa, a cumprir convicta obrigação. Neilson desceu do veículo, viu a rachadura que cortava a estrada de terra de uma margem a outra, observou duas estacas fincadas no chão, uma em cada lado da greta, e a espessa corrente que as unia. A cada cinco passos, Manoel ergueu seus pregadores, inventada estrutura a plissar a terra. Era possível vislumbrar o alcance da rachadura pelas inúmeras estruturas escavadas a despontar na paisagem. Ao observar a trilha, Neilson distinguiu o pai no topo do morro, foi ter com ele.

O rapaz ficou a observá-lo em seu trabalho. Com o auxílio de uma picareta, Manoel cavou dois buracos, enfiou esteios de madeira e reforçou a base com terra. Conferiu se estavam firmes e os uniu num forte amarrado de corda. Eram muitos nós. Neilson admirava seu esforço em se manter leal à missão dos antepassados. *Esse homem é o meu pai. E seu ânimo é o pai da minha vontade.* O rapaz sensibilizou-se pela forma como se assemelhavam, a lamentar que somente naquele instante teve tal clareza. *Meu pai mora em mim, assim como um dia, eu vou viver em meu filho. O quanto cabe na gente?* Manoel fez uma pausa, limpou a testa encharcada de suor e abriu um largo sorriso, satisfeito por estar devolvendo Espera ao mundo.

O dia em que Manoel deixou Neilson no carro, saiu a perseguir a rachadura no chão, madrugada afora. Rastreou a fenda no intuito de descobrir sua extensão. Para seu espanto, constatou que circundava a vila e terminava no exato local onde a percebeu pela primeira vez. Espera era uma ilha demarcada pela falha. A inusitada evidência o levou a compreender tudo que se passava em suas vidas, e com o lugar. Devastado, chegou a incontestável conclusão:

— *Espera não está no mundo...*

A descoberta era a justificativa para os relógios estarem sempre em atraso de hora. Era o escuso motivo para Espera não vingar, não voltar a ser luminosa como em seu tempo áureo. A família ficou perturbada com a ideia, por um tempo duvidaram, mas a informação fazia sentido, e mais uma vez, deram-lhe razão.

— *Estamos à deriva, desgarrados do planeta... Imaginem quanto tempo estamos atrasados em relação ao mundo?! Talvez estejamos no ano passado, ou há uma década atrás!*

Passaram a temer a falta de definição do tempo. Idades, datas comemorativas, festividades. Tudo se relativizou. Como se a gravidade fosse-lhes subtraída, e tomassem a consciência que viviam em outra órbita, num íntimo e ignorado espaço. A latente falta de chão fez com que depositassem em Manoel a esperança de dias melhores. *Por isso Espera não anda pra frente, não tá cheia de vida e modernices. Eu, Manoel Promessa, neto de Alfredo Domênico, cumprirei a missão do meu avô. Espera irá voltar ao mundo, mais que isso: voltará ao centro do mundo!* E enveredou na cega engenharia a reatar a vila ao planeta, para não mais se desgrudarem nem correrem o risco de serem deixados para trás.

Manoel terminou mais um pregador, e curvou-se junto ao chão. Com o ouvido rente à terra, perguntou a Neilson:

— *Tá escutando isso?*

— *Isso o quê, pai? Não ouço nada.*

— *Sshhh... Se aproxime e cale o pensamento pra ouvir melhor.*

O rapaz agachou-se ao lado dele, e pôs-se a escutar. Após um breve silêncio, espantou-se com o surdo e perturbador ruído que se desprendia de dentro da fissura.

— *Que barulho é esse, pai?*

— *É o som do mundo girando lá fora, sem a gente.*

Manoel levantou-se e saiu a checar se as estacas estavam firmes, orgulhoso a mostrar sua obra ao filho, a valorizar o tanto de trabalho que ainda teria pela frente. *É custoso tudo isso, mas a vila vai voltar!, e ainda melhor: com o respeito do nome de batismo. Espera voltará a ser Esperança!* Ao encerrar o breve discurso, percebeu Neilson inquieto, com os olhos a ver lonjuras, e adivinhou sua intenção:

— *Você... vai embora?*

— *Vou, pai. Tô indo agora.*

— *Agora?! As horas ainda estão trocadas, tudo tá mexido... Agora pode ser ontem, ou mais atrás! Não existe mais agora, filho. Dá pra esperar um pouco mais...*

— *Eu decidi. Eu tenho que ir.*

— *Fica mais um mês e eu termino tudo. Espera vai voltar a se encaixar, e tudo vai melhorar, você vai ver...*

— *Eu também tenho um destino pra cumprir, assim como o senhor. Eu preciso ser bom, ser útil. Eu sinto que eu posso ser bom e entrar numa guerra, e interromper ela! Eu sei que eu posso ser perfeito nesse tanto!*

— *Mas... guerra tem em todo canto, filho, nem precisa ir muito longe. Todo mundo carrega uma dentro!*

Neilson afastou-se sob o olhar emocionado do pai. Era mais um filho que partia. Por um instante, o homem teve dúvida se todo esforço que estava tendo, valeria a pena, mas a convicção de cumprir a missão ancestral, não o permitia hesitar. Compungido, Neilson voltou-se para Manoel. *Pai, fui eu que soltei seus passarinhos. Não achava justo eles ficarem presos. Desculpa.* O homem sorriu, de alguma forma sempre desconfiou que tinha sido Neilson quem os tivesse libertado. *Não tem problema. Eles ainda cantam pra mim quando eu preciso deles.* O filho acenou pela última vez, e Manoel respondeu à despedida. Compreenderam que as horas são relativas, e que tudo tem seu tempo. Tempo de partir e enfrentar as guerras. E tempo para deixar suas gaiolas.

Zudileu estava acabrunhado, na certeza dos seus inacabados. Temerinda, Valência e os gêmeos o admiravam com olhos inúteis, tomados pelo comichão de uma gastura imprestável por não ter como cuidá-lo. Clareana mantinha-se distante, constrangida por quebrar o juramento que fizera ao irmão, ter revelado seus apagamentos. Ninguém disfarçava o assombro pela sua condição. O menino tinha parte do pé e da perna, do abdômen e do ombro, esfumaçados. Inconformadas, as perguntas repetiam-se, ele respondia com paciência e serenidade. Não doía, não coçava, não ardia. Somente o medo e a angústia por uma cura cresciam-lhe. Temerinda estava atônita, coube à avó tomar uma atitude, convocar Cândida Alma para vê-lo.

A aposentada freira o conhecia desde seu nascimento amiudado, em rascunho de presença, quando ainda dormia numa caixa de sapato e engatinhava pela casa a se esconder nas frinchas dos lugares. Cândida chegou rápido à casa, ao examiná-lo não conseguiu dissimular o espanto com sua aparência, nunca havia se deparado com alguém ausente de materialidade. Conferiu os apagamentos, com delicadeza tocou os vazios de Zudileu. Temerinda e Valência entornaram-lhe perguntas e aflições, a mulher não dissimulou ignorar respostas, e deixou escapar o que lhe veio à mente. *Isso é coisa de quem é antecipado.* Ninguém a compreendeu, nem ela esclareceu o que intuiu. *Isso não parece doença...* Impaciente, Temerinda torceu a boca. *Se não é doença, é o quê?! Um presente que o menino recebeu?!* Valência acalmou a nora, não queria que Cândida Alma fosse interrompida, acreditava que a mulher adquirira refinada experiência nas alquimias e no apuro da sua espiritualidade, desde o tempo em que serviu o carente povo do Ti'tril. Conhecia casos em que obteve sucesso, salvando pessoas desenganadas por médicos. A ex-freira cursara faculdades divinas, seus estudos seguiam outros planos. Ela deixou o quarto na companhia de Temerinda e Valência, para terem uma conversa longe dos olhos dos filhos.

Confessou, alarmada, que desconhecia aquela anomalia. *Parece que Zudileu existe e não existe, caminha na beira dos dois lugares.* Temerinda receava o pior, mas Cândida a tranquilizou:

— Isso não parece sinal de quem vai morrer. Parece que Zudileu tá se preparando pra nascer, mas ao contrário. Feito um começo, que se inicia nele.

Temerinda e Valência entreolharam-se sem compreender o que a mulher dissera, e Cândida prosseguiu em sua explanação. *Zudileu é um caso raro, e rareado. Talvez fique assim pra sempre, e desse jeito é que vai viver.* Cândida comprometeu-se em fazer o possível para curá-lo. Iria fuçar antigos alfarrábios, velhas receitas de pedras e ervas, não descansaria até encontrar um antídoto que lhe devolvesse presença, estancasse seus apagamentos.

Manoel regressou de sua obra no vão da Terra, e ao saber o que se passava com Zudileu, apressou-se ao quarto a vê-lo, mas o filho já havia adormecido. Temerinda teve a intenção de retirar a coberta e mostrar o que o consumia, Manoel a interrompeu. Saber das faltas do menino o apavorou, receava não suportar o que não veria. Fugiu de flagrar o filho a se apagar na involuntária intenção de se fazer esquecer. As desprovidas partes de Zudileu pareciam, de alguma forma, contaminá-lo, tomando-lhe a mente. O remorso deitava-lhe presença na calma de estrear seu lugar. As escuridões de Zudileu passaram a sombrear Manoel. Temerinda percebeu o marido alheado, com os sentimentos a relutar dentro dele. A eterna desconfiança da paternidade conflitava com o inesperado sentimento de comiseração que lhe aflorava.

— Na minha família nunca teve nada parecido. Esse menino... vai ficar bem, não vai? O que Cândida disse?

Temerinda não ergueu a voz nem lhe corrigiu pela vacilante fala, apenas suspirou em alento:

— Esse menino, nosso filho, vai ficar bem. Antes de vir ao mundo, ele escolheu meu ventre pra se lançar, e nessa casa viver. Aqui é onde ele vai ficar, até quando quiser.

Manoel seguiu na tácita dúvida do que dizer, na muda incerteza do que sentir.

27.
O que não tem fim

Era quase noite, Maria Dossim ouviu Tõe D'Arreio saindo de casa, correu a alcançá-lo e o inquiriu a saber aonde iria, e se voltaria tarde. O marido tinha uma reunião de negócios, e depois, um jantar com clientes, advertiu que não o esperasse para dormir. Ela sabia que suas palavras eram ocas de verdades, ignorou-as, pois naquele momento algo mais urgente a afligia. Contou-lhe sobre a carta que recebera da mãe, onde narrava a preocupação com Valência Outrora: possuíam a grave desconfiança que a matriarca da família estava com os dias contados. Dossim tentou convencer o marido a levá-la até Espera, precisava rever a avó o quanto antes, uma forte intuição ditava a pressa. Tõe foi peremptório em afastar tal possibilidade, a grande quantidade de trabalho o impedia de atendê-la nas semanas seguintes.

— *Mês que vem é muito tempo, pode ser tarde demais!*

— *Dossim, tua vó é uma mulher de muita saúde. Com o mau humor que ela tem, nem a morte lhe chega perto. A velha ainda vai enterrar muita gente!*

Perfumoso, Tõe mirou-se no espelho, ajeitou o cabelo e os colares de ouro expostos pela camisa aberta. Abraçou a mulher, mordiscando seu pescoço, e saiu. Dossim o fixou com aversão, e raiva de si mesma pelo tamanho erro por ter se juntado a ele. Estava nervosa, e ao lembrar-se de Miguel, que viera buscar a avó para levar consigo, ficou ainda mais enfurecida. O arrependimento por estar apaixonada pelo nefasto mensageiro, a corroía por dentro. Chutava portas e mágoas num choro embebido por tantos desenganos, equivocara-se em todas as escolhas que fizera. Precisava voltar à Espera e enlaçar a avó em seus braços, antes que partisse. Sabia que Miguel tinha sua missão, da qual não iria se demover até concretizá-la. Miguel era a morte. Era também o amor que não teve a chance de vivenciar. A morte e o amor confundiam-se na impossível completude, fadados a se consumirem num conflitante embate até se extinguirem. Os sentimentos opostos a reviravam, refletiam-se na culpa e sorte que a cingiam.

Maria Dossim entrou no carro que ganhara de Tõe, aferrou-se ao volante pronta a partir, mas titubeou. Nunca havia feito aquele trajeto sozinha, mas precisava estar ao lado da avó. Se partisse naquele instante, pela manhã estaria ao lado dela. A saudade a motivava a enfrentar a cansativa jornada durante toda a madrugada. Ligou o carro e acelerou.

Na estrada, a música no volume máximo e a garrafa térmica com café, ajudavam a afastar o sono. Durante a viagem teve a impressão de ter visto um vulto no firmamento, a suspeita causou-lhe ainda mais indignação. Mesmo incerta do que viu, desferiu seu rancor a Miguel. Sentia sua gélida presença a lhe rondar, e o responsabilizava por ser a causa do maior dissabor em sua vida. *Cretino, enganou a todos nós! E agora, eu que gosto dele, como fazer esse sentimento morrer? Será que isso ele sabe fazer: matar um amor?* Dossim aproveitou a reta na estrada, reduziu a velocidade, e serviu-se da bebida. O instante de distração foi o suficiente para não perceber um cachorro a cruzar a pista. Ela fez um movimento brusco no volante a desviar do animal, e o carro acabou perdendo a direção, saiu da estrada e despencou ribanceira abaixo.

Um surdo barulho acompanhava árvores e folhas, galhos e pedras, enquanto perdiam suas matérias. Desgarravam-se do que eram, da realidade, suas imagens fragmentadas circulavam diante da visão de Dossim pelo para-brisa. Formavam um melancólico caleidoscópio a decompor o mundo. Logo tudo se plasmou num corpo único e indefinível. Anunciador. Maria Dossim não se exasperou, não gritou nem se condoeu. Apenas desfrutou os últimos instantes a relembrar da infância, das tristezas e alegrias que experienciou. Dos sonhos. Lembrou dos jogos de se esconder pela casa, e no pueril teatro de adultices nas ruínas da fábrica Esperança, a ensaiar o futuro que não viria. Lembrou-se do colo da mãe, do carinho do pai, e do cafuné da avó a embalar seu sono. Da companhia dos irmãos. Recordou-se do amor corrosivo e puro, que nem pôde desfrutar. As irrefreáveis lembranças espalharam-se dentro dela num átimo, a marcar saudade em cada parte do corpo, e a perpetuar-se por insondáveis caminhos.

A mata estava inerte. Nenhum bicho da noite fez-se presente. O vento calou-se, e as nuvens estancaram. Um silêncio cortante atravessou o céu e a Terra, esparramou-se por todo lugar num doce pesar à Maria Dossim.

Miguel caminhava serenamente pela estrada, aproximou-se do local do acidente onde encontrou Dossim de pé no asfalto, desorientada. Ele a confortou em seus braços, sentiu sua mão fria a transpirar. Ela tentou dizer-lhe algo, mas a voz não lhe obedecia. *Tá tudo bem, Dossim, você tá comigo.* Ela apontou para o fundo do vale, onde um farol ainda aceso, mostrava o paradeiro do carro. Com muito esforço, conseguiu balbuciar. *Eu tô lá...* Miguel tentou tranquilizá-la, afirmou que a partir daquele momento ela estava ao seu lado. Dossim o encarou num frágil desespero por conta da súbita constatação:

— *Não era minha avó... Você veio por minha causa...*

— *Eu vou estar sempre do seu lado...*

— *Você disse que não ia me deixar morrer.*

— *Eu falei que...*

— *Você prometeu... Você jurou, lembra? Você jurou...*

Miguel apertou-a junto ao peito, acolhendo seu choro mudo, compartilhando os sentimentos que lhe tomavam, no amparo do que não teria fim. Lentamente, seguiram a caminhar pela estrada deserta, ofuscando-se aos poucos na escuridão do lugar, até desaparecerem em meio à infinita paisagem que se descortinava para eles.

28.
Eu danço para o Tempo

Aconteceu uma forte explosão em Espera, e ao contrário do usual, o estrondo não sucedeu ao clarão comumente visto no céu quando Safira Pontes paria estrelas. Era como se os anúncios luminosos dos rebentos tivessem falhado. Mas os olhos da família Promessa, encobertos pela saudade de Maria Dossim, só enxergavam negrumes, não perceberam a rara ausência de claridade. A paisagem passou a lhes figurar doente, no irreversível turvamento do horizonte.

Safira despertou sobressaltada, não sabia se havia sonhado ou se a detonação realmente acontecera. Cobriu-se com um roupão e saiu à porta de casa a perscrutar a noite deserta do lugar. *Eu conheço esse som...* O estouro era típico das pólvoras, que tão bem manipulava para anunciar a chegada dos filhos. Pelo estampido, pôde precisar a quantidade necessária para acioná-la. *Foi forte o suficiente pra rasgar uma fenda, uma abertura pra uma pessoa atravessá-la. Uma porta...* Diante desse pensamento, um frio percorreu-lhe todo o corpo. *Isso não pode estar acontecendo...* Safira Pontes caminhou apressada pelas ruas escuras da vila, e ao chegar à última quadra, junto ao decadente parque de brinquedos para crianças, deparou-se com uma abertura no chão. Sentiu o cheiro de dinamite que dali exalava, odor que se tornara aprazível para ela. Era o perfume do pai, o aroma da saudade. Safira sorriu feito menina e seus olhos brilharam como um farol, a mostrar-se como um abrigo, um porto seguro. Aproximava-se o momento que tanto sonhara.

Safira divisou na penumbra da estreita fenda, o perfil magro de um velho, calvo e encurvado. O homem tinha a roupa gasta e a pele escurecida, manchada de minério e terra, de anos sem o contato com a luz do sol. Era o pai que regressava do autoexílio no interior da terra, do voluntário sepultamento. Silvio Pontes sorriu cinzas e estendeu as mãos à filha, que o envolveu num longo abraço.

— *Por onde você andou, pai?*

— *Em meus túneis, filha.*

— *Por que demorou tanto?*

— *Já me perdi e me achei nem sei quantas vezes...*

— *Pensei que você nunca mais fosse voltar. É como... se o senhor renascesse!*

— *Eu me desenterrei, filha, mas não sei se chego a me renascer.*

Sensibilizada pelo reencontro, veio à mente de Safira o tempo em que ficaram longe. Aventou a ideia de nem estarem tão distantes assim, poderiam estar a se espelharam no solo, no reflexo dos mesmos passos. Compreendeu que uma única distância, possui muitos tamanhos.

— *Pai, eu quero te contar tanta coisa!...*

— *Por favor, minha filha, fale.*

O velho bateu a poeira da roupa, e com um largo sorriso, pôs-se a ouvi-la. Safira não se cabia em tanto contentamento, riu-se, preparou-se a falar, mas nada lhe ocorria, ficou embaraçada. A mulher passou a vida em deliberada solidão, sem companhia, sem histórias. Safira não tinha nada para contar. Mas sentia o peito cheio de alegria, a querer presentear o pai com um feito, em busca da sua aprovação, tal qual fazia ainda menina a mostrar saber escorregar sozinha no brinquedo, ou que se balançava sem ajuda de ninguém. Queria experimentar o prazer de um outro começo. Desejava nascer de novo, ser também estrela e acender-se no íntimo do seu próprio firmamento.

— *Pai, venha conhecer meus filhos...*

Em décadas, era o único acontecimento a narrar. E orgulhosa, apontou para o céu:

— *São eles, pai. Esses são os seus netos. Há mais Pontes no céu que em toda Terra. Não são lindos?*

Silvio Pontes regozijou-se perante a extensa família que acabava de conhecer. E a filha experienciou, enfim, a paz. Sentiu-se novamente viva, liberta de si. Ela fixou nele a esquadrinhar cada parte do seu semblante, e em meios às rugas, percebeu um sulco de tristeza. Indagou-o a saber o que o perturbava, e o pai disse:

— *Você tem visto sua mãe?*

Safira surpreendeu-se com o que acabara de ouvir. *Será que o pai implodiu da memória que a mãe faleceu em meu parto? Ou será que a mãe ainda vive, mas socavada, inventando túneis ainda mais profundos dentro de nós dois?* Angustiado, Silvio insistiu:

— *Me diga, você tem visto ela? Sabe onde sua mãe está?*

A mulher titubeou, as pernas tremeram, não soube o que dizer. A reação de Safira o deixou desesperançado.

— *Eu fico procurando cada minuto, cavando, cavando... E não encontro ela. Filha, eu sei que ela tá lá, em algum lugar, mas não encontro.*

Silvio limpou as lágrimas com a mão encardida, e o sentimento marcou-lhe ainda mais a face. *Eu preciso continuar procurando...* Fez menção em entrar pela fenda de onde saiu, mas Safira o interrompeu. *Espera, pai! Antes de você ir, me deixa te dizer um pouco sobre os seus netos.* O homem estava agitado, sem seu lugar, tinha pressa para seguir em sua busca. Safira ficou atarantada com o pai prestes a lhe escapar novamente, mergulhar em seus sumiços, no risco de nunca mais voltar a vê-lo. Precisava ganhar tempo, precisava ganhar o pai. Era premente seduzir-lhe a ficar, era urgente começar uma história, apesar de ser algo que nunca soubera fazer. Convocou os filhos para que viessem em seu auxílio, a enfeitar-lhe o que iria contar. E eles atenderam ao chamado, puseram-se a orbitar o seu olhar. Safira suspirou fundo, e revelou ao pai, o que ela tanto almejou ouvir de si mesma, o mais valoroso segredo:

— *Pai, eu sei onde ela está. A mamãe tá aqui. Olhe aquela estrela, é meu primogênito, ele tem os cabelos dela. Veja o outro, bem do lado, tem os olhos da mamãe. E aquele apressadinho passando correndo, você viu?! É ou não é o jeito dela?... E o queixo daquela pequenininha, tem a covinha da mamãe quando sorri...*

Silvio Pontes foi cativado pela necessidade de crer em tudo que ouvia, acolheu suas palavras a serenar o peito, e pôde sentar a calma no cansaço, a preencher-se da mulher e da filha. Silvio emprestava verdades à carência de um pouco de amor, de um resto qualquer de vida.

Safira seguiu a apresentar os netos, as estrelas que trouxe à luz. Narrava virtudes, gostos e datas de aniversário de cada um. As brincadeiras preferidas, e os mais profundos segredos que só a ela revelavam. O homem lacrimejava quietudes, ensinava tréguas ao peito. Safira Pontes falava ao pai e, ao mesmo tempo, respondia-se em incontáveis questões. E pela primeira vez, sentiu a voz da sua mãe a se pronunciar através da própria boca, sentiu os trejeitos dela em seus gestos. Seus olhos no seu. *Ela nunca se foi, ela está em mim...* Mirou o céu e sua imensidão, o que a mãe também vislumbrava. E perdoou-se por ter nascido no instante em que a mãe partiu. E a mãe, assim também o fez. Safira Pontes renascia, era mais uma estrela a se acender.

E o decadente parquinho clareou. Safira e Silvio, cercados por todos os filhos que desceram do céu trazendo seus brilhos, acenderam o lugar. Divertiam-se em todos os brinquedos, a esquecerem o passado. Deleitavam-se no instante, o presente tornou-se uma festa sem dia e hora para acabar.

Desolados, Valência Outrora estava no quintal ao lado de Clareana e Zudileu. A saudade de Dossim misturava-se ao ar, tornava-o espesso, doía respirar. Uma dor calada que a todos sucumbia. A avó afastou-se dos outros e começou a deambular passos ocos, saiu a exibir-se ao negro céu. Caminhava pelo terreiro em giros lentos, a bailar descompassada valsa com um par ignorado. Clareana estranhou sua atitude:

— *Você dança pra quem, vó?*

— *Eu danço pro Tempo. Pra mostrar que ele me esqueceu. Que eu sigo aqui somente por conta de teima, no vício de viver.*

A velha mulher passou a acreditar que enganou a morte em demasia, seu teatro da vida havia sido bem desempenhado. Aprendera a viver na mentira que era continuar nesse mundo para sempre. *Até eu acreditei em mim...* Valência Outrora seguia com passos suaves na escuridão, a mostrar-se aos anjos que perscrutavam os breus. Ao distanciar-se ainda mais de todos, pôde esbravejar a gastar-se em rancor, perdeu a aparente calma e apontou o dedo em riste para o vazio da noite, a ralhar com as escolhas celestiais.

— *Não me veem? Não enxergam minhas rugas? Veja como o tempo me amarrotou, estou toda muxibada! É a mim que deveriam levar!*

Repetiu incansavelmente seu nome completo, número de registro e endereço, não queria que lhe errassem o caminho nem a confundissem com outro alguém. Riscou uma cruz no chão e colocou-se na interseção dos traços. *Pronto, assim não me erram!* E na indignação por não ser atendida, confessou ao vento seus pecados e mentiras, invejas e injúrias. Confessou o acidental assassinato do antigo namorado, quando o empurrou escada abaixo durante uma desavença.

— *Nem assim?! Nem assim?!... Vocês são uns bundas moles, um bando de cagões! Estão a se borrar de medo de mim!*

O furor com que passou a despejar suas faltas, de nada adiantaria. Os dias seguiriam a correr em seu jeito comum, e a mulher continuaria plena de saúde. Valência Outrora seguiria marcando os dias na frustrante certeza de ter uma vida sem fim.

Dejaneir Par e Dejaneir Ímpar chegaram do canavial, onde passaram a trabalhar para ajudar nas contas de casa. Deixaram de frequentar a escola, o cansaço da jornada dupla era insuportável para eles, adolescentes, ainda em resto de meninos. Os amigos e jogos, e as trocas de objetos por favores e vantagens, ficaram no passado. O trabalho no plantio da cana era exaustivo, mas não lhe restava outra opção, precisavam compensar a mão de obra de Neilson e Decreto que partiram, e de Manoel Promessa, que em sua obsessão em amarrar Espera ao mundo, ausentou-se da lida. Nunca mais regressou ao corte da cana.

Exaustos e sedentos, os gêmeos matavam a sede na cozinha, observavam a mãe absorta em seus gestos maquinais, com a mente a guardar nuvens enquanto preparava os doces a serem vendidos em Sant'Anna de Pouco. Os caldeirões ferviam açúcares inquietos do amargo doce da filha morta. Temerinda cansou-se de mexer o grosso caldo, deixou a colher de pau sobre a tampa. Afogou os olhos na sua mistura, entregue à ininterrupta fervura que lá dentro não cessava.

29.
Se caber onde não se serve

Com olhos de vaga-lume, Clareana saiu às pressas pelo quintal, ganhou o mato e desfez a noite como se abrisse cortinas na escuridão. A angústia tomava-lhe o peito, o medo de perder Zudileu a exasperava. Corria pelo capim em busca do pai, que estava longe, na incansável vigilância a conferir correntes e mourões. As recentes perdas agravaram ainda mais as distâncias de Manoel, o atavam a outros nós. Clareana atravessou a vila, subiu o morro que se estendia no lado sul de Espera e o enxergou. O pai a ouviu se aproximar em desespero.

— *O que foi?*

— *Pai, o Zudileu... Ele... Ele... tá sumindo mais.*

O aviso soou como um alarme para ele, que prontamente largou as ferramentas e saiu em desabalada correria.

Manoel encontrou o filho deitado, constatou que sua condição se agravara. A dor pelo falecimento de Maria Dossim, o amarrado do mundo, e a vaga crença de que o menino estava se recuperando, explicavam suas ausências, a contínua falta de olhar para Zudileu. Ele esquadrinhou o filho, verificou que o menino possuía a perna direita esfumaçada. Parte do abdômen e do peito haviam sumido, outras regiões também somavam ausências, sombras. *Mas... ele tava ficando bom, Cândida tinha dado um jeito...* A fala de Manoel ficou no ar, todos continuavam igualmente assustados em relação ao sombreamento do filho caçula. Zudileu olhou de soslaio para o pai e desculpou-se, Manoel não compreendeu o motivo da retratação.

— *Eu não sou como os meus irmãos, nunca fui grande. E pra piorar, acabei nem sendo inteiro...*

No vício de carregar a razão, Manoel o admirou pela determinação em querer se assemelhar aos irmãos. *Que bom que você quer ser... outro.* Inesperadamente, ante a condição do filho, as palavras que acabara de proferir não lhe fizeram sentido, desandou-lhe as certezas. A vontade do menino em negar-se a agradá-lo, perturbou-o. Uma pequena sombra alojou-se dentro de Manoel. Parecia estar a olhar para o filho pela primeira vez. E justo nessa primeira vez, por infelicidade do acaso, já quase não o via. Manoel remoeu as lembranças, as cobranças que depositara no menino. *Será que alguém é feliz em se caber onde não se serve? Calando a voz, na boca de outros dizeres?* Um dilema o tomou, bambeou-lhe o espírito. Aflorou em seu peito o cimo do remorso, incomensurável iceberg que ignorava conter. O homem disfarçou as águas do gelo que nele se derretiam, e encharcavam-lhe a voz, e num tom grave secou as fraquezas. *Vamos agora pra casa de Cândida.* Temerinda ponderou que Zudileu estava fraco, que não era uma decisão acertada, mas Manoel a ignorou. Com delicadeza, pegou o menino nos braços a estrear um colo, no acalorado primeiro encontro de olhos. Matavam uma saudade há muito gestada. *Ele vai comigo.* O atrasado carinho fez eclodir dentro do menino inesperada felicidade. Escondeu o riso com o lençol, a recear desmerecer o aconchego do pai, consciente do raro momento de atenção que recebia. Zudileu era só festa, inventou um aniversário dentro de si.

Temerinda e Manoel entraram apressados na casa de Cândida Alma, o pai o repousou na cama. A ex-freira observou demoradamente cada parte do corpo de Zudileu, de frente, de costas. Reafirmou o que todos sabiam, as partes sombreadas avançaram, tomaram-lhe mais da metade do corpo. A mulher guardou silêncio, fez seus preparos e ofereceu um chá para o menino. Zudileu sentou-se na cama e ingeriu a bebida, deixou a todos abismados ao testemunharem o líquido perder sua substância enquanto descia pela garganta e instantaneamente transformava-se em sombra, a mesclar-se às suas partes escurecidas. *Você sente dor em alguma parte do corpo?* Zudileu respondeu à Cândida que não. *Consegue ficar em pé?* O menino afirmou-lhe que sim, mas fez uma ressalva. *É difícil equilibrar as partes que eu tenho com as que eu deixei de ser.* Colocou-se ereto e, lentamente, fez um giro ao redor de si mesmo, a ser examinado. Todos puderam enxergar o ambiente através das partes faltosas. *Eu me sinto... leve. Deve ser bom pra correr.*

Cândida nunca havia se deparado com nada parecido, estava tão confusa quanto os pais. A mulher seguiu em sua anamnese, não apenas na busca de um diagnóstico, mas a sanar a curiosidade diante daquele quadro raro. Afastou as pálpebras de Zudileu, examinou os olhos com cuidado, e um lampejo lhe ocorreu. *Os olhos do menino são de outros dias, parecem guardados. Talvez pr'um amanhã.* Temerinda e Manoel não a compreenderam. Puxaram-na pelo braço até a sala, queriam conversar distante do filho. Admitiram seus receios de que Zudileu viesse a falecer, explicaram que a morte lhes rondava a casa, tinha seu endereço.

— *Já dei de comer e de beber pr'aquela desgraça, que nos espiava debaixo do mesmo teto, só no engano de fingimento! Tratamos a Morte como um filho!, e fomos apunhalados pelas costas: nos roubou a vida. E descobri o pior dos seus defeitos: a Morte não é confiável!*

A aposentada freira compreendeu o desabafo de Manoel, mas sua intuição sugeria-lhe o contrário, tentou tranquilizá-lo:

— *Não acredito que Zudileu venha a morrer. Na verdade, acho que ele nunca existiu, o menino me parece antecipado. Como se ele ainda não tivesse vindo pra ficar.*

Manoel ficou perturbado com o que ela disse. Afinal, viu o menino nascer, o viu sair de dentro da mãe. Era um filho que existia, como todos os outros. Em matéria de paternidade, era experiente, filhos nunca lhe faltaram dentro de casa. Cândida seguiu derramando suas crenças e presságios, enquanto o homem cozinhava tudo que ouvia no fogo alto da impaciência. Temerinda preferia manter-se calada, dando tamanho ao silêncio. *Tem coisas que nossa enganosa vista toma de emprestado, que se vê em aluguel de existir. E outras, que não se firmam nem em cheiro, mas que ainda assim transborda num inteiro jeito de enxergar. Será que é assim que as coisas são, as regras do que vivemos?...* Ela não se atreveu a compartilhar o que pensou, e que nem compreendia, afinal, já eram muitos os desentendimentos naquele momento. Antes de partirem, Cândida Alma embrulhou-lhes o último conselho:

— Não se esqueçam: o nascimento é o início do fim. A pessoa se faz no instante em que nasce, mas antes disso é que habitávamos o mundo.

A nuvem da incerteza cobria a casa da família Promessa, Valência Outrora ficou ressabiada ao saber o que a ex-freira disse. *Se o menino não existe, então ele pode ser uma coisa inventada, um sonho?... Será que estamos todos juntos, a sonhar com Zudileu?* Temerinda rechaçou tal ideia. Para ela, vida nada tinha a ver com sonho. *Nossos pesadelos estão aí justamente pra provar o contrário.* Apreensiva, Valência deixou o ambiente. Temerinda ficou ao lado do marido, abateu-se ainda mais diante da consternação de Manoel.

— Tô cansado de tanto perder filhos...

Pela primeira vez ela o viu referir-se a Zudileu como filho, uma centelha de alegria acendeu-se dentro dela. Acarinhou o marido como se quisesse selar uma paz há muito adiada. O remorso a invadiu, a dúvida que Manoel sempre carregou a respeito da paternidade do menino, possuía fundamento, e a corroía por dentro. *Será mais justa a revoltosa sinceridade, ou melhor será o sossego do engano?* Ela não soube responder a questão que sempre a perturbou.

— E se ele se for também, Temerinda? De que adianta a gente seguir desse jeito, nos faltando dos nossos?

A pungente melancolia do homem a torturava, exigia-lhe uma decisão. Temerinda interpretava os reveses que se abatiam sobre a família como punições da farsa que manteve por toda a vida. *Castigo de pecado grande vem em dobro de paga. É do tamanho de mil terços.* Não suportava tão pesado fardo, e tomou uma decisão. Toda fúria e retaliação que recebesse de Manoel seriam justas, preferíveis a ter que seguir submersa no obscuro pântano da culpa. *Tem traição que não tem fim. É um afogo que eu preciso acabar, ou senão ele acaba comigo.* Resignada às consequências que acreditava vir a sofrer, buscou o olhar do marido a revelar-lhe toda a verdade:

— Manoel, tenho uma coisa pra dizer. Zudileu não se parece com você...

Manoel arregalou os olhos interrompendo-a e, peremptório, disse:

— *Não vamos pisar descalços nas palavras, mulher. Algumas machucam e cortam fundo. Cuidado com o que vai dizer.*

— *Só vou falar o que você sempre quis...*

— *Escute! Antes de dizer, me escute. De Zudileu resta pouco. E é esse o pouco que me resta.*

— *Eu sei, Manoel, ele também me falta. Mas eu preciso...*

— *Temerinda, não me tire esse filho. Não quero perdê-lo antes de ficar sem ele. Esse filho é meu, esse filho é meu.*

Temerinda chorou alegrias diante da resposta do marido, e ratificou o que ele disse.

— *Você tá certo, Manoel, esse filho é seu. Zudileu é seu filho.*

O homem experimentou instantes de alívio, estava desacostumado com esse sentimento que lhe transbordava. Levantou-se com o olhar vago, sem saber para onde ir nem o que fazer. Deu voltas no mesmo lugar como se estivesse perdido na própria casa. Como se estivesse perdido dentro de si.

— *Eu vou... ver Espera... se está bem amarrada.*

E saiu a caminhar pela noite em sua inabalável missão, a cumprir o desafio de voltar a habitar o seu lugar.

Era uma madrugada quente, ninguém havia dormido. Cada angústia tinha sua cama, repousavam no desassossego das horas, cobertos pelo medo, a transpirar incertezas. Postergavam o dia, os afazeres. Postergavam os sentimentos. Valência Outrora não conseguiu permanecer em seu descanto, foi ao quarto de Zudileu.

A mulher encontrou o neto sob uma espessa manta, tecido que lhe emprestava alguma presença. O menino semelhava a um escanifrado casulo de uma quase pessoa, em iminente metamorfose de humanidades. Zudileu estava desprovido de substância, a dever comparência. Tinha o rosto voltado à parede, pela respiração a avó o percebeu desperto, e sussurrou-lhe. *Você vai ficar bom, as coisas vão melhorar, você vai ver. Esqueça o que Cândida disse. Ela nunca erra, mas se engana como qualquer um.* Sereno, o menino aceitou os conselhos da avó com um aceno de cabeça. Valência Outrora pediu que ele a mirasse, o menino fingiu não ouvir. A mulher insistiu, ele não a atendeu. Num gesto amoroso, ela pegou em seu queixo e o moveu para si, queria vê-lo melhor. Valência ficou transtornada ao deparar-se com a metade do semblante de Zudileu tomado pelo negro sombreado. O neto era quase inteiramente constituído da impalpável matéria, que rapidamente se espalhara nos últimos dias. Ela constatou que, mesmo esfumaçado, sem substancialidade, ainda era possível divisar-lhe os traços, pálpebras e orelha, lábios e nariz. Arriscou um tímido sorriso a consolá-lo, a aparentar mansidão ao neto, e a si mesma. *Vai ficar tudo bem. Você ainda é você, eu consigo te ver...* Intrigada, fixou no olho apagado de Zudileu, quis saber se ele ainda enxergava através dele. O menino apressou-se a dizer que sim, depois se corrigiu:

— *Eu vejo, mas de um jeito contrário. Diferente do outro olho.*

— *E o que você vê?*

Zudileu suspirou fundo, na dúvida se deveria dizer a verdade. Temia causar maior sofrimento à avó, à família. Pensou em dissimular, mas se deu conta que não havia mais o que encobrir. O apagamento já era um extremado modo de esconder-se.

— *Vó, parece que eu vejo dentro, dentro demais. Dentro da pessoa.*

Mesmo apreensiva com o que ouviu, Valência não teve como recuar na conversa, pediu que ele prosseguisse.

— *Eu vejo dentro de você, vó. Vejo que aí dentro tem uma mulher mais jovem. E dentro dessa mulher, eu enxergo uma adolescente, perto da minha idade. E dentro da adolescente dá pra ver uma menina. Uma menina que é a senhora! Que é você, ainda criança.*

— *Tem certeza? Eu tenho elas... aqui?*

Zudileu anuiu com a cabeça, e a avó paralisou. *Elas estão aqui...* Ele percebeu sua estupefação e, retraído, continuou:

— *Quando a senhora fala, elas falam ao mesmo tempo. Eu escutei. Há pouco discordavam uma da outra! Não se entendiam. Mas agora, estão quietas. Como a gente pode se caber de tantos da gente, vó?*

30.
O mundo nos cabia

Mal a luz trouxe o dia, os gêmeos já se mostravam prontos a seguirem ao canavial. Sozinhos, a facão, na vontade da obrigação. Manoel Promessa perdera-se na crença de que o descompasso com o mundo fora o causador de tantos reversos na vila, e a reparação somente se daria quando Espera voltasse a ser Esperança. Em sua mente, vinha-lhe o tempo em que o local abrigava uma centena de funcionários e suas famílias, que ocupavam as ruas a compartilhar as pressas. A memória repassada por gerações, chegava-lhe como um apelo, era o último na linhagem com chance de cumprir tal missão. O lugar sussurrava-lhe saudades, e Manoel remoía promessas. *Voltaremos para junto de tudo. E os tecidos da Esperança vão cuidar desses amarrados. A fábrica vai cobrir todos os buracos... Esperança será o remendo desse mundo!* A ausência dos filhos rompia-lhe outras fendas, o esgaçavam. A mágoa de seguir sozinho na missão lhe puía o prumo, a lembrança dos filhos miúdos a brincar de futuro servia como um doce alento.

Era comum Temerinda vestir os meninos com roupas de rua, com os desbeiços a combinar com terra e lama. Prontos a balançar infâncias, a escorregar alegrias. Contudo, Manoel costumava desvirtuá-los do caminho. Ao invés de seguirem ao parque, ao açude, o pai os levava às ruínas da fábrica Esperança. A imaginação de Manoel era o faz-de-conta dos filhos. Dispunha-os a ocuparem diversas funções na reinventada tecelagem. Neilson organizava os documentos, Dossim supervisionava as matérias-primas e a qualidade final dos produtos. Decreto servia de fornecedor e operador das pesadas engrenagens. Miúdos, os gêmeos faziam-se de clientes a balbuciar pedidos, birras, no choro das reclamações eram prontamente atendidos. A fábrica voltava a trabalhar a todo vapor. Manoel a tudo administrava, orgulhoso dos filhos animados em meio às ruínas, passado e futuro avizinhavam-se num só instante. No devaneio comum, as máquinas emprestavam funcionamento, seus ruídos preenchiam o lugar. Outros funcionários logo chegavam a marcar ponto na fantasia, compunham o intenso vai e vem na tecelagem. Caminhões encostavam e toneladas de tecido eram abastecidos num ritmo frenético. O trem logo partiria levando os produtos para todo canto do planeta.

Temerinda chegava à surdina, e flagrava-os a tecer ilusões. Para ela, criar irrealidades era uma coisa, mas fingir realidade era outra.

— *Isso não é jogo de criança, homem. Não demora e essa fábrica volta a funcionar, mas no perigo de ser dentro deles! Os meninos não carecem disso, eles precisam é de chão! De se esparramarem no quintal, se correrem e se sujarem!...*

Manoel não se importou com as turras da mulher, seguiu empolgado vendo os filhos treinarem suas ocupações, a tecerem o futuro.

— *Isso é lindo, mulher, veja eles! Todos se cabem aqui, esse é o melhor lugar pra se brincarem de gente, pra se inventarem do que são. A Esperança é nosso quintal!*

Temerinda calou-se, com o pensamento à prova de dúvida. Sensibilizou-se com o olhar do marido a transver escombros, com as crianças dialogando com o vazio, negociando com ninguém. Os filhos exerciam seus papéis com afinco, vontade que aos poucos foram emprestando aos olhos da mãe. Temerinda começou a caminhar pelos cômodos desocupados da velha fábrica, e inesperadamente foi surpreendida por funcionários carregando bandeja de café, pastas e amostras de panos. Ouviu o ruído de máquinas de escrever no fim do corredor, onde encontrou duas secretárias realizando pedidos, preenchendo notas. Elas sorriram para Temerinda, *bom dia*, que não quis interromper o que faziam, e seguiu a perscrutar outros ambientes. O forte som das máquinas trabalhando no galpão, fez-se mais presente. Ela espiou pela janela e viu dezenas de pessoas agitadas em suas funções. Chegou à última grande sala, onde guardavam amostras da produção, e pôde conferir os tecidos mais delicados, ricamente desenhados. Emprestou um pedaço de pano, enlaçou-o no pescoço como um chale e foi até o marido. Manoel ficou surpreso com a mulher envolta em seu tecido preferido.

— *Pra essa estampa, eu dei o nome de Utopia.*

— *E onde aprendeu essa palavra, homem? O que isso quer dizer?*

— *Não sei. Mas gosto do som dela na boca.*

Graciosa, Temerinda riu-se.

— *Combina comigo, Manoel?*

Ele afirmou que sim num sorriso impensado, admirando a delicada mistura de pano e pele que sobre a mulher se alinhavavam.

— *A gente se costura no outro, Temerinda. Se puxar um fio de mim, e eu me desfizer, chego até você: amarrada na outra ponta...*

Neilson gritou pelo pai, Temerinda o apressou. *Vai, homem, continue nos afazeres com os meninos...* Manoel seguiu a incentivar os filhos miúdos, impondo pressa e graça. As crianças divertiam-se com o teatro do pai, com aquele universo recriado. Perante tudo que assistia, Temerinda deixou escapar o pensamento: *Quintal melhor não existe...* Enfim, compreendeu que as ruínas escondiam uma história, guardavam o que somente a família vislumbrava. Compreendeu a importância da Esperança, o quintal do impossível. A melhor herança a ser compartilhada. Ajustou o pano à cabeça, e desceu a escada. Juntou-se aos filhos, ao marido, a gritar atenção ao que faziam, aos seus amarrados, pois os clientes cobravam capricho.

— *Temos um nome a zelar! Nossos tecidos devem continuar sendo os melhores, os melhores!*

Manoel surpreendeu-se com a presença da mulher, os filhos sorriram ao vê-la vestida com suas fantasias. E prosseguiram no mesmo desejo de inventar com plenitude, o pouco que lhes bastavam.

Manoel Promessa era sempre revisitado por esse passado, o presente viável. Em meio à checagem dos moirões, e seus amarrados, murmurou para si:

— *Éramos o infinito... O mundo nos cabia.*

O lamento em cauda, dava-lhe peso, deitava rastro. Manoel deixava-se no caminho. Prosseguia em sua missão a conferir as amarras, a cumprir certezas. Fé aguçada. Assim, almejava, um dia, convencer os filhos a voltarem para casa. Almejava curar Zudileu. Desejava curar a toda gente no mundo. E curar-se. Assumiu a boa inveja de Neilson, desejou herdar-lhe, ao contrário, receber seu dom. Pensou que talvez fosse tarde, não tivesse mais tempo para ser bom. Tinha na engenhosa obra, sua única chance para isso, um ensaio de generosidade. A esperança ainda o habitava.

Os gêmeos ligaram o motor da caminhonete para irem ao plantio de cana, quando ouviram Valência em seus gritos. A avó ordenava urgência, deveriam ir até Sant'Anna de Pouco buscar ajuda para Zudileu. Os irmãos ficaram apreensivos com o caçula que estava prestes a perder-se no próprio negrume. Apesar da preocupação, escapou-lhes a curiosidade aguardada há semanas, Dejaneir Par não se conteve:

— *Mas o eclipse é hoje, vó. Se eu for à cidade, vou perder o dia virar noite. E eu quero assistir daqui de casa...*

— *Agora, isso não tem importância! O irmão d'ocês está nas últimas lascas de pele! Corram e tragam logo o médico, nem que seja à força!*

Os meninos partiram acelerados pelas ruas de terra de Espera, logo ganharam a estrada. Dejaneir Par dirigia enquanto o outro gêmeo ia ao lado, quando divisou Manoel distante em meio ao capinzal. Distinguiram-no por conta da picareta que se erguia no ar e em seguida desaparecia, num provável golpe na terra. Dejaneir Par notou o irmão pensativo, e disse-lhe:

— *Vamos chamar o pai pra ir mais nós, ele pode ajudar a trazer o médico.*

— *Ele não vai escutar. Onde o pai tá, só ele mesmo pode se ouvir, e se chamar de volta.*

Temerinda estava prostrada de joelhos em seu quarto, em prece, acercada das imagens de muitos santos. Fazia pedidos, pactuava promessas. A possibilidade de algo pior acontecer ao caçula, a exasperava. Sofria pela saudade dos filhos que partiram, sentia aflitiva dor pela perda de Maria Dossim.

E experimentava enorme tristeza pelo que se abatia sobre Zudileu, que lhe escapava da razão. *Isso do menino, é ir embora, é morrer? Isso é o quê, afinal? Será isso um... esquecimento? Será que Zudileu tá se esquecendo de viver, e acabou se deixando chegar nesse ponto? CrenDeuspai!, é ruindade pensar isso d'um filho?: que no avoado da cabeça, acabou se desbotando de vida?* Valência entrou no quarto e interrompeu as divagações de Temerinda, sentou-se ao seu lado, solidária na dor.

— *O que tá acontecendo, dona Valência? Me explique, pois nem minha cabeça, nem meu coração entendem.*

— *Isso não é coisa que se explique pelo entendimento, no tanto de injusto que é.*

Temerinda responsabilizava-se pela falta de atitude, pela negligência de não ter logo acorrido ao filho quando pôde. Valência tentou acalmá-la, as semanas que se passaram não existiram, o falecimento de Maria Dossim dragou a todos, dragou os dias. *A morte pinta sua cor peçonhenta por onde passa. Descora com o tempo, mas nunca sai por inteira. É difícil, Temerinda, ter outros olhos nessa hora. Não se pise tanto.* E Temerinda não conteve a tristeza.

— *Chore minha filha, chore que isso faz bem...*

— *Mas será que eu mereço chorar, dona Valência? Ou o meu merecimento é castigo?*

— *Não sei, mas na dúvida, chore. Ainda não aprendemos a derreter nossas perdas de outra maneira. É no torcido da alma que nossos agueiros nos lavam.*

— *E por que a senhora não chora? Por que nunca te vi chorar?*

Valência ficou pensativa, enquanto a nora seguia a falar:

— *Eu sei que a senhora é uma mulher forte, orgulhosa, não gosta de mostrar suas fraquezas. Mas será que nem nessas horas o seu coração derrete?! Dona Valência, me perdoa lhe afrontar assim, isso não é queixa nem desrespeito. Na verdade, é meu jeito de lhe admirar.*

Valência Outrora fez um breve balanço da vida, um profundo mergulho a buscar suas chaves. E confessou o que nunca havia dito a ninguém.

— *Temerinda, eu choro e muito! Mas meu choro me encharca é por dentro. Há muito já não sou feita de água, noventa por cento de mim é feita de choro. Os outros dez por cento é só um trapo molhado desse mesmo líquido.*

Temerinda mudou o semblante, surpresa pelo que ouviu. Com ternura, Valência Outrora juntou suas mãos às da nora, e disse:

— *Às vezes, me faltam tristezas, mas nunca me faltam lágrimas.*

— *Mas... a senhora nunca me falou disso, por quê?*

— *Eu tenho medos e segredos que escondo até de mim, Temerinda.*

Para surpresa de Clareana, Zudileu cortinou a preocupação com o que lhe acontecia. A incursão à casa de Cândida Alma deu-lhe ânimo, pela primeira vez teve os cuidados da mãe e do pai voltados exclusivamente para si. Repetia como se fosse a maior das façanhas, um mérito pelo qual se vangloriava. Recontava, teatralizando, as atitudes de cuidado que tiveram com ele, o que disseram, suas reações. A irmã ouvia atenta, não se impressionava com o que Zudileu narrava, mas com a história dentro dele, o excitante modo como tudo o afetou. O acontecimento serviu para amainar as angústias pelas quais atravessou por toda a vida. *Será que muitas colheradas disso poderiam curar meu irmão?* Clareana divagou enquanto achava graça da graça que ele sentia, no incansável prazer de reiterar os mesmos fatos, onde o heroico protagonista era ele. *Você já disse isso, Zudileu...* Mas o menino repetia com incansável brilho nos olhos, corroborando com precisão tudo que lhe sucedeu, no inconsciente desejo de que aquele momento nunca se extinguisse. Para não correr o risco de também se tornar sombra em sua memória.

— *Acho que é até bom esse meu sumiço, sabia? Tô até gostando.*

— *Não fale besteira, Zudileu.*

— *Meu pai me pegou no colo, Clareana!*

— *Que bom!*

— *Dona Cândida perguntou pra ele qual era meu nome inteiro. E ele respondeu!*

— *E daí, Zudileu?!*

— *Irmã, meu nome completo! Eu nem sabia que nosso pai tinha meu nome inteiro gravado na cabeça!*

O menino deitou-se a suspirar, com o eco do que viveu a reverberar dentro dele. Clareana aquietou-se ao seu lado, a medir o que do irmão ainda restava. A curiosidade e a saudade antecipada faziam-na querer tocar nos poucos pedaços de pele que ainda lhe restava.

— *Para de me espetar com o dedo, não sou mamão pra você ver se eu tô maduro.*

— *Desculpa. Isso te incomoda?*

— *Mais ou menos.*

— *É que resta um tiquinho de você. E eu queria sentir, pra guardar comigo.*

— *Tá. Então pode continuar me espetando, não dói.*

Clareana baixou os olhos, desistiu da ideia, algo mais a perturbava:

— *Irmão, como eu faço pra te abraçar?*

Entreolharam-se sem ter uma resposta, o simples ato que tantas vezes fizeram, tornou-se inexequível. Zudileu aproximou-se da irmã, estendeu os braços esfumaçados e a envolveu. Clareana não o sentiu, mas correspondeu ao gesto. Apesar de não se tocarem, sentiram-se juntos. Sentiram-se o outro. Intuíram que aquela atitude não era um abraço, intuíram que aquele gesto era o encontro de toda a vida. E do que ainda estaria por vir.

31.
Um náufrago endereço à deriva no tempo

Os gêmeos seguiam apressados pela estrada de asfalto, ainda restavam quilômetros até Sant'Anna de Pouco, quando perceberam o tempo nublar. A forte claridade do dia começou a se dissipar. Pararam o carro numa freada brusca, desceram. Ambos ficaram com os olhos fixos no firmamento de poucas nuvens, puderam divisar a aproximação da lua ao sol, suas partes a se tangenciarem. Eram duas enormes alianças a pactuarem misteriosa união. Dejaneir Par e Dejaneir Ímpar trocaram olhares assustados, na mistura de medo e admiração.

— *Parece combinado, feito um encontro marcado. Que se mexem na vontade da saudade do outro.*

— *É isso: vontade. Tudo tem rumo de querer.*

— *Feito gente, feito as coisas que vivem.*

Vencidos por inexplicável transe, cada um foi para um lado, adentrando o matagal. Ouvia-se o som das botas no capim a abrir trilhas. Buscavam o melhor ângulo para verem o dia se tornar noite, o mundo avessar-se como tantas vezes anunciaram na escola, em casa. Queriam colocar-se embaixo do sol e da lua, ver de perto o maior fenômeno de suas vidas. E abismados com o que testemunhavam, deitaram-se ao mesmo tempo sobre o vasto capim, a assistir outras vontades, a assistir à vida fora deles.

Melancólicas, Temerinda Cruz e Valência Outrora estavam a sós junto ao fogão a lenha, buscavam aquecer os ânimos. Mas o fogo estava baixo àquela hora, sem função, a brasa era de nenhuma serventia.

— *Será que é perigoso isso, dona Valência, do dia dobrar as bainhas?*

— *Já vi dia virar mar e noite virar sertão. Também já vi muita terra se cansar de chão, e ir buscar lugar onde se deitar. O mundo tá acostumado às coisas que lhe cabe.*

— *Ouvi dizer que nessa viração, gato começa a latir, e muita vaca cacareja... Que tudo se destrambelha.*

— *Pode ser, Temerinda. Não duvido de mais nada nessa vida.*

Temerinda Cruz foi ao quintal, observou o sol acanhado na própria luz, aproveitou que o fogolento ainda arribava parcialmente o céu, descoberto, e retirou as roupas do varal. Prendeu Esquiper, o cachorro, vendou-lhe os olhos. *Não quero cachorro revirado, miando e pensando em gatices.* Conferiu o fecho do galinheiro, trancou as aves. *É uma noite assustada. Isso pode fazer elas tudo se engasgar, e nos azedar o almoço de amanhã.* Dentro de casa, cobriu os espelhos, o armário da despensa, e espalhou as colheres pelas mesas, camas e no muro da varanda. *Serve de proteção, pra má sorte fazer curva, desviar da nossa casa*. Valência Outrora percebeu o peculiar ritual da nora, e perdeu as estribeiras. *Ave Maria, mulher, cagaço maior nunca vi! Isso já é febre de fé! Não vai chover praga nem cair terremoto, é somente um eclipse!* Mas Temerinda ignorou a censura da sogra, e começou a balbuciar palavras ininteligíveis.

— *E agora, o que tanto cochicha, aí?*

— *Minhas preces, dona Valência.*

— *Pois então reze alto! Ao menos, me economiza no dizer.*

— *Não posso. Os maus espíritos enxergam que é uma beleza! Mas são surdos feito umas portas! Não ouvem uma letra sequer de reza calada.*

Valência Outrora retirou-se, foi ao quarto se deitar. Fechou-se por dentro. Aproveitou o silêncio da casa e se demorou a conversar com os netos que se foram, e com os que partiram. Mentalmente trocou um breve diálogo com o antigo amante pintor, em pedido de perdão, em jura de amor. E também com Sebastião Promessa, em gratidão por seu ombro, na dádiva de oferecer à sua vida, cordão: os filhos de seu filho, e outros que ainda viriam. Falou à tia e sua companheira, na admiração por aprender a viver o que se respira, na dignidade do que pulsa. Relembrou seus segredos com os pais, na lição que deles apreendeu: sonho e amor: o chão a pisar os dias, o melhor caminho. Aos poucos, cada um foi surgindo à sua frente, e Valência Outrora viu-se cercada por todos, a mirá-la com olhares saudosos, viventes. Continuou a sussurrar velhos assuntos que a viveram no passado. A mulher sabia que encontros, palavras, a constituíam. Daquele dia em diante, passou a retomar, em segredo, velhas conversas. Assuntos que não teriam fim. Um hábito que passaria a ocupar-se dela feito preces diárias, para não se esquecer das centelhas de vida, daqueles que a envolviam. Para não se esquecer de quem era.

Manoel Promessa sentiu na pele o calor do sol se perder, encarou o céu e confirmou o que já sabia. A falsa noite chegara. *Desgrama! Era só o que faltava acontecer pra me complicar... O dia vai desavessar e as horas vão se bagunçar tudo de novo!* O homem aproximou-se da fenda, de um par de estacas que ladeavam a enigmática fissura, e pôs-se a conferir se as cordas estavam firmes. A sombra avançou, e um forte estalo aconteceu, deixou-o sobressaltado. Manoel procurou de onde viera o som, e para seu desespero, viu uma corda arrebentada, distante, de onde certamente partiu o ruído. Correu até lá, refazia o amarrado quando ouviu outro barulho seco a poucos passos dali. A corrente que unia dois mourões acabava de se romper, os elos de metais não suportaram a forte agitação da fenda. Tentou uni-la com outra tranca, mas em seguida uma sequência de cordas começou a se romper, correntes abriram-se, estacas e mourões foram ao chão. Atarantado, divisou que tudo que construíra nas últimas semanas, em obstinada missão, estava jogado por terra. Manoel sentiu as pernas tremerem, a vista escureceu à iminência de perder os sentidos. Uma fraqueza o tomou. Prostrou-se de joelhos no solo, devastado com o que lhe acontecia. *Há jeito de se firmar em pé, se até o mundo lhe retira o chão? Quantas vezes um homem pode falhar?Acho que já cumpri minha cota, e ainda me penduro de mais não sei quantas!, no prego de muitas vidas. A pagar no perder de vista... É todo dia, todo dia, que nossas fraquezas se mostram, não nos faltam nunca! Vivem no capricho de nos lembrar, de se fazer de espelho. O mundo gira e é só isso, a gente não gira. A gente se esquece no mesmo lugar.*

A Terra mais uma vez se desprendia, deixava Espera para trás. O homem estava desolado em seu eclipse, a escurecer os desejos, o sonho de regressar ao mundo. A vila escolhia seu próprio caminho. E num profundo pesar, Manoel admitiu que Esperança nunca mais renasceria. Espera continuaria sendo seu esquecido lugar, um náufrago endereço à deriva no tempo.

Para sempre, não haveria manhã em que Manoel não sairia de casa para ir à beira de sua fissura, a espiar o que no mundo acontecia. Em sua ininterrupta rotina, curvaria o ouvido até o chão, manteria-se concentrado, de olhos fechados, pronto a se deleitar com o que ouvia. E no semblante sereno, escaparia um leve sorriso enquanto ali estivesse a contemplar o primordial som do mundo a dar suas voltas, a sublime cantilena de outros dias.

32.
A memória de existir emprestava-lhe corpo

Zudileu e Clareana estavam no quarto à sombra do eclipse, à sombra da apreensão. Assustada, ela admirava o flagrante sombreamento do irmão a se espalhar, a lhe tomar a pouca pele, a sobra do que era. Zudileu era um resto de menino. Clareana tentava se manter serena, calada, mas os olhos clamavam por ajuda, gritavam em silêncio pela sua presença, a impedir que se apagasse.

— *O que foi, irmã? Você tá pálida.*

— *Eu não tô pálida... Eu sou pálida.*

— *Tá pálida, sim.*

— *Eu sou albina, Zudileu. Como eu posso ficar mais pálida que isso?!*

Zudileu desconfiou da sua resistência, suspeitou que dissimulava, não conteve a curiosidade e foi ao guarda-roupa se mirar no espelho. Clareana o impediu que abrisse o armário, alegou num abatido fingimento que não havia nada para ser visto. *É por isso que eu não posso olhar? É por que não tem mais nada de mim pra eu ver?* Ela tentou alimentar sua farsa, mas o senso de lealdade com o irmão sempre a inquietava. Pensou que talvez não tivesse o direito de negar-lhe a verdade, negar o direito de saber quem era, quem foi. E o que por ventura, viria a ser.

— *Eu já sei o que acontece com partes de mim. E agora, pelos seus olhos, eu já me enxergo mais um pouco. Eu posso tentar me ver?*

Clareana franqueou a passagem. O irmão ficou a se mirar no espelho, a observar no que se transformara. O menino não possuía qualquer pedaço de pele, havia perdido a total substancialidade. Dos cabelos à ponta dos pés. A velha roupa sopesava disforme, submergindo partes em seu esfumaçado, que a sustentava pelo surrado hábito de se vestir, e se esconder. A memória de existir emprestava-lhe corpo. Zudileu afastou a camisa, a bermuda, conferiu a certeza das dúvidas, o que ignorava. A perplexidade e o pavor diante do seu fim, o exasperou. Gritou culpas, esperneou rancores. Esmurrou-se nos vazios maldizendo-se em fúria por sua pouquidão, pela irrefreável inexistência. Doía não se reconhecer, não ter explicação nem remédio. Mordia ódio e medo nos lábios sombreados, ausentes de pele a se marcar, nem sangue a derramar. Clareana o observava na distância de não ter palavras, no intransponível abismo que se abriu entre inseparáveis irmãos que eram.

Uma profunda exaustão o invadiu, e o acolheu. A irreversível condição o fez se resignar, dissipou a revolta dando lugar à mansidão daqueles que se compreendiam, daqueles que se olhavam e se viam. Zudileu alcançou a fleuma daqueles que aprenderam a se equilibrar nos ponteiros do tempo.

A claridade caiu ainda mais, o breu esgueirava-se pelas frestas da janela, da porta, tomava o quarto. O encanto do menino com o fenômeno o fez sorrir, em meio ao semblante ainda úmido pelas lágrimas de sombra. Todo sofrimento eclipsou-se naquele instante. Na infância, o mudadiço estado das coisas, e do coração, revelavam as sutilezas da alma pueril, as belezas que nunca esvanecem, guardam-se ocultas. Alegrias e revezes, frustrações e alumbramentos, pesadelos e poesia. O presente sempre foi a casa da infância, onde todo sentimento se revezava numa ciranda reveladora do seu melhor tempo. Um resquício de memórias ancestrais, de quando os pés ainda desconheciam o chão, e todos pisavam em outro lugar. Zudileu ainda era ele, sempre seria ele. Criança. Ficou contrariado por não poder ver o que acontecia do lado de fora, quis sair, mas Clareana discordou movida pelo desmedido receio de Temerinda.

— Azar e coisa ruim só andam de-casal, Zudileu. Não vamos dar chance pro pior acontecer.

— O Pior não é uma coisa rara, irmã. Faz tempo que ele nos visita. Vamos lá fora ver!

Ele fez menção em abrir o trinco da janela, mas Clareana não permitiu, estava determinada a não deixá-lo correr mais riscos. Zudileu curvou-se a espiar pela fresta da veneziana, ela entrepôs-se ao irmão.

— *Seus olhos vão queimar, menino, sai já daí!*

— *Clareana, isso só acontece uma vez!*

— *Mas basta apenas uma vez pr'uma coisa ruim acontecer, e a gente se machucar feio! E até pra morrer, só basta uma vez, sabia?!*

— *E o que eu ainda posso ver, irmã? Olha pra mim, que importância tem isso agora, se eu nem sei pra que lado meus rumos vão?!*

Clareana estava diante de um impasse. *Será que é justo eu deixar ele ir, e depois me moer de saudade? Mas será justo agarrar o outro com a gente, amarrar o querer de uma vontade, que nem é minha?* Ela compreendeu que justo era ficarem unidos para sempre, mesmo que por um breve período, ainda que o tempo não concordasse. A menina afastou-se da veneziana, cedeu caminho, e Zudileu abriu uma folha da janela. Sorriu maravilhado, seduzido pelo inebriante acontecimento. Decidiu sair para ver melhor o dia-noite, já pisava o beiral a saltar para o outro lado, quando a irmã o interrompeu:

— *Você não ia só ver, não foi isso que você disse?...*

— *Eu preciso, eu tenho que ir.*

— *Não faz isso, por favor...*

— *Explica pra mãe e pro pai que não foi culpa sua, que fui eu que quis. Que eu decidi que fosse assim.*

Zudileu pulou para o quintal, um assolador vazio ficou no quarto, em Clareana. A menina observava o irmão a ganhar lonjuras. *Zudileu...!* Ele colocou o dedo na frente dos lábios, pediu que fizesse silêncio, não o denunciasse. E com bom humor adejou a mão convidando-a para ir em sua companhia. Temerosa, ela negou num meneio acanhado, e com passos miúdos afastou-se da janela, paralisou. Zudileu estava cada vez mais longe da casa, tornava-se uma sombra distante em meio ao dia que ganhava ainda mais escuridão. Clareana esforçava-se em continuar enxergando-o, mas o perdeu de vista. Aflita, pulou a janela e partiu em exasperada busca pelo irmão. Deu a volta na casa, e percebeu que o sol estava quase inteiramente coberto pela lua. A escuridão empoderava-se do seu não-lugar, e o quintal se acendia para Clareana. Era a Noite que lhe visitava em inesperada hora, a menina sorriu. E feito um jorro, uma lembrança lhe veio, recordou da conversa com a senhora da escuridão, quando ela anunciou que o irmão ficaria sob seus cuidados por um tempo. Mais do que nunca, teve a certeza de que Zudileu era o filho emprestado da Noite. Um forte arrepio percorreu-lhe a espinha, teve um mau presságio quanto ao que aconteceria.

Em meio à busca pelo quintal, sentiu que pisava o chão quente, Clareana calçava a manhã sem que a claridade lhe cegasse e a mandasse de volta para o quarto. Arriscou olhar para o céu, para o raro abraço dos astros, e teve a chance de se vangloriar da inédita conquista. Pela primeira vez na vida conseguia encará-lo. *Eu venci ele, eu venci o sol!...* O sentimento de vitória e alegria impregnaram-na de coragem, correu atrás de Zudileu disposta a encontrá-lo, na certeza de salvá-lo de sua sombra, de todas as sombras que os rondavam.

Clareana vislumbrou o irmão junto à cerca que fazia divisa com os campos de soja, a terra do Pé-Cascudo.

— *Zudileu, chega, vamos voltar!*

— *Irmã, venha ver. Olha lá!*

Ele apontou para a árvore seca que reinava em assombro no imenso plantio. Por conta da baixa claridade, a sombra da canhota planta alongava-se a deitar sobre o campo de soja, esticava-se feito um réptil ameaçador por entre as folhagens, na direção dos irmãos. Zudileu percebeu seu movimento, mas não temeu, deixou escapar um sorriso de encantamento. Confusa, Clareana observava a euforia do irmão. Além de ter se tornado inteiramente esfumaçado, continuava a surpreendê-la. As mudanças em Zudileu não cessavam. Ele a convidou, empolgado, para irem até à árvore.

— *Nunca, nunca, Zudileu!*

O menino compreendeu a recusa da irmã. O medo era grão, porção certa no prato dos dias, mas que Zudileu passou a deixar sobrar em desgosto. Admitiu o desejo de arriscar-se e descobrir que fruto brotaria da árvore, não escondia a excitação. Clareana argumentou:

— *É só uma... árvore seca, só isso.*

— *Lembra do que a gente falou, irmã? Que pode ser pé de mundo, onde dá o fruto que a gente quiser? Vai ver... é um pé de mundo! Pra gente ir aonde bem entender.*

— *Vai ver não é! Vai ver essa árvore nem dá coisa nenhuma: é pé de nada! Vamos pra casa, esquece ela!*

Zudileu estava resoluto em não recuar. Admirou a paisagem, e voltou-se enternecido para a irmã, em inequívoca expressão de despedida. Ela percebeu, e o compreendeu. Clareana e Zudileu abraçaram-se sem se tocarem, num encontro que nunca teria fim.

— *Irmã, quero conhecer tudo, o que existe e o que não existe. Eu vou até o Povo da Noite conhecer eles também. Vou lembrar pra eles que você é a prefeita de lá, que foi você quem inventou eles e fundou a cidade! E vou contar pra todo mundo como você é linda!, toda branquinha... E tão boa e amiga, que faz até a gente se alegrar e se acalmar, só de saber que você tá por perto...*

O menino pediu que a irmã não ficasse triste, e Clareana jurou, jurou tentar. Ele prometeu que voltaria um dia. Em sonho, em memória. Em saudade. A menina teve a certeza que ele cumpriria a promessa. Os irmãos entreolharam-se, e num rompante, com enorme sorriso no rosto, Zudileu saiu em disparada a correr na direção da cerca. Avançou contra os arames farpados e atravessou para o outro lado ganhando o imenso plantio. Zudileu não se feriu, não sentiu dor. A roupa que usava ficou presa à cerca, enquanto o menino corria pela vegetação dando saltos de felicidade. Clareana ficou junto aos arames, ao que os apartava do inóspito lugar. Vibrava intranquila, em tenso festejo, pela sorte do irmão. Torcia pela nova jornada de Zudileu, que ali se iniciava.

O menino voltou-se para a irmã e acenou, trocaram despedidas com as mãos levantadas, e indicadores dobrados. Eram os sorrisos fisgados. Numa esfuziante alegria, jogou-se na plantação e mergulhou no mar de soja. A falta de luminosidade aumentou, e a sombra da árvore seca o alcançou. Ele a percebeu e, mesmo deitado, esticou a perna a apoiar-se na penumbra de um dos galhos. Zudileu e a obscuridade do ramo eram feitos da mesma natureza, possuíam a mesma constituição. Ele notou o pé misturando-se ao galho, esfumaçados, e achou graça. Apoiou o outro pé, e começou a galgar a sombra da árvore num rastejar sombreado, de galho em galho. Distante, as bestas-feras despertaram com o movimento na plantação, uivaram e acorreram com voracidade na direção de Zudileu. Clareana apavorou-se ao vê-los aproximando-se do irmão, gritou na esperança de salvá-lo. Mas de alguma forma, compreendeu que ele não mais a escutaria. Os lobisomens, feitos de vultos, alcançaram a penumbra da árvore, onde inventaram caminho.

Zudileu continuou saltando de galho em galho, ganhando destreza, e num dos pulos, deparou-se com os animais à sua frente. Sentiu a quente respiração das bestas-feras em seu rosto. Não esboçou surpresa, não pensou em correr. Estendeu a mão para que os animais o cheirassem. Inesperadamente, os bichos deitaram-se aos seus pés, e passaram a pular, a brincar ao seu redor. Zudileu sorriu e os acarinhou num afago de velhos amigos, fiéis companheiros. Clareana estava embevecida pelo que acontecia, feliz, e a escuridão total se fez. Ela mirou o céu, o eclipse chegava ao seu ápice. A serenidade deu lugar à desolação, tentava enxergar o irmão, mas não o discernia em meio a tanto breu. Ela não sabia se gritava por Zudileu ou se saía correndo a procurá-lo em meio à plantação. O medo a aferrava ao chão, à sua cerca. Culpou-se pela falta de coragem, pela falta de atitude, manteve-se em seu lugar. *Será que eu falhei com você? Eu não queria...*

Clareana constatou que o irmão, os animais e a sombra da árvore, imiscuíram-se na breve escuridão que lhe roubava o dia, que lhe tomava muito mais. Tudo havia se tornado uma coisa só. Clareana afundou-se num longo e silencioso breu, as pernas perderam as forças. Perdeu a voz, as vontades. Os olhos tateavam o escuro, desacostumados ao que antes era-lhe familiar. Clareana perdia-se no negrume, perdia-se na própria casa. Em si. Caminhava para casa a passos lentos e arrastados, precisava regressar ao quarto, reinventar os dias. Clareana precisava recomeçar.

Enquanto andava, ouviu um zumbido distante, mas não teve forças para buscar a fonte daquele ruído. O estranho som foi ganhando tamanho, crescendo feito gigantesca onda às suas costas, pronta a lhe devorar. Sentiu uma vibrante energia e foi tomada de surpresa pela inconfundível gargalhada de Zudileu, que lhe atravessou o corpo montado numa forte ventania. Clareana perdeu o equilíbrio, os cabelos desarrumaram, apenas teve tempo de fechar os olhos a se proteger da poeira que o sorriso levantou. Antes de voltar a abri-los, a menina já sorria. Sabia que era o irmão que lhe visitava a brincar. Zudiloso. Sabia que ele cumpriria seu desejo, a espalhar-se na escuridão, a espalhar-se nos mais recônditos lugares. O caçula foi mais longe do que jamais pretendeu, tornou-se o impensável, mesmo nos sonhos mais sublimes. O menino havia se misturado à noite do céu, das estrelas e galáxias. Zudileu tornou-se o infinito.

33.
Tudo clareou

Absorta em meio ao terreiro da casa, Clareana aguardava o desfecho da ciranda de astros enquanto apreendia desvizinhanças, a acender com a própria pele as clarezas do interminável eclipse. A menina albina era luz. Alusão de olhos espiosos no cego negrume da saudade. Clareana mirou o firmamento, e sentiu o peito disparar. Era a Noite, com seu exuberante chale negro que surgia a pairar sobre ela. A menina baixou a cabeça, negou-lhe o olhar. A Noite a percebeu ressentida, e sussurrou-lhe:

— *Obrigada por olhar seu irmão, por cuidar do meu filho.*

— *Mas precisava ser hoje? Não podia ser depois, ou talvez... nunca?*

— *Ele está... por aí, em todo lugar. Você o conhece bem.*

A menina sorriu tristezas, e suspirou conformada:

— *Eu sei. Eu sabia. Obrigada por confiar ele a mim, a nós. E diga a ele que... Diga que... Deixa pra lá, esquece. Zudileu já sabe de muita coisa.*

A Noite a envolveu num suave abraço, e partiu serena a passear o quintal, a passear Espera. Partiu a levar Zudileu consigo, a passear o mundo ao seu lado.

Clareana compreendeu seu lugar. Compreendeu que o irmão estaria para sempre pleno de si, em sua eterna condição. Zudileu voltava a habitar o lugar de onde veio, o lugar de onde, talvez, nunca tenha saído. Zudileu voltou a viver no amornado ventre da Noite.

E de repente, tudo clareou.

Agradecimentos

Na paciência em ler o texto, nos conselhos e no apoio incondicional, tive o privilégio de contar com os doces olhares de Daniela Vitorino e Maria João Coutinho.

Na amizade e generosidade infinitas, tive a sorte de contar com os olhares protetores de Maria Lúcia V. Borba e Ordenato Borba.

Gratidão eterna.

pólen soft 80 gr/m2
tipologia sabon next lt
impresso no verão de 2021